黄永玉 著

無愁河的浪蕩漢子

走读
1

人民文学出版社

图书在版编目（CIP）数据

无愁河的浪荡汉子．走读．1 / 黄永玉著．—北京：人民文学出版社，2021

ISBN 978-7-02-016297-0

Ⅰ．①无… Ⅱ．①黄… Ⅲ．①长篇小说—中国—当代 Ⅳ．①I247.5

中国版本图书馆CIP数据核字（2021）第161023号

选题策划	应　红
责任编辑	刘　稚
美术编辑	陶　雷
责任校对	杨益民
责任印制	苏文强

出版发行	人民文学出版社
社　　址	北京市朝内大街166号
邮政编码	100705
印　　刷	北京盛通印刷股份有限公司
经　　销	全国新华书店等
字　　数	220千字
开　　本	710毫米×1000毫米　1/16
印　　张	23.25　插页5
印　　数	1—15000
版　　次	2021年8月北京第1版
印　　次	2021年8月第1次印刷
书　　号	978-7-02-016297-0
定　　价	59.00元

如有印装质量问题，请与本社图书销售中心调换。电话：010-65233595

EX·LIBRIS

主要人物表

张序子 这辈子注定住在童话隔壁。他谁都不像。他不是孤雁,从未让谁抛弃过。不是驴,没人给套过"嚼口"。不是狼,他孑然一身。不是喜鹊,没报过喜。不是乌鸦,没唱过丧歌。张序子是个什么都不像的动物———鸭嘴兽。鸭子嘴巴,水陆两栖,全身毛,卵生,哺乳……最跟生物学家调皮捣蛋就数它了。

张梅溪 这位女士到柜台登记住房,没介绍信,没带行李,单身一人,风度高雅,书写流利,是个有教养的女士,说是从广东到赣州来与未婚夫会合的。

孙茂林 序子在北平的二表叔。是个天才,孙猴子似的,石头里蹦出的学问。一个小学都没毕业的孩子可以混成个大作家。学问的源头在哪里?打磨任何一件重器都需要空间时间,这没有道理嘛!

孙得豫 长得比电影明星还行。序子三表叔。黄埔四期,是作家孙茂林的弟弟,在国防部做事,中将或是少将。上海金城戏院大爆炸,就是派他前去调查的。

张子光 序子四弟。自小就自重,来了朋友选张小凳坐在旁边微微笑着静听。平常时候也弄块小木刻板学着刻木刻，心领神会，也可能是爸爸遗传，很容易摸到艺术脉搏，理会得快。

张石城　上犹《凯报》的总编辑，散文家，浙江仙居人，头脑不错，笔头犀利，跟野曼是朋友。

俞　鸣　民教馆干事。人善得不得了，那双眯眯眼生下来就是用来笑的。字写《张猛龙》，新旧书都读得认真，谈吐硬。

陈佐车　社论写得相当系统，如果集合起来，就像一本社会调查的书。主题有很多细节烘托，生动也有力量。佐车这类人，你不可拿他肚子里对朋友有多少情感来衡量他为人的成色。他不是甘蔗，是苦艾。

洪　隼　德国歌德大学学了五年的文学专业。

林沙尔　诗人。优雅话少。住在一间上海石库门式的房屋里，妻子是个沉静美丽的葡萄牙混血。

欧外鸥　未来派诗人。

刘　仑　中山大学教授。老木刻家。和李桦、野夫、黄新波都熟，也认识野曼。刘仑的木刻，严谨规矩，讲究线条和黑白关系……他把天上的云看透了。

黄新波　在香港《华商报》。抗战胜利后和朋友在香港美术界创立了"人间画会"。

野　曼　纯真的梅县诗人，抗战后期一直在桂林那边活动。刚离开信丰《干报》，在香港九龙元朗岳家住。

廖冰兄　嗓门大，像是独白，又像是在读一本书。边读边撕，读一页撕一页。那么瘦，

走 读　3

　　　　鼓起眼睛嘴巴皮那么厚。画又画得那么好。
郑　可　雕塑家。老大哥，响动大，家底子厚。
梁永泰　温文样子，跟刻出那套《铁的动脉》木刻气派很是不同。

林景煌　泉州人。当年泉州平民中学的学生，巴金、吴朗西跟陆蠡都教过他。在上海巴金的文化生活出版社做事。
韦　芜　河南开封人。《大公报》萧乾先生的助理编辑。
阿　湛　郑振铎先生《文艺复兴》杂志的助理编辑，是《文汇报》柯灵先生的外甥。
沈容澈　跟石狮的张人希那帮人一起的，朝鲜族人。仪表庄重、声若洪钟。带来的零食，数量和质量都比较动人。带着朝鲜族鼻音讲的笑话全是新东西，别人从未讲过。

巴　金　不像古人，和现在人长得也不一样；一个那么多朋友的人，怎么没见笑容？那么忙的人，哪来时间写这么多书？
陆　蠡　翻译法国浪漫派诗人拉玛尔丁的小说《葛莱齐拉》。在平民中学教的是理化。上海文艺社所有重要材料和日常张罗都委托陆蠡先生。只活了三十四年，遭日军的严刑拷打牺牲。
楼适夷　在《时代日报》。五十左右，头发光得差不多的大额头中年人。翻译的高尔基的《人间》最能让人看得懂，最亲切。
冯雪峰　《鲁迅全集》后半部常常提到他，也是共产党派到鲁迅身边的熟人。

孙夫人　宋庆龄。一对对缓缓回旋的舞伴经过孙夫人身边致敬。夫人微笑点头，她在认真欣赏。这之间，自自然然有一道敬畏的界线，要不然大家都会拥上前去赞美她："你是世上最美的战士！将爱献给世人，却勇敢地辜负自己！"

李　桦　个子小小，精悍的身段。广东人。鲁迅当年称赞他是木刻高手。抗战八年一直在长沙九战区薛岳那里当中校文官。"中华全国木刻协会"负责人。

余所亚　漫画家。广东人。在他那张日夜起坐、既是卧榻又是沙发的床上，喷薄出热情火焰似的语言

章西厓　杭州美专毕业。不太适应《杭州日报》美编工作，很快要来上海。木刻精致讲究，一颗颗小点子、一丝细线也不放过，总是那么严谨。

麦　秆　他的家众人从不把它当作他的家，只习惯认为是木刻协会的会场。在那里开心，在那里争吵，讨论重要的事务，搞选举，分配职务。情感丰润至极，真诚至极。

叶　冈　画家叶浅予的弟弟。也画画。现在在《文汇报》编副刊。序子江西时候的朋友，两个永远讲不了长话的好友。他和嘉树的结合是朋辈中美谈，他们有如坐在白羊车上的璧人。

朱金楼　上海美专出来的，很精彩的画家，人缘好，三教九流都通达，没有办不到的事。

刘　狮　上海美专毕业。刘海粟的侄儿。写了好多东西，文章和画画都很了得。

邵克萍　在"中华全国木刻协会"工作。

杨可阳　在"中华全国木刻协会"工作。刻了一幅打横的木刻叫作《出了事的街》，画面的处理和题目都取得非常别致，老百姓的生活表现得好浓郁。

叶　苗　漫画家，很温和文雅的人。跟吉卜赛谢夫一家是朋友。

徐甫堡　全副整齐军装是个国民党上校，在朋友面前毫不忌讳，又公然是个木刻协会会员，而且是个温和文人。

陆志庠　他的笑是很有名的,像克拉克·盖博。中国出了个这么讲究、重要的艺术家而不自知,悲剧!他的艺术世界是静默的,他的命运飘荡于人类大行动之间,再由几个好倾向、好脾气的朋友终生地关注。

庞薰琹　薰琹先生卷轴画,多是湖南贵州那边的苗族妇女生活。用笔十分细致,用色素雅可亲,能让人感受到那特殊地区动情会意的特点。

刘开渠　雕塑家,工作动静都比较大,需要大的工作车间,有来回运载工具设备、材料的方便结实的地面,有好的光源……

戴爱莲　舞蹈家。私立上海乐舞学校校长。丈夫叶浅予远在山南海北。音乐轻稳地陪伴着她的动作,像端着一碗水那么小心。额头锁住眉毛,眉毛紧镇着眼睛。音乐进行,空间凝固了,艺术行为变成宗教意念,好特别!

"娘娘"　张夫人,三十来岁,身材好,嗓子亮,皮肤白,一个皱眉头看人的近视眼,半辈子熬夜打麻将孵出来的特貌。话不多,温和,有好奇心没有侵略性。一个雍容的女人。

黄　裳　在文汇不是专职,又有张固定办公桌子,他在编一个重要的专栏;正式工作是中兴轮船公司高级职员;在上海是个著名的古籍版本权威;抗战期间做过美军翻译,还做过坦克教练;翻译过威尔士的《莫罗博士岛》、屠格涅夫的《猎人日记》;没完,还给考大学的学生补习数学,写散文,

透熟京戏。

汪曾祺 他讲话未必总是那么少，耐烦听别人废话。又能挑时候准确答应问题。

方　成 本名孙顺潮。武汉大学化学专业。一开始在《扫荡报》画大学生生活漫画。

张文元 非常非常的人物，特务几次想杀他。他一口气一天可以画四套骂老蒋的连环画。对朋友真诚仗义。只可惜生活上有点烂，这是很难改变的毛病。

黄苗子 吴铁城的干儿子，现在是财政部长俞鸿钧的机要秘书，又兼中央信托局的秘书长，发金圆券、关金券都要经他亲手签字才行。

郁　风 漫画家，郁达夫先生的侄女。

臧克家 瘦高条文雅的人。在青岛读大学的时候，一位朱雀人孙茂林是他的老师。

曹辛之 跟臧克家先生创办星群出版社，又出了一本诗刊叫作《诗创造》。现代诗人，金石家，书法家，重要的装帧艺术家。一个坦荡的好朋友，一个难忘的趣人。他历史两头的牌子都硬。延安鲁艺出身，反右的右派。不管什么时候都是勤劳于文化艺术的大丈夫。

王辛笛 英国留洋，回国教大学。相貌类乎常人，嗓门圆润带点沙音，作诗土洋底子厚，人格晴明，让不少内行朋友亲近喜欢。家里十分殷实，不露相地暗中支援，为星群出版社与《诗创造》解困。

陈敬容 《逻辑病者的春天》是现代诗中最古的诗，是神迹。这么凝重婉绻的思路出自一个孤身女子笔下？

张正宇 这人从小不会玩又不"近"书，不晓得哪儿来的这份艺术脑子，东西一

经他手，格调马上变高，看他平时懒洋洋的派头，总是让人难以相信！

郎静山 文雅穆静，灰黑的西式长头发，下巴一撮灰黑潇洒长胡子，蓝灰长袍，像一位江南哪个小县出来的读书先生。胸脯前倒是挂着一架"禄来福来"摩登照相机。这老头步履矫健，声音清亮，应对温和，真让人亲近。

王之一 美术评论家、散文家。张大千的朋友。

张沉痕 能干的出版专家。

王　淮 原福建省保安司令部战地服务团团长。序子的老上级，亲兄弟骨肉一样的老大哥。后在台湾。

刘崇淦 福州人，原战地服务团主演。嫁给了王淮，跟随他到台北，生了一个女儿叫阿乖。

颜渊深 王淮的旧部，在台湾常常跟随王淮夫妇。

邵荃麟 砵兰街讲话，做"形势报告"的，下腭比上腭长点的那个人。

乔冠华 序子认得他上海《文汇报》的老婆龚澎，特别佩服他。他说喜欢序子的木刻，"真的喜欢"。一张张举出名字。

张天翼 "昨晚一个聚会上，郭老听到你来了，都为你高兴。茅公还搭话托我问你好！上头还讲到你这里不适合养病，条件太差，要你搬到澳门去，正在和镜湖医院联系。"

颜　式 原在广州中大读了两年，抗战跟着到坪石，坪石一散，变成"自由抗战分子"了。飞檐走壁，来去影无踪。序子跟他老朋友到这种程度，一点

　　　　　也摸不着底细。

钱瘦铁　台北图书馆阅览室一本城砖那么厚的日本美术月刊杂志合订本，几几乎每期都有文章评介到他。

柏辉章　三十年代在朱雀当指挥官。想不到的妍细文雅，穿着对襟短袄，温郁和柔的仪表，难以想象竟是十几年前的杀人魔王。"……是的，当时我是故意杀给你们的陈渠珍看的。"说这句话，像是在吟诵宋词那么潇洒从容，回味无穷。

谢　夫　一个像是从外国画报上掉下来的又高又壮又满脸灰胡子、穿着奇装异服的老汉。"我们不留相貌在人间。"吉卜赛民族原本就是忘了归路的天使……

王邦夫　大力士。看报老头说："俚邦美国衰仔，全香港好捡唔捡，捡中个王邦夫！"

走读

1

约好中山公园茶馆见面，约到姚公骞、马龄、胡鲁沙、周亚、叶奇思、冯万喜、李白凤……都赞成序子先来赣州。

序子讲遇见刘兆龙的事，大家感叹一番，顺口都骂一骂天地不仁。不过洪隼批评序子："这样一个大人，你怎么敢劝他跟你到赣州来？真跟你来了，你怎么养他？你看你自己眼前的局面都难招架。"

马龄替序子解释："他不过顺口一句人情话……"

"怎么顺口人情话？见不到你们，我跟老刘街上骑楼底下找个住处，帮人画速写像、剪影混饭吃的本事还是有的。"序子说，"不敢想老刘一个人放在金鸡墟会是什么下场……"

"……从前有一只青蛙跟一只蚂蚱是好朋友，"鲁沙讲，"相约出门旅游。他们和人不一样，旅行是不花钱的，随处都找得到吃进口的东西。没想到路走到一半，冬天来了。那可不是钱不钱的问题，而是有钱也买不到东西的问题。世界上哪有饿着肚子旅行的？话是这么说，也只好一步一步往前走。当然，这样子已经不太有旅行风度了。

"下大雪了。

"'怎么办？'青蛙问蚂蚱。

"'歇一歇吧！'蚂蚱说。

"两个旅伴找一棵大松树根坐下来。

"'现在不只是个累的问题。'青蛙说。

"蚂蚱说：'你说得对。'

"'我饿得像刘海戏蟾的那只三脚金蟾了。'青蛙说。

"'有可能!'蚂蚱说。

"'眼前,解危最好的办法是我们之间有一个站出来让另一个吃掉。这既需要勇气还要有一点点牺牲精神。我们既然成为好朋友,让我来担当这份光荣,你把我吃掉吧!'青蛙闭起眼睛挺起肚子站在蚂蚱面前。

"蚂蚱急了:'别,别这样!你忘记了,我是吃素的。你那么大一条荤菜我怎么吃得下?'

"青蛙笑眯眯地说:'哈,哈,那么,那么,那我就不客气了。'伸出长舌头,阿呜一口,把蚂蚱吃了。"

周亚抢着说:"张序子!他是在讽刺你!"

"哎!让你周亚猜中的东西都不幸之至!序子,我写出来,你刻一套插图好吗?"鲁沙说。

马龄说:"我看鲁沙这两下子真应该写出来。有一天出个集子,让序子刻木刻插图是个好主意。——夸你了,应该请客。"

"这个月我钱用完了,今天欢迎张序子,大家'各出各'好不好?"鲁沙说。

没有人反对,一齐上了岳云楼。

岳云楼就在公园大门右手边,双层,一排漆成古枣色的木楼。桌椅也都方正规矩。上得楼来,凭栏就是街景。一路上下吊着红纱料子灯笼,写着灯笼体"岳云楼"三个字,就在白天衬着树影也显得悦目宜人。

周亚抢着说:"你们这一大帮人就没一个听出鲁沙的用意?"

姚公骞说:"张序子说的是张序子的意思,鲁沙的青蛙和蚂蚱是鲁沙的意思。张序子说的是原始经历,鲁沙是由张序子发端而引来的另一种敏悟。我读过鲁沙起码不少于二十篇这类寓言,精彩,地面上要不长张序子、李序子、刘序子、黄序子……鲁沙怕一段也写不出。周亚,你犯不着为这类事情太过操劳。"

"我对张序子鼓吹的那个瞎了一只眼的汽车司机的操守很不以为然。嫖、赌、饮俱全,就差个'吹'字,为这类人动感情不值得!"周亚说。

青蛙笑眯眯地说：「哈，哈，那么，那么，那我就不客气了。」伸出长舌头，阿呜一口，把蚂蚱吃了。

"唉！和你少时间里说不明白。我一直感觉跟他做朋友比跟社会上有些纯洁的人安全得多。有一种朋友，一认识他就有勇气，肩膀上愿意为他承担一些道义干系。"序子说。

"所以，我总是听到你时常上当的消息。"周亚说，"也不明白你跟那帮俗人混在一起干什么？"

"把世界这么分法你就很难安排自己的位置和身份了。其实俗这个东西是不分等级的。我告诉你，有的高之又高的高级雅人，一旦庸俗起来简直是地动山摇，只可惜你没有福气或者没有机会看到而已。

"我这辈子还真没有上过你所说的'俗人'的当。"序子说。

酒楼掌柜站在李白凤身背后已经微笑了好半天。他跟李白凤一个人熟，见到其他人只顾讲话，心里已经凉了一半，正想悄悄下楼。

"先来茶吧！"

茶来了，众伙又迷在茶上。不见了老板，这才想到他上楼的目的。

来什么好？

"玉冰烧"还是"赣江春"？

"五香牛杂，这家的招牌。"

"红烧猪蹄。"

"清蒸鳜鱼。"

"辣炒双脆。"

"八宝鸭。"

"芥菜白片肉。"

"四喜丸子。"

"鸡丝韭菜黄。"

"酸辣汤。"

"酒酿糯米汤团。"

……

马龄大喝一声："今天哪个请客？"全场鸦雀无声。形势突变。

碰巧老板这时上楼——

"我来碗牛肉面吧！"

"我也……"

"我也……"

一共九碗"我也"。

白凤没带钱，姚公骞帮他出了。吃完面，众伙下得楼来，舍不得散。

"公园永丰茶座，我请客。"冯万喜说。

"哎呀！请什么客？总干事冯开源是他三叔。"周亚说。

序子走在街上很有感想。往日的中国文化热闹一下子变成美国热闹。大汽车的轮子比一个大个子人还高。满街轰隆隆响。

两颗原子弹一丢，日本降一投，大批美国军队顺手用的东西和新运来还没拆封的东西不带回国了，交给一些莫名其妙的人摆在马路两边零卖。这类人长得就像舞台上扮演的"浪人"一样，一个个没有副正经样子，故意绷起脸皮昂扬地对本地人耍洋泾浜。甚至穿上整套军装夸张自己身份。在老百姓印象中觉得是一种厌烦的夹带。

摊在马路两边的百货、千货、万货也不止。有钱人买回家去塞满了所有柜屉空间，后悔来不及，货色的种类超过了买主的知识。一家人对着这批东西干瞪眼。

……大的有登陆艇的厚帆布罩子，小的有近视眼镜框上的各种型号的螺丝钉。进出肚子的各种药品。早饭、午饭、晚饭、闲食、糖果、巧克力、雪茄香烟。打火机、火柴。冷热饮料，节日用酒。四季从里到外长短各种穿着打扮，手套、鞋、袜，四季屋内外各类帽子、头套……（能力有限，写不下去，可找当年美军战场手册一查即知，此书本人有幸见过，厚约三厘米，绿漆面精装，久翻不坏。）

（本人当年耻于用这些东西，现在想来用用不妨，质地可靠，名家设计，价廉物美。这批东西发售面广博为世界第一，重庆、昆明、台湾、上海、厦门、广州、香港，时间之久，从一九四五年到一九五〇年……也世界第一。）

洪隼这边转来梅溪的信，全家已借住在韶关城外对河一幢洋房里，叫序子不提未来计划，免得让人探索。她也着急自己一天长大了，反而又叫

老太太不肯吻

梅溪说大家带祖母去电影院看外国电影,逢到接吻的场合她老人家就急忙低头捂住双眼。

序子不用着急。她爸爸也住在一起，不提"我们"的事，免得相互刺激。她晓得爸爸爱她，彼此各自怀着鬼胎。又说："你的老朋友剧宣七队也驻在韶关，我借机会去看演出到后台找她（他）们。我们谈了一些话。"总之她要序子放心。信后每次都说"吻你"。

为什么要写"吻你"？这动作两个人从来没有发生过。有什么好吻的？吻算个什么东西？"吻"在朱雀城叫作"打波"，用来称呼"做丑事"的行为。后来外国电影里居然公开表演出来，梅溪说大家带祖母去电影院看外国电影，逢到接吻的场合她老人家就急忙低头捂住双眼，等告诉她老人家"过去了，过去了"，才睁开眼睛继续往下看。

记得小时候听方季安麻子伯伯嘲笑道学先生假正经就说过："嗳！什么丑不丑事啊！你蒋委员长不也是'做丑事'做出来的么？"

那时听来还真觉得危险！

老板冯开源没想到序子见面也熟，很快位子就坐顺了。看看紫藤叶子还那么油绿绿的，想想轻率地晃掉的这一年，真好像丢掉不少东西。

进来一个见过面的老冯熟人董振丕，是原来民教馆的职员，戴一副宽边眼镜，也认得马龄、周亚、姚公骞他们，打完招呼只一味之饮茶，听人讲话。他也是奉化溪口人，向序子介绍了自己之后，自我嘲讽地笑了一笑。又说："我也是刻木刻的，只是还没入会。"

李白凤问序子在寻邬的一些事，觉得浅薄好笑。

又跟着接手接脚地讲和听，经过大家凑合，差点变成一出《福尔摩斯》加《火烧红莲寺》的大戏。

"哎呀呀！哪个想得到你会跑到那么远的地方去迎接我们那个伟大的抗战胜利呢？"鲁沙说。

"人生往往造出一幕非常假之又假的真戏。"姚公骞说。

"真戏不好看，越假越好看！"马龄说。

"我倒想真问你一下，眼前你工作有什么打算？"叶奇思问。

"不是没有打算，我还真不想离开赣州。到别处我一个熟人都没有。"

序子说。

"你讲别处是哪里?"李白凤问。

"野曼介绍我去上犹《凯报》,张石城在那里。"序子说。

"野曼是谁?"李白凤问。

"一个诗人。"周亚说。

"诗人?我怎么不知道!"李白凤说。

"大概他也不知道你。他是广东蒲风那一边的,好纯真的梅县诗人,抗战后期一直在桂林那边活动。刚离开信丰《干报》,大概回广东哪里去了……"

"石城呢?"李白凤问。

"上犹《凯报》的总编辑,散文家,浙江仙居人,头脑不错,笔头犀利,跟野曼是朋友。我跟他有过书信来往。"周亚说。

"在这里蹉跎时光,不如先上那儿待待。——跟他们商量过没有?让你干什么?"李白凤问。

"设计版面,刻点小报头,自己刻点木刻或写点小散文。听说给了个美术编辑名分。"序子说。

"算了,可以了,地方小,做事稳定,大家能玩在一块。"白凤说。

洪隼说:"我也觉得这样子好,一百二十里,中间有个'塘江'可以歇脚,很古,有看头。一路到上犹,不算陡。"

"好笑!"序子说。

"有什么好笑?"洪隼问。

"原来吃酒变成一人一碗面。"序子说。

"唉!看看!做文人不易啊!"洪隼说。

序子上电报局打了四个字:"序子(九)到"。

现在的年轻人不清楚打电报是怎么一回事了吧?

有急事要告诉远地人,写信来不及了,就用这个办法。不过这办法贵,要一个字一个字算钱。为了省钱,字越少越好,少了又怕说不清楚。又要

出去的粗心人忘记带门，隔壁人家养的七八只大白鹅摇摆进大堂来玩，叫出震耳的声音。

说清楚，又要少字，这就看平素的修养和本事了。读书多的人占了便宜。

那头收到电报之后还只是一排排数目字，要请人帮忙查电报本，在号码格上对出字来。

赣州去上犹没有公路，不通汽车。非走路不可。

一百二十里，半路有个大镇名叫塘江，恰好中段六十里休息。明天再赶六十里，不用天黑就到上犹。

（七十三年前的事，我完全忘记用什么方式从赣州来到上犹的？行李是一堆书籍和一堆木刻板、颜料、画具、木刻刀和纸张，一块五六斤重的磨刀石，再加上衣帽和其他紧要杂物……早超过了一百斤，背囊装得下，人不一定背得动。我非常怀疑当时有能力扛自己这尊肉身和过百斤的随身杂物轻易挪动一百二十里。

《民众日报》的洪隼兄几个人都在为我着急，请挑夫、轿夫花的钱太不上算了。

最后我还是到了上犹，怎么到的？忘记了。

好像一辈子只记得风景名胜，忘记走过的千里万里；只记得山珍海味，忘记吃了几十年的家常便饭。）

见到了社长李继祖、总编辑石城、主笔陈佐车、副刊编辑艾雯（女）……序子住房安排在二楼西北角一间小房间，跟石城隔壁。吃饭在后屋食堂。

这楼房算不得大，叙述起来，连印刷厂都在里头。越讲越大。——喔！忘了，还有编辑部，干晚上活的译电组，还有楼上的社长办公室。白天来，下班回家。

斜对面有座砖墙二层楼，大堂大，放得下四张乒乓球桌子，可以开从没开过的大会。（我有时做梦在这里看文艺演出。）

出去的粗心人忘记带门，隔壁人家养的七八只大白鹅摇摆进大堂来玩，叫出震耳的声音。有人会温和地伸开双手劝它们出去。不嚷、不骂、不生气，扫把扫掉大白鹅即兴拉出的大便。

序子很少见到用这种温和态度对待牲畜的君子。

序子刚到，石城带他报馆各处看看走走，这个握握手，那个握握手。

上街。一条疏落的长街。县政府要走过百十来家店门才看得见。坐北朝南。建筑算不得巍峨，倒看得出自我约束的风格。算是难得。

（再往前走这么相等店铺，一个大操场，就是"继春中学"。校长姓高，高哲生，翁文灏当年资源委员会的人马，后来调到钨矿局。他原是海洋生物学者，一抗战，海没有了，只好转进大陆。你看岂不见鬼了吗？让他来当中学校长。山东青岛那边的人，是位很有修养的大科学家。学校分高中、初中，校舍很大，礼堂漂亮，蒋经国在这里很舍得花钱。几时进去看看，高校长我熟。）

序子用不着上班的，开始为艾雯的文艺版专栏刻个"大地"的头花（可惜忘记了名字）。以后大概是一两个月换一次新的。

报馆大门朝南，按说法是街右。街左是刚才讲过进鹅的大堂。图书馆、资料室在二楼，还有一间间职员宿舍。听说还有间男澡堂子。后门打开就是河堤跟河滩。所以鹅鸭们习惯从房屋前后进进出出。

照序子看来，江西县份里，上犹聚朋结友街上喝米粿茶的兴趣没有龙南、信丰那边浓。有固然有，冷清一点。这是以后序子住久了感觉到的。是不是经济、文化、交通不方便弄出来的？……

敲钟下班，晚饭，休息，又敲钟，上夜班的上班。

有个民教馆的干事俞鸣（他哥哥是军委剧宣七队的俞亮），常来找序子聊天。此人善得不得了，那双眯眯眼生下来就是用来笑的。字写《张猛龙》，新旧书都读得认真，谈吐硬，难得上犹有几个这样的朋友。有时相约石城吃晚饭之后到艾雯家里坐坐，谈点各人读过的中外书籍的情趣心得。

艾雯是出优雅女子的江浙那边的人，跟资源委员会工作的爸爸到江西来的（？）。不幸爸爸去世，剩下妈妈和妹妹靠她养活了。

伯母十分殷勤慈和，我们一来，总有好茶、好点心招待。

和我们一样常在这时候到艾雯家来坐坐的是上犹县三民主义青年团的干事长××。（这个突破了我记忆力的纪录，竟然忘了他的名字。）

这位老兄眉清目秀，嘴唇上留着美国电影明星埃罗弗灵式的一小撇精细胡子，金丝边眼镜，尤有甚者，我们三个人万万办不到的是，他随身骑

此人善得不得了,那双眯眯眼生下来就是用来笑的。字写《张猛龙》,新旧书都读得认真,谈吐硬,难得上犹有几个这样的朋友。

着一架崭新的英国三枪牌脚踏车，大驾一到，故意地叮一声，车子靠在走廊月拱门边。

这个人自认漂亮是可以的，不过不要自我夸张。五官小气了一点。当然，长成什么样子是人家的自由，何况又不是"我"的客人。序子想。

他不插话，只坐着谛听，时不时轻轻咳一声嗽，用拳头捂一捂嘴。表示"我"在这里。

他目的性明确，是来讨艾雯做老婆的；不过没说出口。他采取下象棋"拱卒"的办法，他清楚自己的优势，他"润物细无声"，他清楚眼前三个客人绝不够格担当情敌重任。唯一要命的是他自己，他不敢问自己："你多大了？"（大概三十四五了。）

这个人（想起来了，他可能姓朱）一来，序子三个人当然告辞。出门前，顺手把自行车前轮的气门芯松了（就一次）。

还有一处常去的，李社长家里。三口人，有时还管饭。孩子才四五岁，很可爱。在序子心里，夫人的名字也很不稳定，有时候姓周，有时候姓张，定不下来（对不起）。

在那里，独门独院，可以畅论时事、讲笑话。蒋家、宋家、孔家都行。

蒋经国专员在广场的讲台上对人群做重要演讲，没想到蒋委员长忽然驾到，蒋经国专员连忙从台上跳下跑上前去："爸爸好！爸爸好！"

有天，蒋委员长，管空军的周至柔，管宣传的张道藩，管党务的陈立夫，同坐一辆车到一个地方去。要过一道河。木桥上一匹毛驴在啃青苔挡住了去路。开车的周至柔下车上桥去命令毛驴："滚开，要不然我派飞机来炸掉你！"毛驴不理。

张道藩下车上桥跟毛驴讲："蒋委员长的新生活运动遇师长尊者要礼让，你懂不懂？"毛驴不理。

陈立夫下车上桥，俯身在毛驴耳边轻轻说了句什么。毛驴撒腿就跑。

蒋委员长问陈立夫："你对它说了什么？"

"我问它，参加国民党好不好？"陈立夫说。

蒋经国专员有次做军事检阅，看见列队排前的一个营长裤子纽扣没扣，叫他上前几步问道："你看你底下是什么？"

营长朗声回答："报告专员！我底下是营副。"

听李社长口气，好像也不怎么喜欢国民党，甚至有看穿了的口气。奇怪的是国民党怎么还让他当社长？

有回讲到新赣南宏图之所谓，他说他也曾翻过几本这类的书，究竟写的怎么回事他也弄不清楚。几次想下乡去看看都没能如愿："其实你还真可以下去看看。"

石城也在旁边打气。常备队的老曹借了匹黄骠马给序子。序子还真下了差不多十天的乡。

（天晓得至今连那几个乡名都没记住，印象最深的是出发那天的事和回来那天的事。先说出发那天。这匹公马想必好久没放青了，骠蹾得那么足，见到继春中学那么大片草地，忽然撒起欢来，放蹄就跑。幸好我紧紧夹稳马鞍，点紧马镫，勒准马缰，任它驰骋了整一大圈。幸好有点经验底子，不然跌下马来，不摔死也给拖死。

再说回来那天。

居然骑马在一路的杏花香里。想起自己以前的那根难忘的洞箫上的字："一路杏花红十里，状元归去马如飞。"俗是俗，但又那么身心贴切，俨然是闭着眼睛让最后两小时的花浪花香拥着回乡的状元郎，有何不可？）

别说写稿子，连最简单的速写都没有一张。愧对李社长说："这次下乡和以前你的心向往之一样，什么都没做出来。"

他说："有时办事情会是这样的。"

话虽这么说，序子自从下乡回来之后，还真做了一些事情：

一、中篇历史小说《韩愈上任》，艾雯把它连载了七八天。俗传的侄儿子韩湘子也扯了进来，熟人见到就问："写谁呀？写谁呀？"（没有写谁。）

二、纪念作家羊枣先生逝世木刻一幅。

三、庆祝收复东北、日军投降木刻一幅。

四、《鹅城》抒情木刻一幅。

五、《饥饿的银河》木刻一幅，自己的诗插图。（自己没有写，以后在

蒋经国专员在广场的讲台上对人群做重要演讲，没想到蒋委员长忽然驾到，蒋经国专员连忙从台上跳下跑上前去：「爸爸好！爸爸好！」

上海李白凤写了。）

六、《小草》端木蕻良诗插画。

序子一直以为石城是一个人在上犹生活，不料有天下午一位戴眼镜、微胖、穿蓝布旗袍朴素的女士来找他，对他温婉说话。序子从未想到石城竟会这样粗暴地对待她："你走！"

女士仍然对石城轻轻地说话："你听我说咯，承天！"（石城的学名叫张承天。）

石城把女士反手一推，差点将她摔在楼板上。

"我不听，你走！"石城喊起来。

……

女子静悄悄下楼去了。

楼上剩下的这两个男人也各自散了。

故事没有散。听人说，石城好久以前曾经害过肺病。病到要人照拂的地步便住到县医院去了。那时候不像现在有公费医疗（有人插嘴，公费医疗也不省钱）可以报销，交不了费便要出院。这位女士是医院的护士长，不单有本事还有积蓄，把两个长处都用在他一个人身上了。病好之后还给他每天炖鸡汤进补，亲自把恢复健康的他送回报社。以后，不要你了！

就是序子亲眼看到的那场合。

爱一个人可以爱到这种忍辱含羞的程度。你看你多活该！那么简单的两个字："你走！"就被打发了。

你前辈子欠他的，该他的？你向他说理由现在他能听得进吗？其实一个人犯不上花时间在讨厌人身上找可爱。

序子上卫生院找到了她："我自己主动来找你的，和张石城没有关系。

"离开这个地方吧！你有地方去吗？不要回老家，走远一点。生活稳定之后，先抱个不到一岁的女孩养养。不要男孩，记住，不要男孩。女孩会痛亲你一辈子，男孩永远是你的张石城。

"别再找张石城，这类对人产生腻歪心的人比狼还狠。"

"你是谁？"她很冷静。

"我是张石城的好朋友，同事。"序子回答。

"多谢你。"她说。

"对不住，不冒犯就好。"序子告辞。

回到报社，石城站在门口："哪里去了？"

"找你那女朋友。"序子答。

"我要你找她吗？"石城问。

"我在为你出力解结啊！"序子说。

石城朝地上狠狠唾了一口口水，转身走了。

"咦？"序子瞧着他的背影笑了，心里盘算，"要是打他一顿，世界会起什么变化？"

第二天大清早在食堂，石城老远端着碗面左手指着厨房门口告诉序子："那头，簸箕里有油香饼！"

李继祖社长有天找序子："县长刘文渊是我老朋友，在上犹已经做了三年县长，你帮我想想看，送个什么礼物做纪念好？"

"看你意思是要我画画了罢？"序子说，"我画了，岂不是我送的礼了？"

"那也是啊！"李继祖迟疑地说，"要是题上个我的名字呢？"

"画是我画的，你题五个十个名字也没用。除非送的是一张郑板桥。"序子说。

"郑板桥？有郑板桥我还送他，我疯了？"李继祖说，"这样，你看好不好？你去有风景的地方画几张本地风景，我叫人裱一本册页，大家签名，你看好不好？"

"唉！我下乡出发那天，你打个招呼不早解决了？在乡里，我正愁不知干什么好。我真算个混账东西，辜负了几天宝贵光阴。唉！在乡里随便东南西北打个转，你要的东西不都有了嘛！唉，可惜！"

序子用了两天时间，邀了民众教育馆的俞鸣，摊开画夹子沿河画了五六张风景草稿，又到继春中学长杏花的那边的村头村尾画了五六张稿子。

一路杏花红十里

居然骑马在一路的杏花香里。想起自己以前的那根难忘的洞箫上的字：「一路杏花红十里，状元归去马如飞。」

回到宿舍，把稿子上了水彩颜色，你别说，还真有个样子。问俞鸣："送到裱褙铺，做成册页，你估计要几天？"

"急件可以快，我看五天行了，我和刘裱褙熟，招呼他快点就是。"

序子题了字，盖了章，自己又欣赏一遍，得意地问俞鸣："你老实说，究竟画得怎么样？"

"这要看跟谁比了，跟毕沙罗、跟莫奈比，他们一百分的话，你顶多零分。"

序子不再惹他，认真用报纸包好十二张画放在桌子上，到厨房打来两个人的饭菜。有咸菜汤、炒牛肉片、豆芽菜、煎豆腐干、辣子鱼、一碟炸花生、一碟豆腐乳。

"嗳？不是说上饭馆的吗？"俞鸣诧异。

"哪个这么讲的？"序子问。

"我想，我一定听到人讲过。"俞鸣说。

"大概是想多了，变真的了！"序子说。

序子：

多谢寻邬《天声报》徐力先生把信转到赣州洪隼先生手中再费心转到上犹你本人手上。我们庆祝抗战胜利的心愿总算作一了结。

我要不亲眼读到习惯了的手迹，怎能相信将要成为未来姻亲的人会诬陷你为日本间谍并在黑夜中把你武装驱逐出境。这种狗胆包天愚蠢到家的举动也不怕有朝一日被人传为笑话。

抗战期间，抓到日本间谍就那么轻易地放走了？审都不审一下？七战区长官司令部管情报工作的就那么慷慨大方？或者，就那么可爱天真？

回过头来我仍然要夸奖你，对付那批混蛋你怎么那样从容不迫？自己想想，把你过去那些奇异遭遇分一点点给别人，难得有人不叫痛的。

清末民初有位不懂外文的大翻译家林琴南出书翻译了一本英国小说家迭更司的小说，取名《块肉余生记》，写一个小孩成长的复杂故事。

我觉得这书名送给你更为合适，你才是货真价实的"块肉"。后来另一位翻译家许天虹先生把这部书全翻译出来了，就直接取用原书名，也就是主人翁的名字"大卫·高柏菲尔"，厚厚三大本，在译者序言里有一段话：

"在表面上，迭更司似乎是一位幽默家，可是这位幽默家也有他的可悲的一面。可悲的就在他要哭的时候却不能不笑。因为他看到了现实社会的黑暗面；他那热情的天性始终不能漠不关心多数人的悲惨的生活状况。不过他努力保持着对于'未来'的信心，并且竭力支持着别人的这种信心——虽然有时候他也感到他的立足点好像要崩陷似的。"（一九四二年三月十日天虹志于浙江临海）

你自己看看，有没有这种感觉？许先生的这一段话像似在为你这"块肉"写的。

自从你跟我讲了那十二位苦难兄弟遗体同卧一船四天四夜的故事以后，害得我在以后多少个梦中认为自己就是其中的十二分之一。躺在潮湿的舱底，隔着一层板子和你讨论世情人生。

眼前全国上下仍沉醉在胜利梦中未醒。受降，接收敌伪资产让这些国府大小官员狗蛋们快乐得快要融化了。金元券猛跌，粮价飞涨，大有热闹可看。静中有动，动中有静，蒋公有逐渐成为酱公的可能。他老人家总忙在不应该忙的地方……

我眼前脑子真飘着一点封建老头子的快乐彩云，有幸生前抱抱你们未来的儿女，有幸做一个空头爷爷。

寄来的几张木刻都有欣赏价值，看得出具备着透明的文化性质，这点飞跃，可不简单。所以说，还是自由恣意一点好。天下之大，无奇不有，少的就是脑子。不动脑子，见样画样，你学我，我学你，学成一团，粘在一起，相互叫好，却不见长进，怎么得了？

个人主意到哪里去了？读的书呢？生活经验呢？判断分析力呢？主意有高度，又有称心的表达技巧相扶相携，那可是一件快乐无边的美事。

刻画一样东西总要动情。爱是情，恨也是情，动不动情的作品一眼就看得出来。像射箭瞄准一样，无的放矢能叫艺术吗？

看看眼前这个包含这么多有趣花样的社会，俨乎其然庄而重之地在做些浅薄荒唐事情，看看莫理哀怎么说的：

"世上一切事情都该颠倒了：不久以后母鸡会吃了狐狸；孩子会教训老翁；小羊会追赶豺狼；疯人会造法律；妇女会上战场；罪犯会审判法官；学生会打先生；病人会给健康的人吃药；而那些胆怯的兔子也会……"

（《莫理哀全集》第一册《情仇》二幕第八出——米达佛拉士特语。）

抗战八年！你以为蒋委员长做的会比莫理哀说的差吗？你以为八年间的乌七八糟都是我们伟大的蒋委员长一个人做出来的吗？你就是在这个污涠捞糟的污泥里长大的，你已经习以为常，理所当然了？这样好吗？对吗？

拉里拉杂写这堆东西给你。耽误我写，也耽误你看。清河进医院割盲肠，出院之后不知上哪儿去了，也不告诉我一声。在这间大屋子里，真感觉全世界剩下我一个人了。

祝好！

嘉禾　×月×日。

今天是我生日，你记住，我永远大你三十四年。

俞鸣取回序子画的上犹风景册页，几个人围着看，说好。

佐车说："可惜少一点人的活动，你应该画些街景，人的活动，菜市场呀！码头人马来往呀！"

"你说得对！"序子说。

"上头写了《上犹十二景》。"俞鸣说。

"十二景不可以包括社会活动呀？"陈佐车说。

"人一活动，风景性就不纯了。"艾雯说，"我还是觉得光是风景比较雅。"

李继祖社长说："'犹星阁'楼上的桌子怕已摆好了，我们把册页带到那边去欣赏吧！"

俞鸣好像早就觉得自己是《凯报》的人，奇怪的是真没有把他当外人。找了一块什么布包了册页跟着大家就走，连刘沧浪经理、社长夫人和公子，巧巧凑了一桌子。

"我说社长会请客，张序子说我'想多成真'，你自己说，真不真？"俞鸣在大书案上一方砚台上磨墨，请大家在末页上签名。

有人迟疑："这样签名合适吗？"

李继祖不说话，刘沧浪经理说："刘文渊县长主政三年度过多少困难，不容易呀！原本说好是亲自来的，不巧又下乡了……"

话没说完，李继祖伏案第一个签了。夫人跟着，儿子也打趣在边角上写上了名字。艾雯签了，石城签了，没想俞鸣也抢着签了，其他人也跟着签了，序子也加了个名字，陈佐车最后签了。

序子按规矩请陈佐车想四个大字题在扉页，他毫不思索地提笔就写：

宰犹三年潮阳陈佐车民国三十四岁春题

序子心里咚地一跳。在上犹做了三年县太宰，一点没错。说是宰杀了三年上犹老百姓，也没什么说不过去的。

"陈佐车呀！陈佐车，你这一手可真不含糊！"序子心想。

（宰，官名，古乡以宰名官。《论语·雍也篇六》："子游为武城宰。""宰相"，辅相天子，统摄百僚之官。

《汉书·宣帝纪》："宰为屠杀也。"）

李继祖、张石城懂得这个意思。有半懂的，有只顾吃喝什么也不管的。刘文渊县长是个读书人，应该也懂，如有幽默感，当更觉得有趣。

看样子李继祖不会让这本册页那么有幽默感地送到刘文渊手中，也不甘心让那四个字留在册页里。果然不出所料，他把俞鸣叫进房里悄悄两下，俞鸣夹着那本册页匆匆下楼去了。

上犹《凯报》的公共厕所比较特别，是露天的。下起雨来要打伞，多几个人伞就撑不开，很不方便。若天晴起来，四周古石墙上多年叠生之厚厚蔓藤，开着忿怒的黄花直指蓝天，间或一两只鹡鸰来停一停，倒让人感觉每天大清早饭后上这儿蹲一蹲，可能跟积淀文艺生机有点关系。

序子事毕，正漫步出来，忽听得传达室有人高叫："张序子赣州长途电话！张序子赣州长途电话！"

是梅溪打来的，她已经住在赣州中山公园社会服务处招待所，叫序子"赶快来"！

"当然赶快来！"

马上去报告了李继祖请假，向公家借钱。（多少钱？记不清了，足够足够！）刘沧浪借出一部刚买的新车，打气筒、机油、应急板、钳子等零碎应急用品都放在车架后袋里。自己扎靠停当，灌足茶水，六张油饼傍身，戴上帽子。上车正东方向直奔赣州，一百二十里，现在是上午九点整。

"梅溪、梅溪，哪个人把你送到赣州来的？你简直是腾云驾雾嘛！你胆子也真不小……你哪儿来的路费？你怎么晓得住在中山公园社会服务处招待所舒展云那里？你怎么晓得他和我熟？"

太阳照脑顶心，过了塘江，明白还有六十里。六十里算什么，不是已经六十里了吗？下个六十里就看到梅溪了，眼前要留心路上凹凸、留心坑洼，梅溪这时不能少了我。我掉下山沟、废井，不仅是死，是两个人的命，让她在招待所空等，断肠、绝望……我要小心，要为两个人保持安全。太阳往脑后偏了，眼前的影子越来越长，这还真算是一点麻烦，很快很快就要伸手不见五指。你看大自然好残忍，现在还只是黄昏，车在上坡，坡上有家人家。白天快要过去了，白天不是我的了，加一句《日出》的话："我要睡了！"开玩笑，我敢闭一下眼睛吗？坡陡，弯太多，下车推，这怎么走？翻过山顶，再走几步，车子也不能推了。什么都看不见了。

原来是家救命客栈。有支牛油蜡照着，老两口子。

车子推进屋，锁了。问老板赣州城还有好远？

"十二里。"老板答。

"走得吗？"问。

"撑棍子行，推车怕要摔。"老板答，"我看你住了吧！"

"噢！"序子答应。

"喝水，可以烧一点，洗脚怕没有。"老板说。

"噢！"序子答应。清楚自己水壶里还有水，不说。

水来了，序子取一块油饼吃了，其余的推给老板。

"明天动身你不吃？"老板问。

"给我留半块就行吧！"序子说。

两口子闷声不响吃完油饼。

"睡吧？"老头问。

"噢！怎么睡？"序子问。

老头指四边的矮土台。

老太婆抱来三包鸡毛，告诉序子不要脱衣服，任选一台躺下。留个头出来。

老太婆把鸡毛前前后后倒在他身上。

序子好笑，后脑还有个枕头——砖。

这一觉还真不像人睡的，那么舒服！

早上好！

老头叫他抖下全身鸡毛到屋外去，脱了全身衣裤大跳大抖，大摸大拭，直到全身发热冒气才穿上衣服，老头说不是只抖鸡毛，还抖跳蚤。已经十冬腊月了，居然不咳一声嗽。

回屋见老太婆用小扫帚在回收鸡毛。

算账，两角钱。两口子看在昨晚那四块多油饼分上不要钱，好不容易收了。序子喝了两口水，吃了留下的那半块饼，告别了老两口，迎着太阳重新上路。

这十二里哪像十二里。一阵风进到中山公园招待所，见到舒展云，董振丕也跟在旁边。序子问老舒，梅溪怎么这么巧找来这里？老舒指着楼上笑着说："命里该的，命里该的！"

序子一个人上楼敲二号房门。里头一声："请进！"

雞毛店

老太婆抱来三包鸡毛,告诉序子不要脱衣服,任选一台躺下。留个头出来。

老太婆把鸡毛前前后后倒在他身上。

门开，梅溪拥着被子孤零零坐在床上，见到序子，轻轻抽泣起来。

"不哭，不哭，你瞧你多勇敢！一切都好了。不是我也来了吗？再也不分开了，起床穿衣服下楼吃早饭。有朋友在底下等我们。"

"我没带衣服，就这一身。"梅溪说。

"你了不起！一身就一身！我们马上买！"序子说。

两个人迈出房门，楼梯下到一半，茶座那边一阵鼓噪，原来老朋友都坐在那里。

"怎么回事？吹集合号也没这么快！"序子开心地问，"谁搞的？"

"不才是我！"舒展云说，"这段故事该由我先介绍。——前天晚上来了这位女士到柜台登记住房，没介绍信，没带行李，单身一人，风度高雅，书写流利，是个有教养的女士，说是从广东到赣州来与未婚夫会合的。未婚夫在上犹《凯报》工作，姓张，名叫张序子，是个木刻家。我问她：'你怎么知道我这里可以住？'她说门口写得明明白白。你看，不加减一个字，她一进赣州就找到她未婚夫张序子的好朋友舒展云开的赣州最好的招待所。真正的天作之合，上天有眼摆布照顾？我告诉她，你们的故事我都会背，做梦也没想到你自己送上门来。"

众人簇拥过来一一介绍，老舒说："各位先喝茶，他两位还没吃早饭。大事等饭后商量吧！"众人说好。

"就洪隼先生和叶奇思先生见过，别人我都不熟，怎么办？"梅溪问。

"没什么怎么办，多聚一聚就都熟了。这帮人都晓得我们的故事，只没见过你真人而已。"

早餐是豆浆、油条、糯米饭。

吃完早餐，梅溪上一下楼，序子坐到大家这边来。

鲁沙问序子的计划，序子说正在想。

"想什么？这时候了，还有什么好想的？等你那个王八蛋老丈人派人把梅溪绑回去？"鲁沙说。

"那不至于！"序子说。

"喊！你看你张序子，平生特立独行怎么一下子山色空蒙了？结婚啦！

这时候不结等什么？"姚公骞说。

"我是想，怎么一点准备思想都没有？"序子说。

"这时候还玩什么思想？行动呀！"马龄说。

"来，来，搞个筹备委员会，我当主席，马龄当副主席，姚公骞当秘书长，叶奇思、周亚当总务主任。你，你这个舒展云当什么？等我想想，小的你不愿当，大了你当不起，你当个大会主席，说到底，你就是个实际的后台老板，司仪兼主持人。"鲁沙问序子，"这会开得怎么样？"

序子说："要结婚我原是想到上犹去办的，那边是我工作口岸，要讲也讲得过去。在这里搞，有点临时性的感觉。恍惚了一点。"

鲁沙说："你讲你这是屁话不是？赣州和你那个小上犹比哪个恍惚？你还恍惚！这么多朋友为你撑腰、欢喜，你偏要躲到小角落里去！"

"嗳！鲁沙你，是序子结婚还是你结婚？你总要多听听本人的意思嘛！序子，赣州有那么多朋友，上犹也有不少同事，要是赣州热闹一场再回上犹热闹一场不是更有意思吗？"李白凤说。

这下子没有什么争论了，还有几个问题需要研究研究。

一、就眼前这个势如火燎的局面，要双方家长眉开眼笑坐下来商量为子女拟个登在报上的结婚启事根本谈不到，只好由男方自拟一份结婚启事并恭请两位学养深厚的长辈为主婚人，增添这个婚礼大事消息登在报上的光彩和分量。（最后公推张乐平和陆志庠。他们都说事后才知道，有点冤枉。）

二、婚礼酒会设于岳云楼，费用由舒展云与岳云楼管事结账后向序子报销。亲戚朋友连带家眷，顶多三桌够了。

三、酒会后之晚会在招待所举行。舒展云全权负责。

会议结束，行动开始，婚期铁定一九四六年二月八日，即是明天。各人分头活动。序子、梅溪上街添置衣物与各项零碎，包括一口皮箱和一个帆布口袋。

总之，这帮人不会放过任何一种彻底穷玩一场的机会；绝不善罢甘休红白喜事中居然没有自己的份；人生最大的遗憾就是一天只有二十四小时而不是一百小时……

序子小时候就跟同伴说过，长大以后最怕的是"讨嫁娘"；堂堂活鲜鲜子的一个人大庭广众之下让人蹂躏而不能反抗，尤其不能生气。没想到今天轮到自己了。

这种荒唐活动权力事后跟这帮凑热闹的家伙毫不沾边。从此这个男人和这个女人可以拥有睡在一张床上不受干扰的权利，居然又是这帮家伙哄出来的。

既不是法律而又弄得那么热烈可爱，并且具有严峻的铁券分量。

一场喜宴，老是上菜上菜，干杯干杯，爷爷如此，爸爸如此，儿子如此，孙子如此，代代如此，乐此不倦。

序子从来不喝酒，人家来敬酒，举一举杯。再来，再举一举杯；举多了就不来了。梅溪能稍微多喝一点，众人也是体谅这个只身私奔而来的勇敢女子，相信了她的诚实，跟着起哄，跟着开心，也就算了。

酒鬼和酒鬼一起可不相容，决斗喊杀之声招来楼下半条街看热闹观众，都仰望此时此刻能跌下一两个西门庆、应伯爵之类的人物下来。掌柜伙计此时此刻也乐得乘势起哄，吼破了嗓门地添酒加菜增加热烈气氛。

只有带孩子的奶娘婆妈被眼尖的伙计轻声温言劝告，娃娃拉屃屃楼下有干净茅房，请到那里方便最好。

眼前的状况是一团酒气。还未曾醉到站不住脚的客人照拂那些躺在楼板上的、躺在桌面上的客人。你以为世界末日了！一个钟头以内，参加酒会的这批人，一个不缺地全好端端地坐在招待所的晚会茶桌子旁。

说人全醒透了也未足信，仍有个别人闭着眼睛不晓事地叫酒。

（我已经忘记当年当时坐在哪里，梅溪又在哪里。我以为我当时无处不在。结过婚的人请你们说说看，您那天快乐吗？清醒吗？你记得住好多事情吗？我只记得我那天比较随和但不任人摆布，我记得我不怎么笑。我清楚梅溪近在身边而没有用眼睛找她。我不心急要跟她说话。我让好多东西在耳朵、眼睛旁边晃动而不太在意。）

老舒喝了很多酒。自从跟序子认识以来就是以喝酒为生的。既然成为招待所主任，那种不喝也得喝的日子已经过了大半辈子。喝酒就是工作。

他的考勤簿上满本都是酒字。平常过日子，在家从不喝酒，好不容易有个地方躲得酒这个字。

现在他手上捏着一张纸片。今晚上他要靠这张纸片上头写着的字说话。他原先是认识上头所有的字的，现在当然也认识。只是，那些字不想理他了。他被那些明明白白的字眼抛弃了，像一个狠毒的恶妈妈把一岁大的亲生女儿扔在马路中央。

还是李白凤精明，端着一大杯冰凉的苏打水过去给他。照拂他喝下，眼见他喘了一口长气，晃了晃头，笑了。

鲁沙也机警地过去帮忙提点把握，让纸片上写的字跟老舒重新和好起来：

各位亲友，今晚上为了张序子先生和梅溪小姐新婚大喜日子，我们特别邀请了著名钢琴家瑞虎臣先生、著名手风琴大师谢申先生、表演苏格兰舞的何云云小姐、著名魔术家贺滚龙先生、表演柔软体操丽珍健身房四位小姐。最后由新娘梅溪女士唱歌答谢各位敬爱的亲友。

现在请主持人舒展云先生主持全部精彩节目。

一位聪明的朋友说过："具体事物不能诠释抽象。"

音乐晚会很难用文字来形容的。你只能说很好听，很热闹，大家很开心。梅溪唱的四首外国歌，好听，她人也长得好看，过得去。

我假如真要一出一出详细介绍当晚的节目，你不骂我才怪！你清楚曾经发生过这种事就行了。当时让好多朋友开心而已。世界上每时每刻都在发生这类事。

只是忙坏了那些难忘的好人。李白凤在一块粉色缎子上写了一首祝福的诗，好别致。李笠农也寄来一阕《贺新郎》的词来（"文革"时害怕，烧了）。

赣州没住几天，上犹那边朋友急了，打电话来催，跟老舒结清了账，告别了所有朋友。这次从从容容请了一顶轿子让梅溪坐了，序子脚踏车跟在后面。没忘记给山上鸡毛店老夫妇带两斤红砂糖、两瓶酒、一盒饼，过门的时候给了。到塘江六十里住一晚，给上犹打了个电话，第二天太阳没落山，朋友们就在城外一两里的地方迎接，还放了炮仗。难得沧浪和俞鸣两位老兄费心在报馆对面一家老太太那里租妥一间大房布置成新房。亮堂堂的都是红囍字。序子向两个轿夫道了辛苦，算过工钱，送他们走了。所有朋友们都跟进新房里凑热闹。走廊整齐堆放着过日子的锅炉、碗、筷……房里一架结实的生漆老床上面，所有崭新的卧具都是同事们共同凑成的礼品。这真让序子完全料想不到。还说明天晚上报馆在"犹星阁"有个贺喜张序子、梅溪的喜酒会，听说刘文渊县长和太太也来参加。

　　热闹一阵众人走了。序子和梅溪跟房东老太太见过，原来是位十分和气的老太太，热心地带他俩到后门去看井水和盥洗的所在，顺便还看了厕所。

　　序子带梅溪特别去看了石城。告诉梅溪，石城跟野曼是老朋友，又告诉梅溪，野曼很久以前就介绍序子到上犹来的。梅溪说记得记得，你在信丰说起过。

　　两口子跟石城一齐到膳厅吃晚饭，很多人都过来看新娘子，连几个厨房大师傅都笑嚷着出来跟梅溪握手，故意学广东话说恭喜恭喜，回厨房特意炒了两盘肉菜出来。

　　晚上俞鸣到新房来了，问起演剧七队见到他哥哥没有。

　　"你哥哥是谁？"梅溪问。

　　"俞亮。"俞鸣说。

　　"那金链子就是他帮忙向女同事借的。"梅溪说。

　　"真要深、深、深地多谢他。"序子说，"一个人一辈子难碰得到几个好人帮忙。"

　　"明天到邮政局打听一下，金子这两天一钱多少？赶快把钱寄回去多谢人家，还要记得加上链子的手工钱，涨落的幅度一定要往宽处打，信写清楚，金价涨了我们一定会马上再补，千万不要客气……"

　　客人走了，两个人烧了一壶水将就擦了一下身子，洗了脚，钻进新被窝，闻到一股新卧具的香气，晓得明天有好多事要办，加上累，呵欠不打一个就睡了。

　　第二天两个一早醒来，好像初见面，亲了又亲。

　　起床盥洗完毕，进膳厅吃饭，见到石城，三个人坐在一起，讲东讲西。

"你爸爸那边有消息吗？"石城问。

"我们寄了结婚启事给他，大概会气死。"梅溪说。

"做爸爸的再狠，对木已成舟局面也没有办法。"石城说。

"他前些日子还来信威胁，要我马上打住，'否则有冒骗之嫌'。我回他一个短信，'冒骗二字不应出自君子之口'。"

"收信后，他咆哮了一个上午。"梅溪说。

"吃完早饭，你们上哪里？"石城问。

"先上邮局寄还金链的钱，再上百货店买热水壶、茶杯、茶壶和脸盆、洗脸帕、漱口杯、牙膏牙刷、茶叶、糖果、饼干。"序子像是在告诉自己。

"钱不够我这里有。"石城说。

"够，够，够，多谢你关心帮忙！下午办完事再找你。"序子说。

"我就在房里，哪儿都不去，你们随时来！"石城说。

走到街上，序子告诉了石城的故事。

梅溪叹口气说："说是说我不封建迷信，我又一直在信神的庇护旨意活着。石城兄那么真诚有学识的一个人，怎么对爱那么残忍？不亲耳听你讲，我都不信。我真求神原谅他，求神让他早日觉醒过来。你千万不可对他粗鲁，看得出他认你是很少很少的朋友，你大意了，他肠子都会断。"

序子听梅溪说话，沉默了好久，点头。

"只是，那位护士长的爱和善行好无辜……世界上所有最好的安慰话都只能触及皮毛。

"爱情的创伤无药医。"

序子忽然跳起来："所以，所以，所以我说世界上动物这类东西最可笑，不只是因为饿、因为地盘而打架而仇杀。一种不见影子、不发音响、不出气味叫作'爱'的东西能够弄得人死去活来。不单引得去动刀动枪，还会运用心机弄得肝肠寸断，家破人亡。甚至扩大题目意义变成爱国战争，杀得尸横遍野。

"爱情一有了意义，非出事不可！"

"哈！爱情不出事，三十五部莎士比亚起码一半没有意义了。"梅溪说。

邮局办妥了事，买了该买的一大堆东西，放进房间安顿好位置，梅溪首先去烧了一壶水，洗干净茶壶茶杯准备泡茶。序子说："我忘了刚才买的什么茶。"

梅溪闻了闻："像香片。"

"好，我这狗才，看我居然买了香片！"序子说。

"别那么认真，你以为那间茶叶铺的茶和茶区别会很大吗？"梅溪说。

序子笑了一笑。

泡好茶，小两口分坐在小板凳上，序子抿了一口："唔！想不到啊！小看了它。"

"比大城市里的茶叶认真多了。"梅溪说。

门口有人嚷。四个年轻朋友抬了两个书架进房："石总编辑叫送的。"

"多谢！多谢！"序子送走了年轻朋友。

不久，石城就过来了。

"你们这么快就回来了？晚上喜酒，听说继春中学高哲生校长也要来。这人不简单，科学家，山东青岛人，研究海洋生物的。"

序子说："听说了。深感荣幸。最近有什么新闻？我好多天没看报了。"

"愿听中央社的还是新华社的？"石城问。

"当然新华社！"

"在东北、华北、西北、苏北、中南、西南、华南，共产党都很不听蒋委员长的话。三月份占了长春。"石城说。

"精彩！不听话岂不要大打？"序子问。

"打得赢不早打了。"石城说。

"那怎么办？来文的吧！召开全国人民代表大会，冲冲喜吧！"序子说。

"就像你说的！正在播这个东西，你怎么那么神？正在还都南京。"石城称赞序子。

"别大声嚷，让蒋委员长听到了，请我去当顾问怎么得了？"序子说完往床上往后一倒。

梅溪给石城倒了杯茶，也说茶好，不信是上犹买的。

你看人这嘴巴多势利！

犹星阁三层楼，楼面深而不宽，所以显不出热闹。客人上楼坐定之后，又感觉到店老板用心的高雅讲究。老板姓郭，是个读书人家出身，家底子不薄，忽然不知怎么一弄高高兴兴地办起饭馆来。生意从容，为人稳重，跟街坊四邻都十分融洽，算是上犹大街上受人夸奖的一景。

《凯报》跟郭老板原来商订的是三桌，现在看看不够了。你看巧不巧，二楼刚好摆得下四张圆桌，圆圆满满那就四桌吧！

上席坐的当然是新郎新娘，李社长和社长太太，刘文渊县长和县长太太，高哲生校长和校长太太，总编辑张石城，主笔陈佐车、经理刘沧浪、艾雯女士。

其余所有的熟人、同事、三亲六眷，拉得上名分的坐满了其余三桌。开席的时候，社长说了一番短话，然后敞开嗓子请县长讲话。

序子心想："……这他妈的算个什么事？老子讨嫁娘要你个当县长的来训话干什么？喜欢训话你可以回县政府去，爱怎么训你就怎么训，爱召集多少人训就召集多少人训，我这里就那么四桌人，老子以前跟你又不熟，你能抖出多少有益于人的话给大家听？这叫作不识时务至极，你看，你也不想想，你把热腾腾的好菜都耽误凉了。犯得着吗？当然所有的责任在李社长，要没有他要我为你画上犹风景，你也不会想到有什么情分要多谢我。你是好意，李社长也是一种让你开心的雅意。我当然更谈不上有什么恶意。不过这么一照应，你的诚恳回报产生了一种恶性障碍。没有一个人这时候喜欢听你这无聊的声音……"

没想到刘文渊县长这时候举杯了，只讲了两句话："我祝贺张序子先生梅溪女士新婚之喜；多谢张序子先生赐赠我那么精美的上犹风景画，干杯！"

这两句得体，不带任何渣滓，也没让人讨厌的祝贺词，我长篇大论不出声的诅咒冤枉他了。我赶紧收敛起一脸厌恶的表情，大概还来得及。

高校长个子矮矮的，也举杯讲了两句短话，可惜桌子那头的客人未必瞻仰到他的神态，只偶尔感觉桌子底下传来断续声音。

郭老板也搭近来敬了两杯酒。

序子喜欢没事的时候读心理学家的书。这些科学家们可能都有点特别，他们互相把彼此坚持的理论作为是一种病例分列在精神病一栏里头，给读者们欣赏，列出许多细到不能再细的名目，组织派、结构派、功用派、机能派、普通心理学、应用心理学、儿童心理学、社会心理学、变态心理学、精神物理学……让人觉得这些扭着句子的高深理论是对人类社会的重大贡献。序子当然也一直尊敬、多谢他们其他的研究成果，比如梦的论断，序子就佩服得了不得。

一个人晚上做梦，几几乎像一本长篇小说那么有意思。你喘着气醒来，回忆遇见某人某人，经过甲、乙、丙、丁，无数地方，干过这事那事，行动比坐飞机还快，实际上全是临醒前几分钟塑造的情节。要是计算真的时间，你区区一晚上的梦境怎么容纳得下那么多的时间、空间和人间情感行为？

有些思维也是这样。比如刚才从讨厌刘文渊到不讨厌刘文渊的时间过程也算不上很长，而分量却如噩梦般沉重。

好多人一轮轮过来敬酒。实际上序子肚子没进多少酒，只是让来回的酒气陶冶着、摇荡着。

也夹菜，也喝汤，好心的俞鸣老早发现序子的困境，一直在旁边打点照顾，最后甚至扶着序子一勺勺像给孩子喂药似的喂汤。

底下，序子就人事不知了。

什么时候楼上只剩下几个人的？人把躺在长板凳上的序子扶起来，擦了一把热手巾，听到梅溪说话，也听到俞鸣说话，黑不溜秋，好长好长一段路，让大家送回自己房里。

听到梅溪在耳边叮咛，给自己脱鞋袜，脱衣服，盖被子……

梅溪问序子：

"我们自己做饭好不好？"

"很麻烦的事。"序子说。

"我自小就喜欢做饭。现在我什么事都没有，这不太像我们在一起过日子，我也觉得那些饭菜不合口。"梅溪说。

"喜欢就做，不喜欢就停。锅盆碗盏都现成。"序子说。

"我喜欢上菜市场买菜。"梅溪说。

"我们可以一起去，每天大清早一起走走。"

"是的，是的，一起走走！"

菜市场什么都有，两口子天天换着口味。

有天菜市场来了个卖小鹅的，两人买了四只小鹅回来。李老太高兴得了不得，她说多年想的就是这些鹅，赶忙把后院原来的鸡窝清了，圈了个篱笆让小鹅先在圈里活动。有时让它们在河岸上跟着，招呼着它们，晚上领它们回来。李老太教这小两口在粮店顺便买一小口袋糠末子回来，调着杂食青菜喂它们。

这时候河面上正在赶建一座大木桥，非常之壮观，序子去画了个稿子，刻出木刻，预备落成庆祝会那天报纸上发表。

又刻了一张童话似的木刻，叫作《鹅城》，好多小房子、树，好多鹅来回走动。

过不了多久，梅溪对于在家里做饭很是得意，就说："为什么不叫石城和我们一起吃呢？他一个人……"

序子说："我还真没有想到。让我去问问他愿不愿意？"

后来的日子，石城的中饭、晚饭都跟序子梅溪两口子一起吃了，眼看他精神不错。

有天序子搬回来一张三角形的桌子，这很出人意外，是序子瞒着石城和梅溪请附近木匠师傅做的，并且给这个小集体取了个名字："一定胖伙食团"。

更让石城和序子料不到的是，一个多月后，上海黄嘉音办的一个新杂志《家》上头，发表了梅溪写的一篇文章：《一定胖伙食团》。

继春中学发来一个请帖，邀请《凯报》几位同仁去参加校庆活动。后来才知道，陈佐车很早以前就在学校兼任高中国文先生了。

人把凳子扶起来。

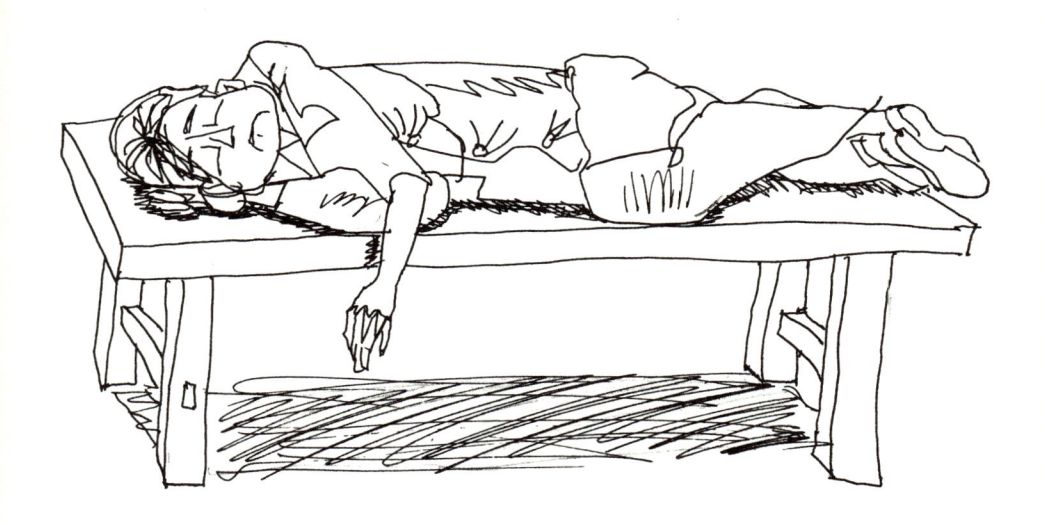

听到梅溪在耳边叮咛,给自己脱鞋袜,脱衣服,盖被子……

开会，认识了哲生校长的两个侄儿。高戈、高耶先生，他们都在帮哲生先生管理学校的校务工作。参观了学生们手工艺、园艺、书法、编织、展览，听了音乐演奏会，还认识了学校教课的各位先生……哲生先生有点口吃地对序子说："你看，就可、可、可惜没、没有美、美、美术作品。"

序子恭敬地说："先生，这么丰富，不容易了！"

高戈、高耶要求序子，请允许他们来看刻木刻。

序子说欢迎随时来，不要客气。

聚餐的时候，梅溪挨校长夫人坐（对不起，请原谅忘记她的名字）。夫人是不停地注意她，注意到梅溪也有点奇怪起来。还是夫人轻轻抓住梅溪的手先开了口："请不要见外，我以前见过你！一定，一定见过你。"

梅溪问："见过我？在哪里？河内？海防？昆明？"

"绝对没有这么远！"夫人说。

"那，广州？"梅溪问。

夫人摇头："不，不可能！时间应该近一点。"

"近？怎么近？龙南、定南、虔南？安远？信丰？"梅溪问。

夫人猛地站起来紧紧抱住梅溪："信丰！就是信丰。我到南雄去看我弟弟，那天汽车经过信丰歇了，晚上陪同人员带我到一个文化团体开办的茶园去参加音乐会，你唱了歌，是不是你？说，是不是你？你唱了巴哈的《圣母颂》，理查·斯特劳斯的《维也纳森林》，是不是你？说！"

"哪有这么巧？天涯无处不相逢啊！"梅溪说。

所有人都哄起来。

"你的歌可不普通，我是学钢琴的，让我这么个人久久难忘并不简单。"

梅溪指着序子："他是吹康乃特的，你怎么把他忘了？"

"我只顾听你看你，哪里还管伴奏的？我也没想到张序子先生当时在吹小号。对不起，对不起！"

"别客气！"序子笑着说，"对得起，对不起，我也只是个伴奏的！"

大家笑起来，跟着呼叫梅溪："来一段！来一段！"梅溪到底干什么的，他们不一定清楚。

夫人拉着梅溪往台上走，那里有一部钢琴。梅溪实在犟不过她。

"我来上犹还真没摸过钢琴。"夫人说。

来到台上，两人嘀咕了几句，开始演奏起来。夫人端坐，梅溪报歌名。唱、唱、唱，一直唱到其中一人双手放下来、一个嘴巴不再张开为止，众人就开始鼓掌。他们有经验，鼓掌从来没有错过。给唱外国歌的鼓掌并不是件容易事情。外国歌快完的时候，一点预告的讯号都不给，何况又不懂外国话（尤其是唱着的外国话），鼓掌早迟，很关系主客的面子。

高戈轻轻对序子说："那次路过信丰去广东，是我陪的婶娘，这次见到你夫人，也把我吓了一跳。"

序子板起脸孔回了一句："有趣！"

不晓得什么原故，石城辞职走了。

没让人感觉他哪里有不自在的地方。没跟上头和同事吵嘴，也没听过他恨恨之语，工作也未见误差。"一定胖伙食团"吃得好好的。加饭正常、不多不少，没发现病痛。尤其特别的是对序子这样的朋友也不透露一句知心话。

李继祖社长那边？陈佐车主笔这边？艾雯那边？……李继祖只说："看，就那么一封辞职信，六七年的交情，跟沧浪到会计处算清了薪水。遗憾，送别酒都没喝一口……"

他这一走，留下满屋空虚。哪里都不像哪里。

这时候赣州的周亚调来当编辑主任了，一个小伙子温宣光从哪个学校毕业来当编辑助理了。国内的政治仗火越发厉害了。报纸上的消息看出政府在上海、南京、北京、广州大地方很容易生气动肝火了，动不动就让报纸开天窗了。

端午节大桥的落成典礼，大家拥到河边去看热闹。巍峨的大木桥直达河那头，的确是让人心颤。贪热闹的人还走到桥上去看新鲜，河上游老远可能下着雨，城这边还正阳光灿烂，说时迟那时快，上游的洪水猛然地冲下来了。序子和梅溪跟参加庆祝会和赶热闹的上千人眼睁睁地看着那股大黄水把那条大木桥托起来，汤汤汪汪地往下游漂走了。

桥上还有人像蚂蚁样的在爬，好多沿河岸奔跑嘶叫的人，谁也救不了谁。（我这一辈子碰到一分不差、一秒不错的意外事故太多。我现在聪明了，会责备当时搞工程的为什么不用钢筋水泥坚固好桥基，光做一座木桥像船的原理搁在水上？不冲走才怪！不信请翻当年《凯报》，报纸上登着的我刻的这幅木刻就是隔不了几天让大水冲走的那座大桥。）

那天全城所有的钟表都停了，所有人都不说话、不工作了。炊烟不冒了，不吃饭不喝水了，以上情况完全可以不信；确信的只有一条：此事发生在一九四六年端午节那天中午。

石城走了之后，序子和佐车开始多说了几句话。他社论写得相当系统，如果集合起来，就像一本社会调查的书。主题有很多细节烘托，生动也有力量。怎么在上犹的能人都是光杆？比如石城，比如艾雯和他。他是广东潮阳人，一般广东人皮肤没他那样白，清秀美俊，腮帮上还有点蓝胡子根，出口也热情温婉，听说在乡里有负担。序子判断这类朋友都很自律，谈不上消遣玩耍。

有一晚上他到序子房里坐，顺手翻了翻书架上几部厚厚的翻译小说，美国的、英国的。

"你还随身带这么多大书？"

"爱看可以拿回去看。"序子说。

"你不想想，我是有福气看这种书的人吗？"他说。

……

序子有时候想：我并不光只喜欢性格脾气相同的人，也不特意去适应一些脾气乖张的人。天底下常常碰到好多怪事情，终生挂牵，愿意为他承担一点什么的人，不一定和他来往很多。

找朋友不过是在沙里淘合适的沙子。沙里淘金，淘金刚钻，见你的鬼去吧！你自己是个什么东西？

佐车这类人，你不可拿他肚子里对朋友有多少情感来衡量他为人的成色。他不是甘蔗，是苦艾。

我非常表面地看他。我们之间只有往来没想过友谊。

有一天早上，他推门进来，说完一句话回身就走："国民党杀了闻一多，三天后又杀了李公朴！"

当天登出他写的精彩社论：《如何纪念抗战胜利？》。

有一天他来序子房里，他叫梅溪出去。对序子说："有一件事，你愿做就做，不愿做就不做。以后也不说。"

"什么事？"

"报馆工人家里很苦，抗战胜利了，要求加三分之一的工钱，不加就罢工，要你参加。"佐车说。

"好！我参加！"序子说。

"还要你带头！"佐车说。

"你带头才行，我什么都不懂。"序子说。

"只要你具个带头名字。我不能出面。"佐车说。

"那底下干什么？我什么都不清楚。"序子说。

"有人办，你什么都不用管！"佐车说。

"你这么说清楚就好！"序子当作是一件非常庄重的事。心里战鼓雷鸣，心潮澎湃。佐车走了，梅溪回房，序子神色庄重，梅溪以为他病了。

"他跟你说了什么？"梅溪问。

"很要紧的事！"序子说。

"你说要紧得很，是不是？"梅溪问。

"《凯报》准备全体罢工！"序子说。

"你也参加啦？"梅溪问。

"我是带头的。"序子说。

"你会吗？"梅溪问。

"我还不清楚。"序子说。

"陈佐车该和你多讲点。"梅溪说。

"他忙，他走了！"序子说。

"要是石城在就好了！"梅溪说。

"我也是这么想。"序子说，"多个人问。"

序子去找周亚和温宣光。

两个神色都不怎么相当，不太愿意跟序子讲话。序子奇怪，这么大的事这两个人居然无动于衷。

"我们觉得薪水可以。"

"我们好好地工作，不想破坏。"

"不！"

"不想参加！"

李继祖叫人来请序子上楼谈话。

"哈哈，什么事要这样子板着面孔剑拔弩张，有事情好好商量嘛！大家有问题好好讨论嘛！个人有困难提出来解决嘛！平常都是有说有笑的，快一年了，大家相处的日子不错嘛！犯不上用这种手段。"

序子说："找我上楼是来谈正经事，不要嬉皮笑脸。

"抗战胜利一年了。想想老百姓的日子。我们上犹《凯报》工人的日子，四分之一的孩子上不起学，冬衣还没有解决，三餐难以稳定，报馆想没想过给大家加一点钱？"

李继祖说："你以为你张序子先生知道的事我李继祖不知道吗？不才我学的就是经济学社会学，我还清楚全赣南所有老百姓过日子的生活各类指数。你阁下以为是我李继祖在卡《凯报》工人脖子呀！你清不清楚增加全馆职员工人三分之一工钱是多大一个数目字吗？你大木刻家张序子先生领导工人叫几声口号薪水就上来了？我李继祖不信，我劝你张序子大木刻家也不要信。办不到的。我请你和你的朋友放心，上犹老百姓饿不死！上犹老百姓不看《凯报》也死不了。我李继祖不当社长也死不了。"

就在当天上午，妈妈来信说："收到结婚消息，祝贺两个人白头到老，儿孙绕膝。顺告一个久久没讲的大事：你爸爸在民国三十二年十一月就逝于青浪滩了。一直忍住不告诉你,怕影响你在外的日子。见信也不要难过……"

没想到事情凑在一起了。

序子下楼到机房去找工人,来来回回都不熟,也看不出周围的端倪,这还真有点惶惶然了。写了个条子给高校长,请他让高耶或高戈兄弟来一趟。叫梅溪赶快送去,没想到高校长陪梅溪一起,四个人都回来了。

序子把头尾向三位客人说了一遍,高校长端着茶杯沉思了好久:"他还在我们学校兼着国文课,很有文采的人。怎么这样没有条理不负责任?眼前干系太大了,趁晚上先搬家到学校去住再说吧,暂时避避风头。过些日子让他们两个暗中了解一下。这事要机密一点。"

三位客人告辞之后。序子静悄悄把李老太拉到屋后说:"我们可能要落难,今晚上要偷偷和你告别了。那四只真没想到长得这么大的鹅,从此以后要麻烦你老人家照管了。其余带不走的锅碗盆瓢所有东西都送给你,你也要事先把这些东西存在亲戚那里,免得我们一走他们来发洋财。这是下个月三块房钱。我们所有所有的事都多谢你老人家了。永远忘不了你老人家。人家问起了我们,你都说不知道。"

老太太舍不得两人,哭得很厉害。

第二天一大早,报馆见不到张序子两口子。

《凯报》停刊整顿三天。没伤什么元神。听说还真调高了一点薪水。

张序子两口子住在培青中学,活得有点莫名其妙。

陈佐车下落不明。

没几天,高校长托当年钨矿局的好友,帮序子和梅溪小两口搭了只开矿运炸药的大船,平平安安地送到了赣州,仍然住在舒展云的招待所里。

于是一帮老伙计,除周亚之外又聚集起来了。

一个下午介绍了上犹生活,一致结论,其实李继祖这个社长一家都算是不错的。石城走得离奇,陈佐车面貌十分不明,毫无目的,莫名其妙。听说县长刘文渊人也挺好的,毁在那座冤枉大桥上。你张序子算是不太对得住人家李继祖。你既缺感情又无头脑,怎么糊里糊涂听了那个信口开河的扯淡大王，差点毁了人家一个摊子。序子挣扎辩解说，不过他那几篇社论写得还是荡人心脾的。大家又说周亚是成也豆腐，败也豆腐，不值得提。不过你到底还是刻了几幅木刻，算带回个小成绩，差堪原谅。

梅溪爸爸把全家搬到韶关，要这一对新婚夫妇"回家省亲"。怎么"省"法？幸好汽车兵团的王排长有车在赣韶之间来回，坐他的车来回好像自己的私家车方便。

买了一对板鸭，一对假金华火腿（没有真的卖，上面印了赌咒是真的金华火腿字样，还有电话号码，如有怀疑可打电话询问）。

韶关到了，还要走浮桥过河。好大一块平地。右手边特地用一人高的细铁柱和绳子圈了一块将近十亩的地方给投降的日本兵搭帐篷居住，他们一点没有想逃走的意思。有时三四个人站在一排闲眺光景，唯一越轨的表情是向过路的妇女微微招手。

敝岳丈住的是一座单层简易小洋房，跟另一些类似小洋房聚集一起，没有花木和园林设施，明显是胜利后的急就章，本地朋友熟人就手借着住的。那时这排场也不简单。

向岳丈、岳母认真鞠躬敬礼，呈见面礼于案侧。

可惜了北京广东话的隔膜，要不然序子有机会向老人家领教许多书法和梅兰竹菊的见解，两代人也一定得到交流艺术见闻的快乐。

住了几天，告别的时候，老人家送了一支珍藏多年的犀飞利翠绿色钢笔和一大册精印的上海名家画册给序子（"文革"间画册已失，钢笔至今还在身边）。

（人生就是这个样子，某一时期跟某一个人的离别根本不当一回事，多少年后，跟另外一事恰巧连起来了，一下子变成非常揪心的大事了。我活得这么老，常常为这些回忆所苦。）

回到赣州，有天在街上看到布告，什么什么司令或是指挥官叫作柏辉章。好家伙，柏辉章，你还活着！

就告诉李白凤，三十年代柏辉章在我们家乡当指挥官，杀了我们家乡好多人，几几乎是滥杀，后来调走了。

李白凤老兄多事，不知怎么他认识柏辉章的老秘书（名字忘记了，是个风趣的人）。这位老秘书顺口又告诉了柏辉章。柏辉章对讲他十几年前杀人故事的人是个艺术家发生了兴趣，要秘书约来见一见面。秘书拜托李白凤，李白凤说服了张序子，便一齐去了柏公馆。

那公馆是座漂亮的老洋房，经过细心打理，反而显得包浆十足的高雅。

我们先在沙发上坐定。人出来了，想不到的妍细文雅，穿着对襟短袄，温郁和柔的仪表，难以想象竟是十几年前的杀人魔王。

"……是的，当时我是故意杀给你们的陈渠珍看的。"

说这句话，像是在吟诵宋词那么潇洒从容，回味无穷。坐了一个多钟头，讲过许多话，这一辈子我就记得这一句。

（五十年代初，他被镇压了。值得提一提的是，遵义会议的那座著名的楼房，就是他贵州老家的公馆。）

洪隼一个广东人在江西待得太久了，应该到响亮点的地方去混一混，要不然，德国歌德大学那五年的文学专业都浪抛了。他夫妻二人外带一儿一女，做那么多年寄生很不上算，人太老实是不幸的。没留根苗也实在可惜。不过他的确说想回广州去了，在香港大学谋个事。序子觉得有理，劝他应该马上动身，说做就做。

不过他们搬家和序子搬家有两种看法。洪隼家人多主张一篙子到底，从赣州乘大木船到广州。省下好多便宜开销。

序子想的跟洪隼相反，搭车。

问题是他几个管汽车兵团的老朋友都被调到昆明那头去了。要另外动脑子想些办法。洪隼兄，我还是觉得搭汽车又快又方便，这几天你让我再试试，弄不成就听你的，大家一齐坐大木船上广州。

探马报告，汽车兵团姚团长太太这几天在赣州打麻将。另一个关心的朋友说："快！快找她去，有她一句话，派一连汽车都行。"

"人家在打牌，你怎么搭得上口？"序子说。

"这婆娘读过书，有点文化底子。容易上当。"

姚团长太太芳影

还没剪到一半,有人开始发笑,说已经像得不得了;剪完之后交给姚太太,没想到她勃然大怒,把剪影扔向半空。

到了个什么公馆，带路和看门的都是熟人。进到大房，一股热气，果然好多人，都是太太、小姐。中间桌局正热火朝天。不打牌的人多，都在抽烟、喝茶，各据一个点上讲是非、聊闲天。

热心朋友带着序子一处处介绍："画家，会剪影，剪一个像一个，比相片还像。"朋友像庙里和尚化缘一样，为了朋友这么苦口婆心，这么仗义地屈辱自己。

剪影开始。开始有人叫好，有人欢呼，甚至影响到打牌的不时地回过头来。什么事？什么事？

连我们正想捕获的伟大的姚团长太太也惊动了。碰巧和了一牌，手气正好的时候问："什么事这么开心？"

众人齐声回答：剪影！剪影！

"什么剪影？"姚太太问。

您看！您看！

姚太太接过剪影对人一照说："你还别说，剪得还真是跟活人一样。"

"那，您也剪一张吧！"

"我？你看我头也没梳。"姚太太顺意坐下了。

"不梳自然，梳了反而造作。"有人说。

"那是，我做人就喜欢实事求是。"姚太太说完挺直了胸脯。

还没剪到一半，有人开始发笑，说已经像得不得了；剪完之后交给姚太太，没想到她勃然大怒，把剪影扔向半空。全场登时鸦雀无声。

朋友向序子偷偷晃晃指头，几个人悄悄退了场。

回家见到洪隼，序子告诉他决心跟他们一起坐大木船上广东。

（请看官原谅，写书的忘记了当年搭船是走的哪条水路，东江？北江？西江？经过了哪些码头？）

（朋友都说我记性好，上千人名字都记得住，这是真的。其实，也动了点手脚，个别名字有点小改动，提防小说运行中有人"碰瓷"。

　　我在街道里巷名字上记性特别差，算是个遗憾。也不能完全怪我，旧社会时，无论大城小市，最重要的一条街都叫"中山路"或"中正路"，搅乱了人的印象。

　　古时候的街名很讲究，称呼起来像读诗一样："朱雀桥边野草花，乌衣巷口夕阳斜。"

　　取街名让有学问的诗人来做，恐怕是个好办法。让人容易记得住，又能产生对故土诗意的感情。

　　说来说去都推卸不了我对于地名记性不好的毛病，比如这次从赣州坐船来到广州一路上经过哪些地方，我一点都记不起来，甚至坐的是北江的船，还是最近朋友帮我开释的。

　　不过我又想起一件大事情，快到广州的前一两天水程，右手千仞绝壁上有许多巨大的崖画，人、马、狗、扑过来的老虎、奔逃的鹿群、飞鸟和鱼、虫……今天我又开始怀疑看到的东西会不会是一场梦？一直奇怪，这样了不起的崖画，几十年来文化上怎么不太听见什么响动？当然，或许早已响动，我错过了。见识浅，不知道。）

　　梅溪家在中山五路"公园前"附近的一个小巷子里，"桂香街"三十一号。不是专门人家，是座原来跟新会县有点关系的书院房子。很深的衕子里头两层楼的古砖木房，居然装下了张家老小十几口人。

朱雀桥边野草花
乌衣巷口夕阳斜

古时候的街名很讲究,称呼起来像读诗一样:『朱雀桥边野草花,乌衣巷口夕阳斜。』

梅溪和序子住在楼上北边厢房，左右分列两间大房。梅溪的妈妈跟照顾她的守寡的老伯母住左后房，二妈和老爹住左前房。大弟弟和二弟弟住右前房，右后房堆东西。楼下右手婆婆住一间，三妈妈带着两个小妹妹住一间。梅溪的四叔四婶带着三四个（对不起，不清楚几个）孩子住左边两间房。

这些房子楼面太宽，都是木料结构，颤巍巍的，倒是从未有人说过危险，而它本身又证明仍然可以安居。

抗战刚刚胜利，因为这个胜利的内容比较松散，社会面目跟打败的距离相差无几，老百姓离乱的情绪还没有舒缓过来，人和人的关系都比较紧张——

四叔的孩子不晓得哪里弄来一只刚满月长毛的小胖狗，全楼上下都把它当宝，喜疼得不得了。取名"靓靓"。

桂香街三十一号隔壁三十号是个小小的闲门面，忽然间两三个人开起了一家"香肉店"。所谓"香肉店"就是"狗肉店"。小火炉上放着一口口炖瓦锅，烟雾满室。门面上贴着招徕的红纸，上头写的都是只有在广东才看得见的赞美辞：

"市面乜肉冇得比，惟有本店香肉香。"

"闻香唔驶行远，就入俚喂坐低。"

"醉倒几位老友，香漫成条横街。"

"唔晒讨二房，好过去金山。"（旧金山）

招牌是"帝座香肉"四个大字。

当门竹竿上横吊着三只腌制烧烤妥当的同龄小狗，到下午变成四只。我们的"靓靓"不见了。

桂香街三十一号走得动的男女都出动了，右边桂香街街头街尾都找遍，左边出去几步就是中山五路大街也四顾茫然……

狗肉铺坐得端端正正那三个人，暴筋的手臂上都戴着手表，庄重地坐在椅子上等生意。

问他们："大佬，有冇睇到我哋狗仔？"

"乜色嘅？几大？"他们问。

"白长毛，你哋竿上挂的咁大。"

"喝喝，狗仔细，要睇紧的！"他们板起脸孔教育我们。

明明清楚挂在横竿上那第四只狗是我们的"靓靓"，贼赃呈现于光天化日之下；眼看褪了毛，烧烤过的香肉只只一样，拿不住时空关系的把柄，何况后院所缺正是叫得出"屈"、亮得出"手"的人马，只好就这么不了了之了。

所怪的是这家"帝座"香肉铺也没开好，半个月就关张了，好像专为了谋杀"靓靓"而来，完成任务而逝的意思。

楼上序子的老丈人看样子是闲得无聊，大不了只在栏杆内外走动几步，也不跟序子说话。或许是不方便说普通话而序子又不通广东话的原故。寻根究底还是对这位"捞松仔"女婿心中恨恨的情绪还没消退。

广东人自己的世界是非常自豪的。先进的文明，丰隆的物产，讲究的饮食，五十年代以前的日子，很少有求于人的地方。一般老百姓对于外省人的认识（甚至于广州、香港人对于本省外埠人的认识），都有点"卑之无甚高论"的意思。

他们泛称外省人作"捞松"。外省人到广东，见人打招呼称："老兄！老兄！"觉得新鲜，认为凡是见人叫"老兄"的都一定是外省人。干脆把外省人都简称为"老兄"算了。可惜"兄"这个字广东人读不转来，读来读去变成个"松"字。这点你要信我，你随时可找位广东朋友读个"兄"字试试。

更好玩的是，那时候来广东的外省人没有现在多，来得早的可能是上海人，老百姓市民们就泛称不是广东人的外省人作"上海佬"。序子在广州街上买东西时就被人问过："拏係唔係上海佬？"❶

就算是广东籍的潮州人，也被人背后称作："浪（平声）佬。"

---

❶ 你是不是外省人？

香肉架上四隻小狗

狗肉铺坐得端端正正那三个人，暴筋的手臂上都戴着手表，庄重地坐在椅子上等生意。

潮州人称人为"浪（平声）"，自称"哇係调究浪"❶的"浪"字，变成地区人的谑称。"浪佬"就是潮州人。好玩的只是背后那么轻轻地叫，晓得其中有些不够礼貌的地方。

对湖南人没什么特别的叫法，却有特别的看法。

梅溪告诉序子，她们四个姐妹以前聊天时就说："咦！千万别嫁给湖南、广西人。湖南人坐火车到广东来，都是卖鸡卖鸭的；广西人来广东都是卖草药卖金钱龟的。红着个眼，讲话哇哇哇咁大声，咦！咦！咦！几得人怕！"

想不到二姐嫁了个广西佬，梅溪自己正好嫁给了序子这个湖南佬。你说活该不活该？是不是天理报应？

有天，老丈人生气了，气源来自当年安息乡梅溪和序子共同买了那顶珠罗纱大圆顶蚊帐。

梅溪对序子悄悄说："那蚊帐是他的。"

"我早晓得是他的。那时我们不买，别人也买了。"序子说。

"看样子这气会生得很长。"梅溪说。

"哎呀！犯不上生这么大气，还给他就是。"序子说。

梅溪不甘心说："那原是我们出钱买的！他不会还钱的。"

"送给他！"序子说。

蚊帐还了，真的没有提到钱字。

梅溪恨恨。序子说："人穷志短，这指的是世上所有的人。很可能他老人家还怪我们趁火打劫。"

"简直就是！"梅溪说。

梅溪带序子到一个花果市场。

序子不相信自己的眼睛，不相信自己的鼻子。

几几乎全身都浮在从未有过的香气里。

这水果街怕有一里长！（它有个有趣的街名，我忘记了。）街两边陈

❶ 我是潮州人。

列的水果从未看过的起码占了一半。没想过榴梿会长得冬瓜那么大！椰子长了个石头那么硬的壳；小杨桃长成正正经经的五角星，像是机器做出来的，大的叫"三捻"，一个庞大的五角星。真是让人开心得跳起来。还有大部分叫不出名字，奇形怪状，长得违反常规的、五颜六色的东西。连同福建熟悉的那一大帮老相识。

人声鼎沸，第一句鲜明的广东话"丢那妈"就是在那儿记住的。问梅溪："'丢那妈'是什么意思？"

梅溪用手捂住序子的嘴："不要说！不要说！是骂人的下流话。"

从此后，序子领会的下流话越来越多。学会运用流畅的广东话，懂得广东语言的神韵是从"丢那妈"开始的。

（在广州，逛过很多背景厚实的地方。

"西关""沙面""十香园"。

"西来初地""怀远驿街"。

"西濠口""花地"。

"光孝寺""十三行"。

"六榕寺""黄花岗"。

"公园前""荔湾"。

"中山堂""文德路""中山大学"。

"高第街""三元里"……

这是跟广州几十年的关系随意想起来的地方。再往后想我这个"捞松仔"就不够资格了。可惜那些出名的老文化人都已不在人世，要不然请他们花些时间坐下来谈谈近两千年来地方光景掌故，是件多么有价值的事。）

序子想，亏得有洪隼、叶奇思几个人带我出去走走，又认识了个广州诗人林沙尔，住在一间上海石库门式的房屋里，妻子是个沉静美丽的葡萄牙混血。沙尔本人也优雅话少，在广州头次见到这样式的年轻夫妻，很是新鲜感动。过不几天又见到了在桂林写"山，／山，山……"的未来派诗人欧外鸥和画家黄超。

大家就那么随随便便玩开了。去了佛山，去了石湾。石湾用陶泥烧制的小古人，精确随意，把序子吓傻了。

"广东呀，广东，你满地神仙，我要是说给朱雀人听，他们怎么肯信？"

聪明的国画家若是买他十个八个做些写生练习，放在山水画里，就不那么生硬呆板了。

又一齐到坪石中山大学去拜访刘仑先生。他是位老木刻家，和李桦先生、野夫先生都熟。他在中山大学当教授，也认识野曼，看到序子刻的几张木刻，回头又看了一次，说："好！"问序子认不认识新波？序子摇头，他说："你应该认识他，你哪天去香港看看他吧！他在《华商报》……我写个信你随身带着，几时去香港，几时交给他。"真的就转身写了张信封好了，交给序子。你看，世上竟有这么多好人。

序子看了刘仑的木刻，好严谨规矩讲究的线条和黑白关系，又看了画的水彩画，云。他说："一教书，好久没刻木刻了。"

厚厚的一百多张云。

他把天上的云看透了。序子想："我怎么没想过云有那么多可画的地方？一层层由近到远的云，灿烂发光的云，带着雷声的云，直泼着雨的黑云，山云，风云，平原的漫云，懒洋洋的疏云，高天上的鱼鳞云……"

欧外鸥问他："这么重要的专题还真没第二人画过，做乜嘢你唔开个画展？"

"谁看呀？"

"你嘅云叫醒返佢哋嘛！"❶欧外鸥说。

序子一直没忘记这两个人的对话，好看的云，是可以把人叫醒的。

刘仑温厚地微笑着，不则一声。

大伙一齐到就近的广东茶馆喝茶，七嘴八舌地说东说西，刘仑只好意地微笑着听大家讲话。

序子问他："怎么画天上的云？"

❶ 你的云叫醒了他们。

他说:"认真地和地面呼应。"

"怎么捕捉云的造型?"序子问。

"大局面天地的透视关系。"刘仑说,"然后是无数大大小小的立体重叠……难的是水分和色彩的控制。"

"为什么你常常画云?"序子问。

"嗳!没什么,一个人无聊的时候,不抽烟,不喝酒,吃饭、上课、看书之后就画画云咯!"

和刘仑告别之后的路上,大家都一直碎碎叨叨地谈着刘仑。孩子般地单纯,精微的艺术技巧,潇洒的人生。序子心里对广东人有个更概括的看法:连陈济棠在广东自己人眼里都看得到很多好处。

跟梅溪去过黄花岗七十二烈士陵园。熟悉它那么多年,那一块块堆起的方石头怎么也忘记不了。到黄花岗一点迷信的感觉都没有,由衷的尊敬哀悼流出了眼泪。几十年前唱过的那首短歌不假思索地夺腔而出:"黄花岗上草青青,赤血洗尽中华魂,民族民权与民生,三民主义革命军。"变成很抽象的激情。

倒是一下子引出当年从黄埔军校四期毕业回朱雀的三表叔的军容。电影明星里也难找的漂亮男士。

梅溪告诉序子:"好像你比我还感动。"

"你是本地人,要是我不感动,你们这个黄花岗七十二烈士陵园就白盖了。这些人就是在这里为推翻满清流尽鲜血牺牲的。孙中山先生说这次的行动是'碧血横飞,浩气四塞,草木为之含悲,风云因而变色。全国久蛰之人心,乃大兴奋,怨愤所积,如怒涛排壑,不可遏抑。不半载而武昌之大革命以成!则斯役之价值,直可惊天地,泣鬼神,与武昌革命之役并寿'。小学五年级国语课,和《最后一课》,和'努力杀贼,一欧爱儿'一起,都要背的,还有'蜀之鄙有二僧',还有《伤仲永》……不过我觉得平生黄花岗这一背最有意义。"

梅溪笑。

黄花岗

这些人就是在这里为推翻满清流尽鲜血牺牲的。

"你笑什么?"序子问。

"我爸爸读过不少书,是师范学堂高才生,背孙中山,怕不如你。唉!可惜你二位势不两立,这辈子谈不到一起了。你说你背孙中山这些东西有什么用?"梅溪问。

"嗳,有时我也自己问自己。一个时候有用,换一个时候又觉得没有用,一下子忽然又觉得很有用。有时候,十年八年自己忽然闪出来。不过我告诉你,根据我的经验,读点、记点杂书还是很好的游戏,又不是存心做专家。——我始终在读书方面很自卑。我说不出一套套完整的东西。这需要专注,我这种脚不点地的人你想哪能专注?是不是?"序子说。

"我不这么看你,我也说不出一套完整的理由,不过,我觉得你这样挺好,又算不上什么缺点,用不着改这改那。"梅溪说。

"我有一个优点你没有看到。"序子说。

"喔?"

"迟钝!"

"那算个什么优点?"

"发生一件事,我总是来不及应付,要想一晚上才行。不过我觉得自己的'想一晚上'的办法很厉害。凡是经过'想一晚上'的大事之后做的决定,就不再上当受骗了。不马上做决定,就是我'迟钝'的特点和基础。

"我也不清楚,一辈子不晓得从哪里得到和敏悟。上当倒霉之后不叫痛,不骚心,甚至不当是一种教训,把自己的傻行当作笑料去取悦朋友。更不做借酒浇愁的类似表演,让朋友来分担我的小小疼痒。

"人说:'序子呀序子,你对自己太狠!'

"我心里就好笑,为他们遗憾,没见过连城半路上抓走的那个从河南万里归来的老兵,瑞金木船底装的那十二具尸体,那一团为团长挑盐、走遍三省的伟大抗日后备军……

"你怎么想象得到那帮混蛋为抗战,为神圣的守土责任会去做一些伤天害理的事?巧言令色,把自己打扮成一个救世主?骗大家去磕头感恩。"序子说,"这种教育我受多了,能不狠?

"你真以为我是个清楚人？到现在我还糊涂得不像个人样。你不看此时此刻我正往最没出息的地方努力？

"我不为历史流眼泪。我们大中华民国三千多年有真凭实据的历史，要真为他流起眼泪来，眼睛是口井也不够用。人不是为了无缘无故的哭哭啼啼来到世上的。让天下人哭哭啼啼那类人才自命是一种高尚职业，取了个自以为与小丑有别的职称——委员长之类……"

"小声一点，让别人听见了。"梅溪说。

"没关系，他们听不懂！"序子说。

两个人还去了文德路。

街两旁是最最显得年份很久的榕树，弄得浓荫满街。

古董店、新书局、老书店、裱画店、象牙雕品店、冷饮店、金石书画店……修表摊子、刻图章摊子……

所有铺子的特点，伙计们不论老少大都板着脸孔。跟广东人做朋友一样，开始都会有广州文德路铺子伙计脸孔的感觉，一旦触动了彼此的"笑穴"，那种真诚、开怀、热火，便都忽然迸发，成为长久连绵的终生友谊。

文德路伙计从不嫌贫爱富，也不设文化水平高低门槛。谁进门都容许，问题应答合乎礼俗，只是不见阿谀奉承而已。初进广东的序子难免觉得不太习惯，久而久之反而觉得很好。（文德路我有不少活到老死的朋友，论交都是从板着脸孔开始。）

"嗳！嗳！嗳！你搵'鸡血'做乜嘢呀！搵个图章嘅事,晒乜咁巴闭呀？你袋嘅有几尺水我唔知咩？"

（"喂！喂！喂！你找鸡血做什么？找个图章的事，犯得上这么嚣张呀！你口袋里有几张钞票我不清楚吗？"年轻时代很知己的劝告。这朋友去世多年，孩子继承父业，在香港裱画，非常诚笃。）

梅溪笑着对序子说："你是先喜欢我，还是先喜欢广东人？"

序子说："背首古诗《蝃蝀》你听听：

一的彼此小笑穴

一旦触动了彼此的『笑穴』，那种真诚、开怀、热火，便都忽然迸发，成为长久连绵的终生友谊。

朝隮于西,
崇朝其雨。
女子有行,
远兄弟父母。

乃如之人也,
怀婚姻也。
大无信也,
不知命也。"

梅溪听不清楚序子念的什么。

"'蝃蝀'是彩虹,说你扔了父母奔我,也不管礼不礼、命不命,你了不起,非常非常了不起。你是我在我佩服的广东人里头找到的。"序子说。

"你永远这么看就好!"梅溪说。

"我当然永远这么看。我在朱雀出生,在闽南长大,在广东找到了你。"序子说。

中山五路桂香街口隔壁就是大茶楼"占元阁",三层,很巍峨气派。这天早上,洪隼约了叶奇思、林沙尔、欧外鸥几个人在三楼喝茶,也就近告诉了序子、梅溪。

几个人坐定之后,梅溪说:"没想到占元阁二楼一扇大窗子正对着我妈妈房子的一扇窗子,才知道我们桂香街后面的房子跟占元阁只隔一米多的空隙。占元阁的茶点味都闻得见,吵闹多了,还关起窗来。"

"世上事,有时就这么巧。"欧外鸥说。

林沙尔从荷包里掏出张纸给序子:"我给你搜罗了一些广州城内你想象不到的地方的怪名字,有兴趣我们不妨去走走。再过一段日子,这些地方很可能给新建筑吞没了。"

序子展开一看,还真想象不到:"太监寺、鸡栏街、鸡春岗、鹅掌坦、老鼠岗、鬼喊坑、跳死猫、犀牛路、夹死狗、瘦狗岭、白鹤洞、白鹅潭、大马站、龙涎里、龟岗、飞来对面巷……这几几乎不像地名！当然，可惜我不会广东话，要不然倒真想去看看。"序子说。

"名字奇奇怪怪，时间长了，地方倒很可能十分平常。除非研究地方志，写出有趣的掌故。你这位'捞松'年轻，这么崇敬广东，又是广东女婿，我看你真可以跑跑这些地方，甚至刻些木刻。"沙尔说。

"可惜我最近要去香港一趟。"序子说。

"广东话听都听不懂，你去那里做什么？"叶奇思说。

序子说："是这样的。刘仑先生把我的消息告诉了野曼，他在香港九龙元朗岳家住，说不定能帮我找点事做。也不清楚有没有不讲广东话的工作。"

"这就难了！"洪隼说，"你不是有封刘仑给新波的信吗？也可以拜托新波试试。他在《华商报》，是共产党的党报，在那里无论做个什么工作，都有意义和价值。嗳，那机关大，说不定不懂广东话也行。"

"那你把梅溪怎么办？"叶奇思说。

"先别讲我，他的事要紧。"梅溪说。

"去试试，也没什么不好。运气好，要真定下来，梅溪再去不迟。"沙尔说。

（那时候去香港，跟北京去天津一样。到那里亲戚家打几圈麻将，吃过晚饭再搭夜车回来。）

"那我想，后天去一趟试试！"序子告诉大家。

回到桂香街房里，序子对梅溪说："其实我们一起去也无妨。"

"无妨是无妨，只是太突然，我心里没有准备。我二舅在东亚银行做事，住在西环，两个人去，莫名其妙吓人一跳不好。犯不上这么做。你一个男人，住哪里都行。我只是担心一样，怕你身边钱不够用。"梅溪说。

"身边还有二十多块，先在广州换十块钱港币再说。还有颗金戒指，要紧时候可以卖。我看是用不完的。听说香港东西便宜，带个帆布挂包，装两三件换洗衣服、一个笔记本、一支钢笔就行了。信封信纸那里可以买，邮票用香港的。看香港电影，那里黑社会很狂，弄不清他们来路和脾气，总是看到不停地翻筋斗、动刀子和开枪杀人。道理好像都来不及讲透。我们朱雀跟香港不一样，总要摆出谁对谁不对的事实，拿出理亏方面非死不可的根据；你也要让人讲话，把不想死、不该死的意思讲透；还是不行，这才动手。动手也有规矩，是一对一？是拳脚还是刀剑和火器？不伤童稚老人，不损仆役杂丁。世上没有天生无故喜欢见血、滥杀无辜的人。"

"你想得太多，是不是心里有点怕？我看，香港去不去关系也不大，让朋友帮忙在广州报馆找个美术工作，我看也不难……"梅溪说。

"香港电影里头的黑社会有什么好怕的？真碰到了，我不懂广东话，可以跟他们写字交流，大家和和气气，身边这几个钱算得什么？引不起他们注意的。"序子说。

"你说你自己眼前这精神状态好不好玩？照你看起来，香港老百姓都活在死亡边沿，水深火热之间，你去香港好像是非做鲁滨孙或哥伦布探险家和福尔摩斯不可。使命太神圣了。你不过只是简简单单去探访一次朋友而已。你想那些无聊的黑社会做什么？这样一来，反而让我不放心。"梅溪说。

"可能你说得对！"序子说。

"什么'可能'？简直就是对。我劝你带个小藤箱比较好，多放点东西，画具、木刻刀。没事的时候画点海景、轮船什么的……"梅溪说。

"你看，我要住多久？"序子问。

"喜欢住多久就住多久。人家讨厌你了，找工作毫无希望了，想我想得厉害了，爱几时回来就几时回来。"梅溪说。

广州火车站在五十年代以前，十分家常，特别朴素实际。左手边进栅栏一间服务台买完票，往里走十几二十步就是站台。火车来了上车。

出站也简单，坐三轮车回家。不记得有没有出租小汽车，可能有，也许因为没钱没留下坐过它的印象。

上车坐在靠窗的木椅上，藤箱放在行李架上，满车老百姓，各顾各地按交情程度讲话，不熟不讲。在"罗湖"站有卖鸡饭的：一碗白米饭，上头覆盖卤鸡肉，浇点浓汁，吃完把饭碗往窗外一丢。大家不觉得可惜，序子觉得可惜。

到了九龙，下火车出站，眼睛瞪亮，满地都是不讲汉话的中国人和不小心碾得你粉身碎骨的汽车，像是到了外国。好看的洋房子。序子是老江湖，按知识学问规矩交妥轮渡钱，坐过海轮渡去香港。

船不小，昂昂叫着跟别的船打招呼，意思是："我来了，我来了，别让我碰着！"

序子顾不上看海和蓝绿波浪，顾不上数远近大小轮船，他划算着万一找不到黄新波怎么办，他决心不跟面生的人打招呼，写一张小纸头放在口袋里："先生，我是湖南人，来访问朋友不遇，计划明朝继续访问。手边旅资有限，请教哪里有免费住处？"

以便见到穿制服的警察向他请教。

轮渡轰隆轰隆靠了岸，干诺道就是上岸的这条路，走不到半里地，《华商报》牌子高高悬在楼顶。

告诉传达室找黄新波，想不到广东香港的传达室居然听得懂"黄新波"三个字，打了电话，黄新波真身就从楼上下来了。序子把刘仑的信交给他。

黄新波说："野曼和刘仑都有信来讲你，好高兴见到你。你在这里站一站，我上去一下就下来。"

序子等新波上楼下楼。一个人乖乖守着藤箱，不敢惹人说话。香港属于广东，广东人面部表情不明显，看不出喜怒哀乐，以少交谈为上，熟了再说。

黄新波下楼之后对序子说："我们先去吃一点东西，我还没有吃午饭。"

带序子拐弯往里走进一条大街名叫德辅道。大车小车，特别的是两层楼的电车。序子一点都不胆寒跟着上了楼，一站接一站往东开。

新波问序子来香港干什么。

"找你和野曼，看看你们，看看香港。"

"你刻木刻？"新波说。

"是的。"序子说,"等坐下来给你看。"

到一个名叫"湾仔"的地方下了车,进一座"喜丰园"上了楼,这茶楼不大,茶房都认得新波。

序子拿出江西上犹《干报》发表的木刻给新波看。

"你刻得不少!"

"是的。"序子答。

"你认识羊枣?"

"不认识,他死了,我纪念他。"序子说。

"我和他熟。他妹妹杨刚我也熟。"

"唉!"序子叹了口气。

新波叫了碟"牛河"(沙河粉炒牛肉、新辣椒丝和豆豉),问序子:"你吃什么?"

"你帮我叫什么就吃什么。火车上我吃过'鸡饭'。"序子说。

"嘿!火车沿路那饭吃不得,不卫生。"新波说。

"我惯了,不讲究的。"序子说。

"香港你打算住哪里?"新波问。

"你看!"序子把写给警察的字条给新波看。

新波哈哈笑起来:"你还真不简单。"新波想想对序子说,"你等等,我去打个电话。"一下子就回来了,"不远有个南国艺术学院,我朋友开的。白天上课,晚上没人,搭几张课桌当床行不行?"

"没什么行不行的。太好了!"序子说。

沙河炒粉来了,两个人一边讲话一边喝茶吃沙河粉。

"你是木刻协会会员吗?"新波问。

"是!"

"什么时候入的?"

"好像在三八年野夫先生和金逢孙先生的金华还是丽水那边……那时我还在集美读书,我在壁报上还发表过一幅你刻的木刻《寒光照铁衣》,用白颜料和墨笔临的,上书黄新波木刻,张序子临,我的美术先生朱成淦帮我入的会，同学林振成出的钱。连在一起能想好多事情。"

"你还认识哪些人？"

"演剧队的我认识不少，我在福建和赣州演剧队待过，吴忠翰、荒烟、张乐平、陆志庠。梁永泰他走了要不然差点认识了。和九战区李桦先生通信至今，是泉州蔡嘉禾先生介绍的。"序子一口气讲到这里。

"你认识蔡嘉禾，你怎样认识蔡嘉禾？"

"他是泉州人，他待我很好！他最希望我留在泉州，又不忍心把我留在泉州。要我远远地'滚'，越远越好！"

"他是一个了不起的好人，我也得过他老人家帮忙。"新波说，"在桂林和朋友常在一起听他谈欧洲文学。他的修养实力很强。"

"你有过几天日子的钱吗？"新波问，"我拿你四五张木刻去找朋友换一点稿费好不好？让你留港期间不饿肚子。"

"要哪张你帮我做主。"序子说。

《羊枣的牢狱和坟》《东北啊！》《鹅城》《高尔基像》《米克罗基罗像》。新波选了五张放进提包里。

"你怎么没带卧具？"新波问。

"我想……夏天……"序子说。

新波懂事地说："好，好，好，我们先往跑马地我家里去去。"又上了双层电车。

（香港这地方像一场梦。梦里人和人有各种讲话，就是没有声音。我回忆香港，一幅一幅不发声的图画，美得让人静静地伤心。六七十年过去了，跟中国画一样，越古越深情。）

跟新波下车。这车故意设计绕跑马地一大圈，让外来人惊讶，让本地人安怡；做着梦，到站之后，慢慢从梦中醒来下车。沿着一派漆成深绿色细细的铁栏杆、相思树、合欢树影子下的石板路回家。

见了道非大嫂。道非大嫂认真看了序子两眼，可能觉得序子这品类人来家不多，不见得吧？八年间她跟新波在一起，到处都走过的。她见怪不怪，不会这么好奇。

序子自觉面目尚属善良，没有特别凶险的五官惊扰了她罢？道非说："我去过你们的岳阳、长沙，还去过沅陵。你们湖南人好吃得苦啊！——你喝什么？水，还是茶？"

她倒了一大杯茶来递给序子："咦！咦！咦！你们湖南辣椒把我辣怕了，连茶都辣！"

序子放心坐下了。

新波和道非讲普通话。

他俩斗嘴讲普通话吗？他俩的普通话不比其他广东人强。

他们在体贴客人："张序子特别从广州来看我和野曼，住几天就回去。让他住南国艺术学院罢！没带卧具，找张席子和床被单给他吧！"

道非转身进屋还问："要枕头吗？"

"不用！不用，我有书。我，我，我。"序子回答。

道非说："坐下来，吃完晚饭再走！"

"不行不行，冯国亮在那边等我们。"新波说。

其实只带了一床被单，课桌面清爽，草席子都省了。

初听起来，以为"南国艺术学院"是个辉煌的建筑，其实只是个码头边上老百姓住的二楼。楼底下公家让他们挂了块小木牌子，上书"香港南国艺术学院"。

新波带上了楼，介绍给主事人冯国亮，交代序子以后如何找他的电话和方便时间，走了。

序子眼睛尖，一路仔细留意观察。这场所建筑质量不够讲究，水泥洋灰台阶级级松散着泥沙粉粉。是日本统治时期盖的平民楼。抗战刚胜利，顾不上去追究责任，为了文化艺术不断绝呼吸，高气节的因陋就简是受人谅解和尊敬的。

教员备课室是原来主人卧室。大客厅是教室。厨房可以烧开水泡茶。厕所男女共用。

阳台相当大，可上花卉色彩写生课。下面看得见不停运送垃圾的大码头和大船，有时升上来烦人的味道。

海那边是九龙。

主事人冯国亮当然是看上可放十张双人课桌的空间才租下这层楼房的。课桌贴墙安放之后还可换成二十张写生架画人体。挤是挤了点，当时谁会抱怨嫌烦呢？人们深知得来不易啊！

学院总共四五个先生，教素描、色彩、油画和美学概论。知道序子是刻木刻的，且都认定新波带来的人不会是没来头的乱丁，并且也只是晚上就便来搭个铺睡觉，不骚不扰的"捞松仔"。彼此都有个善意基础，平常时间也聊些闲话，原来大家都在韶关、南雄一带混过日子，相处就更加有料好讲了。

他们上课，序子逛街。

香港是个东西向的小长岛。靠海有好多码头的叫干诺道；往里的最繁华大街叫德辅道；再往上也热闹非凡的叫皇后道；第四条已经在坡上了叫荷里活道，再上一条叫坚道。现在写下来的譬如是一条鱼的红烧中段，几几乎是无处不可吃、无处不可看的部位，不到头也不接尾。序子每天的脚力跟财力有限，脚要经得起走，肚子要经得起饿。除了眼睛看、耳朵听不要钱之外，随时要清醒在香港过日子开不得钱的玩笑。

历史一经比较，前后顿见优劣。要是序子没以后在香港过的日子作比的话，就看不到香港的变化了。他在坚道一家冷落的美术用品社蒙尘玻璃隔板上，发现了一盒里弗士狗牌水彩颜料棍，古香古色，最起码、最起码应是一九三七抗战前几年的货品。可以体会店老板几十年等待买主到了绝望程度，眼前忽现云霓的心情。

序子调低温和的嗓门问："几多钱呀！"

他双手伸出十个指头。

"你个老狗日的把水彩颜料当古董俏货卖了。"序子点头微笑，其实心里诅咒要走。

老头连忙说："咁俚话几多？"伸出了五个指头。

序子认准老狗日的心情有如等米下锅，伸出了两个指头。

香港元十五石白的小長島

现在写下来的譬如是一条鱼的红烧中段,几几乎是无处不可吃、无处不可看的部位,不到头也不接尾。

老头胡子缩短三寸，不满意地摇头，后来伸出三个指头。

序子回身过来，不太忍心再讲价钱。十二根指头粗、三寸长的一盒英国水彩颜料，三块钱，可以了。

老头用一张老粗纸包好颜料，接过三块钱，狠狠把盒子撞到序子手上。嘴巴、眼睛故意让序子见出深刻的反应。

刚打完仗，英国元气还没完全缓过来，还在弯腰喘气；真正通体舒服的怕只有广东那帮军人和政客们；他们的家底子和生命线以及情感储存都紧贴着香港。当然，广东老百姓自然也搭上点快乐和骄傲，庆幸香港的三亲六眷都还生猛活鲜，彼此盼头十足，往来得能哈气成云。

序子回到学院，正好末堂下课，先生介绍序子给大家认识。学美术的都明白，素描一旦抓得太紧，很容易成为终生上瘾的趣味重心。听说序子是弄木刻的，便觉得不管怎样序子本人究竟还是挺可爱的，口气也显得谅解宽容起来。

"喔！哩盒颜料宾㗎买嘅？" ❶

"坚道。"

"你点知㗎有卖颜料？" ❷

"佢话撞嘅！" ❸

"几钱？"

序子听懂这话，举了三个指头。

"乜咁平？" ❹

"几十年旧嘢。" ❺

"俚都几精仔！" ❻

❶ 这盒颜料哪里买的？
❷ 你怎么知道那里卖颜料？
❸ 碰巧。
❹ 怎么这么便宜？
❺ 几十年前旧货。
❻ 你都算个精灵小仔！

说来说去，大家变自己人了。

"俚画过素描未？"

"画过速写。"

"俚宾喥上学嘅？"

"福建厦门集美学校。"

"集美係唔係美专？"

"是中学。"

"喔！"

"喔！"

"刻木刻唔驶画素描？"

"进过美术专科的朱鸣冈、赵延年、李桦、新波、章西厓他们都画过素描，画过素描的木刻家，看得出有形体功夫。"

"唵！" ❶

"光是素描还不行，创作还需要好多别的修养和感受。光是素描代替不了创作。"

"冇受过素描训练嘅画家，唔易出大作品。"

"抗战八年，都是漫画界和木刻界在忙。评价他们的作品不在画没画过素描，也不在作品尺幅大小，张光宇、叶浅予、丁聪、廖冰兄、陆志庠、张文元、米谷、张乐平、特伟、陈烟桥、李桦、新波、野夫、朱鸣冈、张漾兮、王琦、赵延年、章西厓、可阳、邵克萍……八年来他们都忙得要死，为打倒日本侵略者做贡献，有的还在躲避特务的追捕，你跟他们论素描有什么用？有的还是正式美专毕业的高才生。

"好作品是由高妙的文化修养和精到的艺术手腕、丰富的人生经历和深度的奉献精神冶炼出来的。简单地说，是靠学问画画。"

话和话之间有不少生疏和隔膜，可说可不说，可听可不听。各人都有权不把它当一回事，没有谁想说服谁。

❶ 对！

放学了，先生和学生都回家了。

新波上楼来邀序子去吃晚饭，有郑可、陈雨田、廖冰兄、黄茅、梁永泰他们在等。

序子慌了，这帮人来头都不小。

"你等等，我去洗个脸！"序子说。

"唔驶啦！唔驶啦，又唔係去拜契爷。"❶新波说。

新波给序子留一本小册子："有空时看看。"（毛泽东《在延安文艺座谈会上的讲话》）序子放好在藤箱里。锁了门，钥匙放稳在裤袋里。自己做自己的"看更人"。跟新波下楼去了。

序子很想问问这些学院的人，有没有兴趣画画这些脚底下掉渣的台阶？他们听了一定惊奇。

这台阶为什么让序子发生兴趣？——它是个假古董。它无意间做了假包浆，它偷工减料让人失望，让人住得一点信心都没有，连凭吊都不怀好意。假如台阶也会诉苦说话："又不是我存心弄的。他们偷工减料，我有什么办法呢？你就将就一点慢慢上去吧！"

两个人仍然坐电车到中环，上了咸灵顿街一家老茶馆"莲香楼"二楼，果然是好多人。见了郑可、陈雨田、黄茅、梁永泰、廖冰兄。

廖冰兄指着序子对新波说："我以为佢起码四十岁，原来係个'嚫哈仔'❷，哈，哈，哈。"一手抓住序子肩膀往椅子上按。

序子想："廖冰兄是在说我。嗓门那么大，像是独白，又像是在读一本书。边读边撕，读一页撕一页，那么瘦，鼓起眼睛嘴巴皮那么厚，嗓门大到让人以为这座茶楼是他的。画又画得那么好。表示好意，用的是这种方式……少见。"

再说话的是郑可："见到你嘅木刻真係高兴，我亦揽唔到你咁年轻，整咁多木刻真唔简单，听讲你好多古仔，你係江西上饶住佐几耐？你跟叶

❶ 不用啦,不用啦！又不是去拜干爹！
❷ 婴儿。

浅予、张乐平在漫画宣传队？我在上饶没看见你。"

"是江西上犹，不是上饶。"序子申明，"我认识张乐平是在赣州。没见过叶浅予先生，没去过上饶，我知道漫画宣传队，要真去了那就好了，我没去过。"

新波指了指黄茅："他在漫画宣传队待过。"黄茅一声不响。

新波喝一口茶宣布："张序子五张木刻我卖了四十块钱。"把四十块港币交给序子，"今天晚饭张序子请客了。"

郑可马上站起来说："唔好！唔好！人哋老远来香港，难得卖返几张木刻，唔好！今日我请得啦！"

黄茅不讲话，只向新波打了个手势，点点头，表示赞成。陈雨田、梁永泰也都点头，就算通过了。

郑可是雕塑家，老大哥，响动大，家底子厚，一点就明白，二话不用说的。

序子看梁永泰温文样子，跟刻出那套《铁的动脉》木刻气派很是不同，也不敢当面就这么说："看你这副文不溜秋样子哪里像刻《铁的动脉》的派头？"而是真心真意地向他致敬："我到赣州，你已经走了。真可惜在那里没见到你。那时我很不好过。"

梁永泰文雅地微笑，点了一下头。

（这顿茶饭，好多人不停地讲话，就陈雨田一个人话少。后来才晓得他一直就少，朋友中没人记得住他说过什么话。他是个老实人，画画，看书，默想，听说他是广州市美专时黄茅、黄超的同学。）

黄茅坐在桌子那一头，老远问序子："你会广东话吗？"

"不会，一点都不会。"序子说。

黄茅问完这句话，一声不响坐在那里，像人走了一样。

冰兄说："我就去过你们长沙，长沙大火，无处不烧，差点把我头发和毛都烧了。我一直忘记不了你们长沙的'鱿鱼丝蛋花酸汤'，脸盆那么大盘子的'炒鸡丁'，恐怕两只鸡、三只鸡也不止。还有那盆'炒牛肚丝'，至今我的牙齿还在留恋那种嫩脆的意境。嗳？我问你，你怎么喜欢和人打架？"

撑着的台阶

序子很想问问这些学院的人,有没有兴趣画画这些脚底下掉渣的台阶?

这问题把大家都惊动了。

"你怎么知道的？"大家问。

"我在广州不晓得听谁讲的。张序子，你帮我想想，记不记得是哪个？"冰兄说，"自己的事好想一些。"

序子傻了，光摇头。

新波说："睇佢个样，细细粒，不像个打架的人。张序子，你说说，真有打架的事？"

序子说："我从小离开家乡，真讲打，怕只能说福建那些事，也不至于呀！怎么闲言闲语传到你们这里来了？"

"就是讲你，先讲你打架，后来才延伸到你木刻方面来。打架是主，木刻是次。"冰兄说。

大家就笑起来，序子也笑："幸好不是杀人。"

陈雨田说话了，面对着冰兄："係我讲俾你听嘅！我一个姓尤的南洋华侨朋友係佢嘅同班同学。"

"喊！喊！真冇揽到係你！"冰兄跳起来，"点解你唔早讲？"

序子大笑："这个王八狗蛋尤贤，我集美学校的初一同学，真会那妈的轮回因果！家里非常有钱，从小就爱请客，请客完了又心痛，不管生熟朋友面前后悔埋怨，引起众怒。然后一个个去道歉，揭发自己的不是，请原谅。再请客，请完客换一种口吻糟蹋客人和朋友，惹得所有熟人不再理他，又重复老一套的自我批评……

"这家伙书读得最好，考试第一个交卷，门门一百分。

"跟我打过几次架，他个子大，没受过训练，挡不住招式，几下就垮。常常吃亏，胆子小，打完又怕这怕那，算是个没完没了的冤家好朋友，至今还不断想念。见面总要请客，有一次吃完算账，我说：'我请！'他像遭了雷打。"

听了序子讲话，莲香楼的伙计都忍不住笑了。

"香港以后，你准备到哪里去？"黄茅问。

"我原打算在香港找个事做的。"序子说。

"好多香港本地人都在揾事做，你个'捞松仔'想抢他们饭碗？"冰兄说，"你连广东话都听不懂。"

"那是。"序子说，"那我到元朗朋友那里住几天，就回广州算了。"

"谁在元朗？"冰兄问。

"写诗的野曼。"新波说。

"他是元朗人？"冰兄问。

"他住在老婆家里。"新波说，"是家南洋华侨。"

郑可说："要没地方住，我试试帮你找个住处。"

"算了，算了，让他自己管自己罢！以后有的是见面机会。"黄茅说。

多谢了冯国亮南国艺术学院的朋友，一一握了手，序子提着藤箱坐电车到中环去搭过海轮渡。下电车走没几步闻到咖啡喷香喷香的，咖啡馆名叫"兰香室"，便走进去选了一个卡位坐下，要了杯咖啡。

咖啡来了，加了两颗方糖，倒进一点鲜奶慢慢喝将起来。心里轻松愉快，见到这么多可爱尊敬的人。这世界怎么这么好？取出新波送给他的那本小册子《在延安文艺座谈会上的讲话》看了起来，说是文艺要为广大劳动人民服务。很有道理。为少数几个人服务，算什么文艺？底下说到"为工农兵服务"就不太弄得清楚了。国民党这边的工农兵，有什么"务"好为他们"服"的？怎么"服"法？明白了，读这本小册子有"这边"和"那边"的区别。薄薄的一本书，道理就特别之厚。要读一句想一句，一句半句可能要费半天时间。这本书不只是给一个人看的，是告诉人怎么动手的书……

书读到这里，听到背后卡位上新来客人叫咖啡的嗓子像野曼，弯身过去一看，真是野曼。

野曼叫起来："咦？你怎么会在这里？"

序子指指旁边的藤箱："我正要过海去元朗找你呀！你怎么会到这里？"

野曼说："今天是星期天，我想到香港三联书店来看看有什么新到的书籍杂志，闻到咖啡香，进来喝一杯再说。"

"你看,约会也约不到这么准,真是天下奇迹,说了人都不信。马克·吐温在《赤道环游记》里说过:'尽管生活稀奇古怪,写起小说来可还得入情入理。'你看,你看,谁会相信?"序子说。

(我今年九十五了,一辈子遇到两件这种稀奇的事,这算第一件,几十年后发生了第二件,请看。

不是小说。

尽管生活稀奇古怪,写起小说来可还得入情入理。马克·吐温说。

我当然不是唯心论者,不怕鬼,不相信命运,不相信人死了以后还会作怪,不拜菩萨……

但有的碰巧的事我却说不清楚,闹不懂它到底属于哪个范畴。说它不可知,我不情愿;说它可以理解,我还不承认世界上存在有这种本领的人。

批黑画那段日子里,我相当不好过。白天挨批斗,晚上写检查交代。明明知道这是个冤枉事,可高声叫不得屈。在交代中既不能承认有过这回事,又不敢公然明说根本没有这回事。那时候想起庄子的"介于材与不材之间"的名言,写起交代来恰好就派上用场了。模棱两可,东拉西扯,吞吞吐吐。寄沉痛于诙谐,置死生于无奈。拿破仑对起草大法典就曾有过高明到家的指示:"要短而含糊!"

你瞧多精彩!多通达天理人情!不愧是怪物中的大手笔。

我洋为中用,去芜存菁,舍弃了前面的"短"字,采用了后头的"含糊"。在写交代的时候千万不能短,一短,无异于把大好光阴让给对方,而让自己处于等待万箭齐发的位置。所以要长,要长到人心惶惶盼望吃饭的时候。你戛然而止;你意犹未尽;你舍不得大家对你进行"帮助"的可爱的时间和环境。唉!可惜,要吃饭了……

如果短,自然没有这种机会。所以要写得啰嗦,让人一开始就感觉讨厌。对你的构思,你的表情,你的怪腔怪调,你的言不由衷的精神面貌产生不能容忍的生理上的厌恶,而且还会派生出明天、后天一直到永远你都会这样使大家陪伴你生活在这种不幸之中。把你的不幸让大家来分摊……

有什么办法呢?不单自己无辜,连当时参加批判的同志不也是无辜的吗？"四人帮"耽误了我的光阴，我也耽误了同志们的光阴，真是对不起。我一生欠了多少朋友的情啊！

我要说的是那段时期发生的事。

一天中午我接受批判回家吃午饭，爱人说，天津的小邓很挂念我，委托一位姓朱的大夫来看看，我的情况可以转告他，他会一五一十地回去说给小邓一家听。中午见不着，晚上还会再来一次。

下午又是批判会，会一结束，我急忙赶回家来，朱大夫已先在了。

我介绍了近况，彼此唏嘘一阵。

这时，有人敲门，进来的是一位中学教书的好友。几个月不见，他记得我喜欢吃狗肉，恰好下午弄到，赶着送来。

我给做了介绍："这位是朱大夫，天津来的，这位是老赵，我的老友。"

老赵是个实心眼，觉得我介绍得太草率，自己做了补充："赵，赵，赵，赵实礼。"

朱大夫惊讶地站起来："赵？怎么一回事？我正要找你。你的一位姓×的司机朋友要我带这封信给你，你看地址，西城什么什么街、什么胡同、几号，明天我还准备上西城去打听哩！"

这时，轮到老赵莫名其妙了："朱大夫！你怎么知道我要来？"

朱大夫摇摇头。

"那你们以前提到过我？"老赵问。

我说与朱大夫是第一次见面。

于是，老赵、朱大夫、我和我的家人都发起呆来。

这是怎么样的鬼使神差的机缘？

用数学来解释，应该是天津加北京的人数开一两百次方之后的那一点点微分机会吧！

问题是，如果这时候突然进来了专案小组查问我们之间的关系，我们用极老实的态度交代得清这个关系吗？交代了，他们能相信吗？……

请原谅这不太像一篇小说和散文，写那时候的事，有什么法子呢？）

"很简单，我，一个百分之百的唯物主义者脑顶上空的马克思派我从元朗搭小公共汽车到九龙尖沙咀、再过海到香港兰香室，专门来迎接根本没有约定时间的好朋友回元朗去。走吧！"

付了账，两个人提起藤箱过海。

"你没去过九龙吧？"野曼问。

"当然。"序子说。

到天星码头买票过海上尖沙咀。

平着码头上船是头等，底下是三等。头等有一行行长靠椅，船一开可以舒舒服服浏览海景。三等也可以浏览海景，没有椅子坐，跟杂物鸡鸭蔬菜挤在一起。

为什么没有二等？你问谁呀？

没有就是没有。是老大帝国定下的规矩。把人和人的等级差别和距离弄得更鲜艳些。他们在玩殖民地游戏时弄出不少供后人参考学习的笑料。你要服他，多少年来，他能把贪婪和愚蠢弄得那么庄严和精确，弄得有声有色还真不易。

你不平，你不满意，那你到这里来干什么？

适应性都带一点奴性，培养和控制奴性是一门大学问。

"梅溪呢？"野曼问。

"嗯？喔！她在广州家里。"序子说。

"那，你们以后怎么办？"野曼问。

"现在来不及谈以后。"序子说。

"嗯，我也是这样，还要点时间等，也不能光靠等，可惜我们的抗战胜利不太像个胜利。这胜利让人觉得好辛苦！"野曼笑，序子也笑。

天上忽然一声大响。

序子站起来走近栏杆察看天空："什么？怎么一回事？"

"飞机。"野曼说。

"飞机能这么响？——你听，又来了！"序子说。

"新式飞机，喷气的，不带螺旋桨的。非常快！"野曼说。

"看见了，这飞机两条机身，了不得！飞机在前，声音在后头跟不上。"

序子兴奋起来。

"那叫'喷气式',一种新式的战斗机。"

"你怎么知道的?"序子问。

"在这里常常看到,不奇怪。航空母舰上起飞的。"野曼说。

"我在南雄去过飞机场,见过鲨鱼式飞机,机身画了鲨鱼头和上下两排大牙,好威武。陈纳德飞行队,螺旋桨的。"序子说。

"我在画报上看到,又出了更厉害的。"野曼说。

"你还这么在行,真没想到。"序子说。

"等下到了元朗,我介绍林紫十一岁的外甥,他才是飞机方面的大专家咧,你愿听,他从早给你讲到晚。他正愁一生抱负没人欣赏等你去解救咧!"野曼说。

轮渡轰隆靠了岸。序子怎么可以对野曼说没到过九龙呢?他就是坐火车从广州到的九龙,然后坐轮渡去香港的。野曼问得傻,序子答得呆。都是说话不经大脑之过。

九龙火车站、尖沙咀码头广场有好多远郊小公共汽车。这里老百姓搭点什么交通工具都从从容容,一点不显优越骄傲。抗战八年走惯千里万里山路的序子自卑心情一时难改,上了汽车,眼睛环顾左右,暗中注视周围是否有人妒忌?

(一路小郊区汽车上还在想两条身子的喷气式飞机,心里难免颤悠悠地佩服,幸亏科学新发明都在同盟国这边,若在德、意、日方面,那日子就和今天不一样了。

文章写的是一九四六年的事。事实是在轮渡上和野曼一齐看到的两个身子的喷气机。现在是二〇一九年的一月二日上午九时,刚吃过早餐,儿子却说两个身子的飞机是带螺旋桨的飞机,叫"黑寡妇"。美国造。把山本五十六打下来的就是它,不是喷气式。翻出手机里的"黑寡妇"照片给我看。

"不是喷气式。"怎么会不是喷气式?我和野曼在轮渡上看的正是喷气式。

噴気式飛行機

『看见了,这飞机两条机身,了不得!飞机在前,声音在后头跟不上。』序子兴奋起来。

这笔账怎么算才好？事隔七十三年，我的天！

本老头一肚子纳闷进洗手间，坐在马桶上自我纳闷："老了罢？怎会落入这种紊乱境界。"

情景、声音、速度、形象？？？？人证、物证，真见鬼了。儿子敲洗手间的门。

开门，他举起手机上另一些飞机照片："英国造一九四五年的'吸血鬼'双身喷气机，就是你当年轮渡上看到的。那带螺旋桨双身飞机叫'黑寡妇'，美国造的。你记性不错！"

不是记性好，是印象牢固。

记性和印象是两回事。有时混在一起，有时候单独存在。所以有时候有的老头儿在大家眼目中很顽固。）

元朗是一个质量很高的散村庄。阡陌纵横间尽是漂亮洋房，林紫讲究的家就属其中之一。两层的方楼，中间天井，很是豪华大方。

序子问候了林紫的妈妈、婶婶、姐姐妹妹和大哥大嫂。（林伯不在人世了。）大家把女婿野曼这个不三不四的朋友张序子一点也不当作外人，满是好奇的好意，野曼说："他们对你比对我还好。"

"那是。"序子是个画画的，你写诗的跟他们关系容易迷茫。

林紫让序子为大家画速写像、剪影，又在厨房门口坐在矮板凳上教他们做辣椒酱。装在一个个小玻璃瓶里，画了张好玩的彩色商标贴在瓶子上，真像是某个酱园公司出品。惟独对飞机有研究的小成成上香港姑姑家考初中去了，要是他在，跟序子一定又会玩出许多新花样来。可惜，可惜。

林紫和野曼都是广东梅县那边的客家人，讲的话和广州话很不一样。他们有时讲广州话，有时讲客家话，轻松流畅，顺口就来。只是林紫家人与张序子讲普通话，有趣得跟鹦鹉行腔差不多，自己觉得有点难为情。

这几个月来，序子一直都在暗暗学习广东话。

默会广东话的抑扬顿挫，轻重落点。先是狠狠地欣赏，后是密密地跟步。紧记关键词条，默默地不露声色。越过听不懂的难关，欣赏广东老头那点轻松懒散神韵妙处。

茶馆层楼上朝夕新老朋友聚会带出语言融洽的醒悟，千万不要亦步亦趋地去啃啮生词，外方人几十年学广府话不入门的原因在此。

有人说，序子你有语言天才。你看你讲闽南话和闽南人一样。另一个人说，他天才个屁！他学英文学了三年，老师许玛琳给他个零。

序子挣扎说："我在闽南，泡在本地生活里那么多年，当然跟本地人讲话一样。你把我泡在英国试试，我能不懂英文吗？根本论不上语言天不天才。假使我英文好说不定干别的去了，一辈子再也刻不了木刻。我万事不急，我懂得自己的穴位。"

林紫和野曼两人跟序子谈到未来怎么办。序子说："我准备远远地走。"

"远到多远？"

"我原来想去延安。"

"哈哈，你打算迟了。那边的人都往外走了。你到上海去吧！你上海有熟人吗？"

"有是有，人家都自顾不暇。我手边钱不够，还有梅溪。"

"事要一步步来，眼前像挤公共汽车，上了车挤一挤就松了。要紧的是先上车。想想，还有没有别的办法？"

"我可以回厦门集美我叔叔那里找个事做做，喘口气再说。做个一年半载赚点路费，再往上海跑。梅溪懂事，她可留在广州等消息。"

"香港、广州不是你待的地方。"

"我看是。我想我可以回去跟梅溪商量商量。"

"去厦门，你还是从香港搭船方便。跟梅溪商量完了把结果马上告诉我，好吗？这里有朋友几首诗，你帮刻完木刻插图就回去吧！"

"好！"

回到广州，梅溪完全同意野曼、林紫和序子的决定。

梅溪没想到序子在香港还卖了木刻。序子留了三十块给梅溪。

"那你呢？"

"我还有一小半，够了，船票和三四元的饭钱，到厦门见到二叔叔就

上车，挤一挤就松了

『事要一步步来，眼前像挤公共汽车，上了车挤一挤就松了。要紧的是先上车。』

简单了。"

梅溪找来一口往日南洋的薄铁绿皮旅行箱子。(这箱子今天还在万荷堂。)

"哈哈！再让它为我们帮忙一百年。"细细地给序子装满衣物用品。原来的小藤箱换了口较大的，"你一个人对付得了的，是吧？"书籍、木板、木刻刀都放妥了。

序子、梅溪在占元阁三楼约了洪隼、欧外鸥、叶奇思、林沙尔、黄超，把一切计划都告诉了。

沙尔说："昨晚接你的电话，说要走了，写这首短诗给你。"

痕迹

浩叹像一阵风，
几颗相聚的星星吹散了。
带着光的速度。
在深蓝的夜空，
划出几丝细线。
昨夜是永远的，
今宵也是永远的，
它留给谁了？
你说，
留给谁了？

传给大家看过，都静静地感叹。

欧外鸥问序子："你找到新波了？"

序子点头："新波、黄茅、冰兄、陈雨田、梁永泰、郑可都见到了，真开心！"

"你住在哪里？"欧外鸥问。

"新波带我住在铜锣湾南国艺术学院。"序子说。

"南国艺术学院？点解我未听过？谁在负责？"欧外鸥问。

"冯国亮、杜素心、蔡靖峦……大概五六个人。"序子说。

"杜素心，杜素心这个人我认识，是个办事谨慎的老实人，好像画画脑子这方面不太流利……"林沙尔说。

"他在行政管理方面很细腻负责的。我印象相当不错。"序子说，"斯坦贝克《人鼠之间》提到：'做一个好人用不着太聪明。'这类人对世界，比聪明人贡献大。住了几天，我准备去元朗找野曼，碰到一件怪事——"

序子讲了兰香室的怪事。大家觉得实在难以相信。

"你怎么认识野曼的？"欧外鸥问。

"大概是四三年四四年江西信丰。"

"桂林批判我的'山、山、山'的就是他。你怎么跟他来往？"欧外鸥说，"'左'得很。"

序子说："你有点怪。你不喜欢的人要大家跟你一起不喜欢？野曼一直很关心周围朋友，爱书、谈诗，朋友都说他到了发癫的程度。好真诚的一个人，怎么会批判你呢？是不是谣言误会了？他是个很好的诗人……很懂诗的。我从来没感觉他'左'过。有机会该找他谈谈。"

"你没去过桂林，你晓得什么？"欧外鸥说。

"那也是。这事或许真有过过节。时候和时候的误差，常常产生悲剧。罗密欧和朱丽叶的爱情都是让如此这般耽误了。况乎你们二位。——你心里是不是在怪我？"序子问。

"你当时若在桂林，今天讲这个话，我就怪你。演员没权错怪观众。此事和你无关。"欧外鸥说。

"我爱你的诗，也不怕你怪我，更不在乎因为爱你的诗野曼怪我。"序子说，"都什么时代了？……"

"讲讲你以后的打算吧！"洪隼说。

"去福建厦门教书，赚点路费去上海。"序子说。

沙尔叹气说："我们文化人穷得真让人难以相信。——赚张船票飞机票要花一年半年时间。你厦门、上海有熟人吗？"

"厦门有，上海算不得有，虚。"序子说。

"你怎么办？"沙尔问梅溪。

"像北方女人唱《走西口》吧！幸好广州我有个家，找点小工作熬着等他吧！"梅溪说。

洪隼说："《走西口》是唱'命'，去上海、厦门是唱'离'，'离苦速证菩提处'，看起来有个期数，周旋、努力得好，还可以做些掌握。'命'这个东西，'冥冥随业缘，不知生何道'，纳不准，不太好掌握了。

"命苦的人，诚恳努力都不顶用，你信不信？"

"你不过只是说，世界上曾发生过诚恳努力都不顶用这类事。我不在意这状态。事情没做就料理后果，你怎么活？我是黄仲则的'马上无历日，姑记雁来天'，脑中、眼底瞟一瞟是可以的。自己还是忙自己的好。"序子说。

沙尔指着序子对洪隼说："让人艳羡的单身的优游！"

"等佢哋生出一两粒仔女，把声就冇咁大咯！"洪隼一笑之。

占元阁几位好友倒茶举杯作长亭折柳之别，预祝这个那个……

梅溪送序子坐双人三轮车到广九站，帮忙把一藤一铁两口箱子跟一个帆布行李包送上火车，挥手再见。

（这一别就是没商量的一年多近两年。当时哪里想过？）

在窗口还看见她跟着火车叫："记住藤箱底的腊鸭、腊肠取出来送给林紫的妈妈，免得馊坏佐……"

一路上重复的印象不说了。年轻体力好，三件重行李不当一回事。到了元朗林紫家里，又是一阵欢腾。

三个人在房里静静商量，身边的钱不够买去厦门的船票。

"先到半路住一住怎么样？刚好半路，《汕头报》我有个好朋友汤文义在那里，在那里赚一点钱再走，你还有机会游游汕头。"

野曼身边没有钱，有，他早就给我。眼前只够维持生活，给了我，他就没有了。眼前更不好意思再去找新波。

序子说："我看就你这办法好。先到汕头找汤文义。在那里赚什么钱？

怎么赚？到地再说。"

野曼说："我信中稍带几句，让他出主意。"

"他在报馆编哪一版？"序子问。

"不编版，管发行的。熟人多。"野曼说。

"你以前骂过欧外鸥的'山、山、山'？"

"年纪轻，我是很当作正经战斗的。我们那时对现代派、形式主义很敏感。你读过那诗？"

"信丰《凯报》大地书局书架上，桂林来的杂志上都见到过，没料到是你。"序子说。

"你觉得怎么样？你喜欢那种诗？"

"是的，新鲜，说前山、后山到处都是抗日游击队有什么错？"

"不感觉那是形式主义？"野曼问。

"光是内容，没有形式，能叫诗吗？感觉到是中国的叶赛宁、中国的马雅可夫斯基，是抗日的形式主义。你说说看，列宁看不起马雅可夫斯基的诗，笑得眼泪都出来了，反而是斯大林为马雅可夫斯基辩护，你说怪也不怪？我不写这种诗，我不习惯，也不会。要写就直来直去让大家看得懂。不过有一点人写点这种诗也无妨。新鲜、活泼，让人开心。也许对弄诗的人有新鲜启发。

"你的'春天坐着花车来了，说是少女的花季，说是阳光泛滥了，大地……'我也喜欢。你写诗也要有新的意念呀！总不能一天到晚让春天坐在花车上嘛！"序子没说完，野曼大笑。

"……彭燕郊的《妈妈，我，和我唱的歌》和你的那些诗，我不是常常背给人听吗？嗳！我都快忘记了。"序子说，"你们自己都不清楚，那些诗好天真！好可爱！满是妈妈和土地气息。"

"他在广州呀？"野曼问。

"嗯！大家前几天在占元阁喝茶。"序子说。

"他说了什么呀？"野曼问。

"说你'左'！我还帮你吵。"序子说。

野曼微微笑，不再出声。

去九龙船公司买了票，是极大极大的带帆篷的机器木船。十七八个搭客。这种船也卖票，很特别。

船尾很高，像三层楼。

序子认真记下贴水面飞着的鱼，不小，要不亲眼见到真难相信；还有浮着那么多的水母，人说让它缠着会死。就是饭席上的冷盘海蜇皮。序子似懂非懂，缠着会死的这种东西怎么可以吃？

天气白天夜晚都不冷。也没有船舱好进。风也不大，差只差几个聊天的伙伴。饭菜可说是非常豪放，大鱼大肉至极。原本是不用抢的，吃相倒是比抢还难看。呼喝有声，与海浪同吵。不供酒是对的，当然，酒后在船上的下场可以想象。有茶，是潮州讲究的茶叶，估计船老板是潮州人，要不然没这么慷慨。

序子一个人半躺半坐在帆布口袋边，以铁箱、藤箱作篱墙，挑着近些日子新鲜有趣的事情回忆，度此漫漫长夜。住铜锣湾南国艺术学院那近十天颇堪回味。香港人叫警察为"差佬"，警察局为"差馆"。救火队员作"火烛鬼"。叫卫生局帮老百姓抓捕老鼠的卫生员为"老鼠王"，叫邮局为"书信馆"，邮务员为"书信佬"。叫一切外国人，男的"鬼佬"，女的"鬼婆"，小的"鬼仔"……

宽马路边停小汽车的地方画有白线，竖着一块牌子上写："如要停车，乃可在此。"小饭馆木板隔成一间间卡位，墙上一定挂块小小搪瓷白底蓝字横牌，上书："如有痰涎，与（应是'以'字才对）及鼻涕，如欲倾吐，勿弃在地……"

有轨电车楼上有块大白底蓝字搪瓷牌子，告诉乘客假如遇到大风，要赶紧把两边的玻璃窗放下，好让大风透过，以免成为一堵挡风墙。……"此车如遇大风，或强劲之风，或速度高之风，或势劣之风，请将窗门即速放下，以便大风通过……"

茶馆随即有摹仿电车上口吻写出的点心告示："本店有叉烧之包、虾仁蚝油之包、猪油白糖之包、香浓喜色豆沙之包、灌汤在内之包,顾客光临,请随意点用,本店主人无任欢迎。"

随地吐痰、随地小便受罚的新闻时常听到。裤子纽扣不扣,一颗罚若干钱,只听到传说,没见新闻实例。(那时裤子拉链未盛行,裤扣子惩罚只论颗计算。)

其实广州也有好多特点。满街满巷都是木拖板的响声,大概半夜三四点到清早五点之前,才会有一两个钟头的安静。木拖板学名木屐,实际上就是老百姓的便鞋,几几乎跟本地人形同一体。事急起来甚至可以拔腿奔跑,脱下一只在手顷刻变成护身抗敌武器。

街上设小档口为来往行人修钉屐上皮带套口,居然能养活一家老小。可见木屐生活之盛。

有专门制作花俏精致与高跟皮鞋同一档次的木屐的工艺商店,出入都是巧笑倩兮有身份的太太小姐们,掀起了另一种爱娇的讲究空气。

特别让外省人开眼界的是"凉茶店"。

辉煌耀眼、金光闪亮的一对大铜壶之下,玻璃罩着一锅奔腾鼎沸的药草汤。锅前罗列各种熬透过的珍贵绿色原料和只只生鱼遗体。你根本无从在形象上找到它们之间的逻辑关系。

马上要跟你建立逻辑关系的是那一杯杯不同品类、不同性质、不同口味的"凉茶"。等候你的选择。说时迟,此时快,假如一旦选错,便会怪你爹娘为你少生两张嘴,便会苦到说不出一句话,便会以为来不及写遗嘱……

其实,什么坏事都不会发生,只为你好。有病医病,无病补气退火,益寿养颜。

记得好久好久以前哪段文章提起过,有人说外国人非常有钱,连讨饭的叫花子都穿西装。

广东人的有钱让人暗暗佩服。它基础好,再穷也穷不到全家逃荒。逃荒接近于死亡的边沿,淡漠于亲情和血统之外了。有谁见过广东人出外逃荒的?没有。

水母乳孔魚

序子认真记下贴水面飞着的鱼,不小,要不亲眼见到真难相信;还有浮着那么多的水母……

短短时间，在广州中山五路公园前见过两个广东讨饭乞丐打架。打架本是普通事，和经济好坏无关。有钱人一言不合，兴致来时也会动两下拳脚。那天见到的打架很特别。讨饭乞丐想故意打给人看，放下打狗棍和饭碗在街边人行道墙脚，亮腿捋袖，你死我活地搞。出人意料的是，胜负双方各人臂上都戴着手镯，满口镶着金牙。混战中，口袋里掉出的香烟是"三个五"。

　　（现在更是了不起。乞丐向路人乞讨，路人说："不方便，口袋没有零钱。"乞丐会说："你拿整的我可以找！"

　　听说现在更有乞丐用手机收钱的。）

　　……

　　海上过了两晚，天亮到了汕头。

　　汤文义老兄嫂两口子接到野曼电报，来码头接。

　　《汕头报》馆址跟香港《华商报》一样，也在海边。

　　文义兄把序子安排在报馆他办公的房间里，他的床对面隔一张办公桌那边加了一张床。走廊一排是编辑部，文艺版的编辑也叫"林子"，是个男的，叫起来跟林紫一样，也是位诗人，出过诗集。知道序子是野曼的朋友，不到三两天，很快也就成为朋友了，何况是个刻木刻的。

　　文义兄在办公室摊开序子的几张木刻给大家欣赏，引起了称赞。总编看过又约来社长看，几个人嗡里嗡隆一番，又约了文义兄去谈一次话。回来告诉序子："社里还缺美术编辑，社长想留你在汕头，行不行？——我看不行，你要奔你的前程，就多谢他们说：你是过路的，留不下来。"

　　序子说文义兄做得对。

　　几位老总对序子产生好感，时不时来喝茶说话，问这问那。序子托文义兄到石印局弄来些油墨（普通油墨不能用），拓印了几张木刻留给文义兄嫂、林子和几位老编。没想到一位老总居然送来宣纸向序子求"墨宝"，序子不知如何是好。心中好笑。文义胆大说不怕，有的是唐诗宋词题目。

　　没想到这个"墨宝"求完那个又求，像是真要弄出个什么气候才罢休的样子。汤文义老兄也冤冤枉枉被弄得得意起来。

　　社长、老总请吃饭了，还顺约了他们自己的朋友。当着是个有面子的文艺活动。大家一致的遗憾是，张序子先生滴酒不沾。

就这么觥筹交错过了几天，声色不动地画了几张画，文义兄静静送来二十五块钱，一齐到轮船公司买了张十七块几到厦门的船票，对序子说：

"好了！好了！我总算对野曼交差了。"

两口子和林子送序子到码头上船。

这次是小轮船，好像也没有舱可进，只选个角落放下行李或蹲或卧。（以后朋友听说到这场合都说不近情理，不可能。我也不明白是怎么一回事。事实如此，没什么好说的。）

记不起船开了两天还是两天半，经过一个（或是两个三个？）近半里或一里直径的大漩涡旁，船员向甲板上站着的所有人大声打招呼，各人抓住点栏杆或什么一切可抓的东西，不要站起来，不要动！只听见机器加足马力轰轰响，船努力在漩涡边边远远地挣扎直冲，尽力逃出到漩涡外边去。

序子也难以想象，小轮船被卷进漩涡里头是什么味道？很想去问问船上的人，眼看大家脸色都不怎么自然，不敢开口。

一路上就这么个特别遭遇。多少年后晓得日本有个著名的"雷门"，比序子眼见的大漩涡规模还大，"浮世绘"上有人画过，惊险到绝望的程度，谁见谁胆寒。

怎么没听人报道过呢？

以后一路平安到了厦门。

婶婶和二叔、湘龙弟弟都在码头接船，一齐再乘小火轮回到集美。医院已经搬家了，二叔一家就住在这小空楼里。给小湘龙弟从香港带来一只纸壳提线老鼠和一具玻璃饮水鸭。他生疏地自己玩着。

老同学洪仲献和吴玉液同学也在集美，相逢真难以想象的高兴，聚在一起，话说个没完。

无比完美的母校，经受日本侵略者八年的摧残变得那么凋零，像片片残梦散落地面难以捡拾。提起当年任何一位老师仿佛都在揭拨一次伤口，各人都疼痛得战栗。

村牧先生的大儿子毅中当年还是个幼童，现在已经高中毕业正做进大

两个金牙齿打架

出人意料的是，胜负双方各人臂上都戴着手镯，满口镶着金牙。

学的准备，成天跟序子一起。

序子还没说到工作，二叔已给他想妥了，让他到南安县洪濑镇芙蓉乡国光中学去教美术课。

国光中学是嘉庚先生的女婿李国专先生在故乡办的中学，由当年的高中同学、后来厦大毕业的黄嘉才去做新校长。一齐去的有当年序子同班的女同学、厦大化学系毕业的徐秀桂，婶婶的弟弟黄六洲……那是所已经办了好几年的初级中学，有原来的不少先生在那里。

序子原本是打算留在母校工作的。二叔的决定就按照二叔的决定办罢！可能他有一些本分的想法，他是学校领导人之一，不太希望自己的侄儿挂在私人关系上。

仲献就笑。

序子问笑什么？

"你应该知道他和国民党三青团的老关系。香港来个不清楚政治面目的侄儿，借他这把伞，做点他不喜欢的活动岂不糟糕？"仲献说。

"你以为集美是个政治真空？等他这个宝贝侄儿开辟？"序子说。

"少一个总比多一个好！"仲献说。

"你说得有点道理！"序子说，"那我还是避嫌为好。唉！你不知道，我是多么想念集美！"

"唉！一切都在变。个人是追不上变化的。"

"变吧！越快越好！"

回到老卫生院，婶婶交给他梅溪写来的第一封信："你看你妻子的字写得多好！"

"她是高中毕业，我是初中没毕业。"序子说。

去南安洪濑是序子的老熟路。

泉州、洪濑、园内、诗山、永春、德化，闭起眼睛都走得到。仍然是挑夫、轿子启步，年轻，一下子就到了。

国光中学没有围墙。从一座老祠堂当作礼堂开始，过来是教员宿舍，再过来是几圈课堂、三座学生宿舍，另外旁边有间大厨房。厕所在南边的远处，要走一段路，这是序子不留恋它的原因。

女生宿舍在教员宿舍后边远处，徐秀桂管着那帮小丫头。

很少大树。叫芙蓉乡是因为不晓得什么原故它还真有不少木芙蓉花。而这种木芙蓉花在别处并不多见。

芙蓉这两个字闽南发音很特别，读为"扑穷"。你看好笑不好笑？序子自己对自己就说："可不是千里万里扑穷来了？"

两百多学生，一饭桌职员和先生，都在准备朴朴素素地打发半年日子，斗量自家老小的生活。

同事们都认真工作，没有过相互龃龉的记录，轻言细语交谈点文化新旧趣事。

报纸在手，各人按照自己政治见解默会时事进退。不交谈，不吵闹，不昂扬。

大旋渦

只听见机器加足马力轰轰响,船努力在漩涡边边远远地挣扎直冲,尽力逃出到漩涡外边去。

教员住的房子是红砖盖的。其实我写这句话很多余，所有房子包括学生食堂、教室、学生宿舍都是红砖盖的。

教员除徐秀桂管着女学生跟女学生住在一起之外，所有男教员都分别住在一幢长屋子里，门对门一人一房。从东到西一条红砖走廊，中段大空间摆一张圆桌，所有教职员在这里吃三餐。

各人房间陈设一样，书桌、书架、茶桌、椅子、床。床好，严丝合缝，手工讲究，不长臭虫。

序子来往较多的当然是二婶的弟弟黄六洲、校长黄嘉才的弟弟管总务的黄嘉德、同班老同学徐秀桂和数学教员李清标。校长黄嘉才从集美高中毕业之后就留在校董办公室做事，序子当时就觉得这个人太老实正经了，从来没见他跟人嘻哈过，很可能长大后是块当校长的料。分别几年，他在哪里上的大学？以后如何这样那样就不清楚了。这回重逢，依然还是老样子。让人怀疑，从来没畅怀大笑过的人是怎么长大的？

收到嘉禾先生的信。挨骂了。

……你照照镜子看看自己！以为你正展开翅膀，我每天都在默数你的鹏程，没料到你花了三四年的光阴绕了个大圈子，悄悄回到南安教起书来。你图个什么啊？孩子。你怎么会认为南安是你的归宿之处？既然如此这般，还不如回泉州我这里。泉州有你的房子，接你的妻子在泉州过一辈子安居乐业没出息的太平生活罢了！

你晓不晓得为什么我舍不得你走却硬心赶你走？你的走又让我如何之心痛？真难以想象你居然偷偷溜回距泉州咫尺之远的南安教起书来。

你从广州来信说回闽南集美是为了谋一张去上海的飞机票。我没坐过飞机，不清楚飞机票的价钱。不过我清楚飞机终究是人坐的，坐一场飞机就值得浪费大半年时间吗？这很难让人想象。不管怎样，这一决定为什么不告诉我？让我出点力气。我穷，我可以卖点家藏东西……我生气了，恨不得马上到芙蓉来批评你，甚至带你回泉州。

我的腿最近不好，清河又不清楚上哪里去了好久不见，只好写信批评你……

序子回信：

先生：

真、真、真对不住，我的事惹你生气。我不是有意的，我只是一口气地往上海那边想。忘了这，忘了那。

我原来想在香港谋个事做，根本办不到，不会广东话，难插得进生活圈子，简直是固若金汤。

去上海是我的一位诗人好友野曼出的主意。去集美也是为了向上海拱卒子的办法。集美有我的一位管得了事的叔叔，估计找个事不难；没想到他考虑事情严密，怕我是异党在集美作乱，所以放我在嘉庚先生的女婿国专先生办的南安国光中学。我目的只在一张飞机票，哪里或哪里就不放在心上。

国光中学共事的熟同学不少，很好相处。

课程简单，环境单调，最适合读书和刻木刻。

我这种年龄的人，花半年时间换张飞机票并不蚀本。我的脑子怎么敢往清寒的先生那边动？我只是非常珍贵当年跟先生在一起的日子和"我的房子"，先生的神采，先生的教诲。

先生千万不要来南安芙蓉,我的心情跟小学生害怕家长来学校一样,不愿让同学看到我的惶恐……

写完致嘉禾先生的信之后,接着给妈妈、梅溪、泉州的张人希、安海刻字铺"醒斋"的赵福祥、香港的野曼、广州的洪隼、林沙尔都写了信。这空间时间里最合适写信,写一百封口味完全不相同的信都行。

序子吃过晚饭到李清标房里头聊天的次数很多。李清标来序子房里很少。他时常主动邀请序子来房里坐。序子于是端了把泡好铁观音茶的茶壶和两个杯子到他房里去。

清标人长得端正。他可能天天刮胡子,看得出他那座丰隆的下巴一定蕴藏着充足的肥料,只要稍不注意,三天就会长出伽利略式的胡子,五天就会长出托尔斯泰式的胡子,那时候就难分得出谁是谁了。

序子欣赏他的幽默敏感,他容易莞尔,也常大笑,不过笑得太过严肃,陌生人不太容易看得懂。

虽说他是教数学的,文艺上却跟序子有共同语言,两个人所以谈得来。黄六洲虽说是序子舅舅辈,却也愿意端个杯子前来凑热闹。还有嘉才的弟弟嘉德,高中毕业读不起大学,暂时跟哥哥在国光做点事,很是真诚可爱,听到孟子《离娄》里讲的"墦间乞食"的故事,他就说:"古时候人的肠胃比现在人的肠胃强壮,经得住不讲卫生的东西。要是我就受不了。人那么穷,居然还一妻一妾。"

秀桂知道大家在一起聊天,有时也拿点核桃、板栗过来助兴,坐在旁边,一起笑笑。她从小在班上就文雅规矩,倒是序子这类顽皮的男同学从来不敢欺侮她。她功课好,序子认为功课好的学生长大一定学理、化。果然,她大学毕业之后现在当的正是理化先生。序子对她,心存十分的敬意。

南安的土地发红,内行人说这土质适宜栽兰花。序子不懂园艺,只记住这个要点,有机会向种兰的人去吹。国光树少,学校没办好久,顾不上栽培树木这类事情。往国光背后翻过土坳两三里地方,可是一道夹着森森树木的深蓝色静静的大河。对岸有一座很有规模的县立中学。体面的校舍,密林深处还看得见尖尖的屋顶倒映在水中。序子画了一张又一张稿子，刻了好几幅木刻，大家看了说美，有人提醒："别让他们看到，谋了去登在他们的校刊里，你张序子不好做人。"

每星期一上午纪念周会在祠堂里开，记得有一次黄嘉才校长领着念"孙总理遗嘱"中间忘了词，冷场了好几秒钟，当时大家都有点不好意思。事后也没有人提起和追究。幸好！幸好！

序子对于给孩子们上美术课比较有兴趣和认真。他并不以为给孩子们上美术课很简单。初中的美术课究竟怎么上？以前在培青中学很费了些脑子，眼前就不急了。

上一年级课的时候序子问他们，喜不喜欢美术？

一些人说不喜欢，一些人说难，一些人说不会，一些人说不清楚。

序子说："我比你们还小的时候，喜欢在大门外剥墙上的石灰片在地面石头板上画画。我们那地方和你们这里不同，一年四季都有各种各样唱戏的，我就跟另外的孩子一齐画唱戏的。地面上、墙上到处画。"

孩子说："我们南安也有很多唱戏的，高甲戏、大傀儡、小傀儡，过年的时候特别热闹。"

"画吗？"序子问。

"和你一样，有时候也画。让大人看到会骂。"

"我们那时候的大人也会骂。我爸爸是教美术的，他不骂，只教我们在地面上画，别画在墙上。我们端午节划龙船，过年舞狮子，我小时候也画划龙船、舞狮子、舞龙灯。"序子说。

孩子说："我们也划龙船，也看过泉州舞狮子。"

"画吗？"

"顾着玩，没有画。"孩子们笑起来。

序子说："这样看起来，大人不是反对我们画画，是不许我们弄脏、弄坏了墙。"

"要做功课，没空想别的。在学校还要赛跑、打球，顾不上画画了。"一个孩子说。

周庄背侧两三里的对河

往国光背后翻过土坳两三里地方,可是一道夹着森森树木的深蓝色静静的大河。对岸有一座很有规模的县立中学。体面的校舍,密林深处还看得见尖尖的屋顶倒映在水中。

"那你们在家里呢？"序子问。

"要帮爸爸管池塘，放牛、放羊……"

序子问："要是你们有一张大一点的纸，能不能够把你们碰到的这些事画出来？"

孩子就笑："画得不好！"

序子说："就是因为画得不好，才要个先生来教你们上美术课嘛！你们说是不是？说一说还有什么可以画的？"

"多了，游泳。"

"放鸭子。"

"还有，开会。"

"开会？那么多人，你会画吗？你'风姑'❶。"

"你们会画人吗？"序子问。

大家笑。

"问你们问题，笑什么？"序子问。

"只有林必清会画。"

大家笑得厉害。

"林必清会画，为什么笑得那么厉害？"序子问。

"林必清，拿出来给先生看。"学生们嚷起来。

林必清吓得趴在课桌上不敢动。

"林必清用不着怕，拿出来给我看看。"序子说。

另一个学生从林必清课桌里头抢出一沓画纸交给张序子。

果然是一张张的头像。

课堂上鸦雀无声，孩子们一起盯住序子的表情。

学生们完全没想到的是，序子举起这些画也哈哈大笑起来："林必清，我晓得你在画谁。哪，哪，这是我，这是黄校长，这是李清标先生，这是国文张致理先生，这是黄六洲体育先生，这是动植物周环先生，这是历史

❶ 吹牛。

吴容先生，这是徐秀桂先生，这是大厨房周师傅，这是阿阔、这是阿沛（工人），这是邮局送信的。林必清你画得好，你怕什么？你有什么好怕？"

林必清还在怕，听到序子夸奖才慢慢直起身来，低着头，不太相信眼前的真假。

序子问："林必清这些画大家看了为什么笑？"

没有人回答。

序子说："画得好，画得像，大家看了都开心，都喜欢，为什么林必清画了这些画以为自己做了错事呢？他抓住了先生相貌的特点，以为揭发了先生不想公开的秘密，所以心里害怕。其实你把事情弄反了。你眼睛看得准，一眼就看准了人的特点，手到擒来，画成一张画。将来长大有机会进美术学校，学习更深的本领，保持住这种眼光非常要紧。——好，下星期这堂课，我就和你们讲进一步的道理。各人都准备一张图画纸。"

吃过晚饭，序子请几个同事到屋里看这些人像，用不着说名字，大家哈哈大笑，各人都认出了自己，捏在手上舍不得放开。只有历史先生吴容说："林必清这孩子其他功课也都不错，可惜太过调皮了。"

序子把林必清的画贴在黑板上，贴一张，笑一张，全堂同学都松动起来，不再紧张了。

序子说："大家注意一下，我的脸没有这么大，李清标先生，徐秀桂先生，这是阿沛，这是阿阔，连那个送信人的脸都没有这么大，张致理先生是个老人家，吴容先生是个瘦子，林必清把所有人的脸都画成一个大圆圈，这就有点太过简单。要是注意一下，该瘦的瘦，该胖的胖，该方的方，该长的长，该老的老，该年轻的年轻，那就一定更传神、更像了，是不是？"

"是、是、是。"全班学生都响应起来。

"同学们都听懂我的意思了吗？"序子问。

"懂了！"全班答应。

"每个同学对着黑板上林必清同学的画，再想想你们每天看到的先生

只有其父方能令弓

林必清你画得好，你怕什么？你有什么好怕？

们的神气，再回忆刚才我讲的要点，自己马上画一张试试。一，二，三，开始！"序子大声下了个命令。

所有学生都动起手来，林必清也埋头重新开始画。只听见笔在纸上沙沙行动之声。

（这声音至今七十三年难忘。）

交卷的时候，序子心跳得厉害。

有的人另外起稿，居然把个别的先生画了全身。序子没胆带回去再作公开。

"画画，不是凭空想的，是对着画的，风景呀，动物呀，植物呀！人呀！屋子里头屋子外头摆着的东西，以前有学问的前辈先生给这种美术活动起了个名字：写生。

"学画画的都要从写生开始。老画家们也常常写生，他们的写生作品本身就有艺术价值。

"老画家们一辈子写生多了就很有经验，编出一些口诀让徒弟记在心里，比如：'行七，坐五，盘三半。'

"这说的是画一个人的标准高度，走路和站立的时候有七个头那么高。

"坐在椅子上有五个头那么高。

"盘腿坐在地上有三个半头那么高。

"'一肩挑三头。'

"说的是一个人正面看起来，左右肩膀连自己脑袋一起，一共是三个脑袋这么宽。

"这指的是正常状况的大概比例。

"你如果说隔壁的刘矮子只有五个头高，大街上的刘高子有九个头高怎么办？我也不知道怎么办。

"动物课、植物课先生教我们的知识对我们学美术都非常有用。懂得界、门、纲、目、科、属、种的知识，画出的画别人一看就清楚这位画家有来头。

"有的画家的画缺少常识都是由于忘记了自然科学，忘记了动植物先生的教导。（其实你们眼前的初中正在学它。）

"学是学过，要是进一步自己去亲身研究那就更有益处，更有趣味。

"比如我问你们，我们国光中学这地方叫作芙蓉乡，你们见过芙蓉花吗？（见过！）见过芙蓉叶子吗？（见过！）花是什么颜色呀？（红的，白的。）一朵花几瓣呀？叶子什么样子呀？是对生还是互生呀？为什么不回答我呀？"序子问。

"没仔细看！"学生答。

"你看，你看，你们天天上课路过它们面前把它们都忽略了，它们天天开着花迎着你们笑，真有点对不起人。连芙蓉花是五瓣都没数过。

"你们看过水仙花吗？"序子问。

"看过。"学生答。

"熟吗？"序子问。

"熟！年年都养。"学生答。

"知道花开几瓣吗？"序子问。

"知道，六瓣，还有一种复瓣的。"学生答。

"画得出来吗？你们看，熟悉的就回答得正确。"序子说。

"大概可以！"学生答。

"水仙花有多少部位？"序子问。

"花苞，花朵，花杆，叶子，球茎，根须。"学生答。

"那大家就画一张试试看，好，开始。"序子命令。

"哈！大家熟悉它，爱它，亲近它，所以记得住，你看，都画得这么好，可惜叶子有点傻，不会转身。（我们不会画转身的。）花也没有侧面的。（我们不会画侧面的。）那！你们看我画水仙花的叶子，画侧面的花朵，画球茎，画根须。

"我喜欢水仙花，不管天涯海角，年年都要养这么一两盆。

"它的叶子跟树上生长的叶子不一样，厚、长，有弓形的弯，它们互相缭绕穿插，好像一场跳舞。叶底和叶面的转折你们画得最是勉强，没计

芙蓉和水仙

「水仙花有多少部位?」序子问。

「花苞,花朵,花杆,叶子,球茎,根须。」学生答。

算好角度和分寸。

"我也替你们可惜，水仙花画得像一排兵，或是一把打开的扇子，没有前后，更像一群浅薄的演员，个个都抢在台口站着，生怕观众看不见她。

"一张纸，画一样东西，你眼睛前后左右上下都看到它们之间的关系了，注意到了，你的手艺又能够表达得出来，这就会是一幅有意思的艺术品。"序子说。

"先生，我看到它们前前后后上下左右的关系了，就是画不出像你一样有意思的美术品。"学生说。

"我今天在这里做你们的美术先生，不比你们稍微画得好一点，多懂一点道理，那还算先生吗？我今天站在这个地方，不是来和你们比赛，不是来要你们佩服我的。美国十九世纪初有个聪明人爱默森先生，他说过一句差不多的话：'我今天来并非让你们认识我，而是来和你们一起学习怎么认识自己。'

"我告诉你吃饭有益身体，不能代替你吃饭。如果你喜欢画画，你就要自己动手画，动脑筋想，认真用眼睛看。是自己画，自己想，自己看。不是我。

"像快乐一样，不是偷来的、骗来的、抢来的，是自己辛苦赚来的。更不是学校先生命令你快乐你才快乐。更不是小狗主人要你摇尾巴你才摇尾巴。"

说到这里，序子自己问自己："这扯到哪里去了？好，下课！"

有一个泉州来的卖书郎，卡塔掐❶后头架子上装了好多书，铺开在篮球场让大家挑选。有商务、中华、开明、文化生活几个出版社的，还有平明出版社的……

序子太兴奋了，真没想到有送货上门的书店。还有书目录免费送人，你可以用钢笔钩下想要的书，下次他给你送来。

序子当场买了师陀的《果园城记》、朱洗的《蛋生人与人生蛋》、朱洗

❶ 脚踏车。

翻译的克鲁泡特金的《互助论》，又在目录上钩了雷马克的《流亡曲》《凯旋门》。

有这些书陪伴自己，天塌下来也顾不上了。

野曼寄来几本杂志，居然有序子给彭燕郊、黎焚熏刻的插图，有普希金和舍甫琴柯、涅克拉索夫的译诗，有马雅可夫斯基的诗。讲老实话，马雅可夫斯基画的画比他写的诗精彩，他的几幅照片又比他的画精彩。他的样子的确诗派很足，所以序子去洪濑照相馆按着他的派头照了张大半身像，放大成明信片大小，寄了张给妈妈，一张给梅溪。马雅可夫斯基的个子高，序子矮了不少，那点马味和派头不太出得来，遗憾！

（普希金我在这本书的哪部分提起过，抗战时期出过两本他的小说，一本叫《上尉的女儿》，一本叫《甲必丹的女儿》，说来说去其实是一本书。甲必丹就是"CAPTAIN"；"CAPTAIN"就是上尉。唉！）

普希金这人，不知道什么原因，序子对他还十分注意。诗啦！文啦！包括长相。原以为他是个古人，后来晓得他离一八〇〇才一年就生出来了（一七九九年）。长相有点特别，小小的个子，尖脸，双颊留着潇洒的卷须，既不像欧洲白人，也不像非洲黑人，更不像亚洲黄人，跟中东味道接近，看他的出身又还真是俄罗斯贵族。不过我仍然有点怀疑，贵族家庭混杂众多各地服务人员，老爷们一时高兴跟那些人弄出个把特别人出来也属难免。

普希金成为俄罗斯伟大民族骄傲是不用说的。沙皇政府对他还真没有办法，可说是又爱又恨，囚禁不像囚禁，流放不像流放，弄得沙皇尼古拉一世最后只好把他召回莫斯科。

以前苏联一些电影历史片，常见到普希金背着手，微微笑地在冬宫走廊里逛来逛去，用四川话称赞这副神气那就是："这狗日的过得好安逸啊！"

听朋友说延安时期，好多文人艺术家，塞克、萧军、丁玲、艾青……都跟毛主席有说有笑地来往过。钟灵说他常跟老人家下象棋，开玩笑。不清楚中国后来的伟大的诗人郭老，有没有在中南海背手吟诗、散过步？那地方散起步来也是很安逸的。

写到这里，不能不想起北宋时期的大艺术家米芾。米先生是一位非常

普希金

普希金这人,不知道什么原因,序子对他还十分注意。诗啦!文啦!包括长相。

刻苦用功的学问家。文化上遗留给后世很多成就。他学识渊博，趣味广泛。后学们不免纳闷，他小小年纪，怎么在文化艺术上懂得那么多讲究？其实一点也不奇怪。他的祖宗们都是当官的，家里收藏的文物足供他濡染陶冶。更让人想象不到的是，他妈妈做了徽宗爸爸神宗的奶娘，让他有机会小小年纪跟妈妈在后宫过日子。这种运气比普希金又不知好到哪里去了！耳朵听到的、眼睛看到的、手上接触的，都是经过筛选又筛选的精品，出口呵气当然跟别人不一样。来往和尊敬的都是苏东坡这一级别的大贤人。想想看，运气好加上刻苦努力，当然要什么有什么，他怎么能不是米元章呢？

刻了一张米开朗基罗的像，一张高尔基的像，一张自己的小头像。高尔基的像用刮刀刮的，很有点意思。

刻了一张马雅可夫斯基像，一定是刻过的，画面黑白关系还历历在目，可惜一张也没有留下。朋友们手边会有的，寄给谁了？（朋友都比我大，没有我命长，难找！）

写了篇杂文寄上海黄嘉音的《西风》杂志，《学英文比长六根手指头难》，不理，不登，不退稿。

看马雅可夫斯基的一首诗，题目长得好笑："关于一个自己打算得挺周到的逃兵、关于这个自私自利者本人和他的家庭遭遇到怎样的命运的故事。"

诗也不短，二百八十九句。还有插图二十八幅。

马的诗有个特点，

"我"，可以算一行，

"老婆的"、"脸"、"在空中"、"出现"算四行。

……

"马上"、"就可以"、"到家了"算三行。

也不晓得他们的编辑部怎样算稿费的。老马名气大，牌子硬，列宁和斯大林都常常读他并且讨论他，看样子脾气小不了，惹不起。要是现在有人研究研究中国当年同类大诗人、大作家的脾气作为，写出来一定很有人看。

记得爱伦堡写十月革命以后逃到巴黎的俄罗斯大诗人巴尔蒙特。大块头,喷火式的红头发,一位喜欢在马路中央昂扬的跛行者。

年轻的爱伦堡趋前招呼。他问:"俄罗斯还记得我吗?"

"记得!记得!"爱伦堡回答。

"那好!"这是巴尔蒙特最后对故国的遗音。爱伦堡目送他远去。

梅溪来信,最后说了件不高兴的事。

香港最近流行美国玻璃皮包,二姐、三姐都买了,梅溪也想买一个,二姐三姐问:"你准备在里头装什么?"

序子回信告诉梅溪:"她们对我俩余怒未息,有机会总要来两句,真对不起,让你委屈了。玻璃皮包相当俗气,为了随俗,买个肩膀上挂挂也没什么不好,只是犯不上为它难过。对现实沉默是勇者某时某刻的生活方式,勇这品行,像用钱,要看用在什么地方。

"你怎么忘记自己是个勇者了?"

给北京当小说家教授的孙茂林二表叔写了封信,把信丰、上犹、赣州以及芙蓉国光刻的木刻选了七八张寄给他。回信很快地来了,然后批评序子的意思和嘉禾先生一样,为什么待在南安教书不到上海北京去。

书信就这么来来回回多起来,好玩的是这位二表叔写小字都用毛笔,漂亮极了,很让年轻的张序子开眼。有一次甚至把序子写的信退回来,几个错字和轻率乱写的字都用红笔改了,像先生改作文本一样。幸好序子的脸只红了五分钟没让人看见。他每封来信都警告序子赶快"走"。说他已经托上海的老朋友想办法,施蛰存、巴金、李健吾……这些人。

这些人物都太大,不好惹。序子有自己的人,胡鲁沙、张乐平、陆志庠、马龄、叶冈、章西厓、余白墅、林景煌……

天底下就有那么巧的事。巴金先生问在他手下文化生活出版社做事的、平明中学老学生林景煌在福建时认不认识有一个刻木刻的年轻人叫作张序子的,林景煌正收到张序子的信说要来上海,巴先生就说:"来就来,先和你住在一起好了。"

林景煌这期间正住在非常讲究的文化生活出版社发行人吴朗西先生的

米元章

他小小年纪,怎么在文化艺术上懂得那么多讲究?其实一点也不奇怪。他的祖宗们都是当官的,家里收藏的文物足供他濡染陶冶。

一间空房子里。房里有一张垫着玻璃的大办公桌，沙发、旋转椅、双人弹簧床、琉璃灯、玻璃砖窗，在虹口边一个老菜场讲究的弄堂里。

（上面末一段写早了。序子这时候还在南安国光中学。）

有天早上，序子没有课，一个人在屋里刻木刻，听到飞机响声很大，跑到屋背后小坡上看，果然是飞机。这飞机还真不是开玩笑，大到难以设想，可算序子一辈子头次看过的大飞机，居然四个螺旋桨，一边翅膀两个。嗬！嗬！

送走飞机才发现身边坡上站好多看飞机的人，都发出感叹，一辈子头一次开眼。"做那么大五层楼高，居然飞得起来！"

"这飞机叫作 B–52，是眼前世界上最大的，长崎和广岛那两颗原子弹就是它带过去丢的。"工人阿沛举着双手在那边宣讲。

"怪不得要那么大！"有人说。

"那原子弹算不得大，是 B–52 性能可靠，设备齐全不会出意外。"阿沛说。

大家醒过来："咦？你怎么晓得 B–52？"

"我当然晓得。我要是不晓得就不晓得你们哪个晓得了！我爹在厦门飞机场鹭江餐厅做招待员，从来不收小费，乘飞机的熟人个个认得他。他早就晓得 B–52 这个消息了。我家里还留有这份画报。"阿沛很得意，好像两颗原子弹是他和他爹丢的。

"哪！哪！趁大家都在，还有哪些学问现在都亮出来吧，难得的机会……"阿阔催阿沛。

"B–52 还有个名字，'空中堡垒'。"阿沛说。

"嗯！还有吗？"阿阔问。阿沛看出他别有用意："有，有，还有卖'韩至'嘅令老母，卖'算呀'嘅令老伯，❶赛令凉！哇浸彩贵局，努嚼呷错？❷

❶ 还有卖番薯的你妈，卖柠果的你爹。
❷ 操！我随便讲几句，你就吃醋？

努詹养安撞努悟港？❶"阿沛有气了。

六洲抚住阿沛肩膀："阿阔在开玩笑，大家高兴。你要不讲 B-52，我就不清楚，我相信大家也不清楚。多谢你！"转身问阿阔，"阿沛不讲，你清楚吗？"

阿阔摇头，嘻嘻哈哈跟大家下坡去了。

秀桂顺口问序子："听说下学期你不留了？"

"是的，"序子说，"这是说定的。我要到上海去。原先打算在集美住半年，一方面攒张去上海的飞机票，唉！多少年各处流浪，做梦都想集美。我叔叔是学校负责人，很可能怕我在集美搞地下活动，我不好意思也犯不着为这点小事向他说明我不是共产党。不留集美也就不留集美算了。我只是个普通画画刻木刻的人。你呢？你下学期怎么打算？"

"厦大要我回去。我原先也是说好帮嘉才一个学期忙的，他有准备。不过如果嘉才听到你要走的话会舍不得。"秀桂说。

"我也舍不得这些学生。你知不知道？这里有几个学生很有特别天分的。我这不是随便说说。"序子说，"我看，大考完一放假我就可以走了。美术不用考的，打完分就行。"

"到厦门等飞机你可住我家里。"秀桂说。

"麻烦你。"序子说。

"不麻烦，老房子，就我妈我妹……你初到上海，如果碰到困难，可以到外滩交通银行找我哥，他在那里做事。我写封信你带着。……那你要不要回集美看看你二叔？"秀桂问。

"已经写了封信去了，也没什么特别话要说。多谢他们二位半年来的关心和照顾。寄了几张这里刻的木刻。二叔也有回信来。到厦门临走之前再写封信去报告。"序子说。

"你带的行李多不多？"

"衣物少，都是书。"

---

❶ 你清楚你怎么不说？

俄罗斯还记得我吗?

年轻的爱伦堡趋前招呼。他问:『俄罗斯还记得我吗?』

"是，是，书比衣服重多了。"秀桂说。

学期结束，开了个告别会。学生走得比先生还快。

六洲、秀桂和序子同行，跟清标和其他先生握手告别，也深深跟嘉才兄弟说了再见。

别了，芙蓉。

（七十三年过去了，听说今天的国光中学办得非同小可，培养出许多国际、国内的知名人士，这里向它致敬，祝贺。）

在厦门送走了六洲回漳州。

厦门到上海的飞机票一点也不难买，凭良心讲，也算不得贵。那么远，那么快。（实际多少钱记不住了，买票的时候没揪心，没吓着，要不然会在心头划一道几十年难以磨灭的沟。）

秀桂和她妹一起送的飞机。行李被狠狠地检查了一番。看到木刻刀，先是有点敌意，听到报纸发表的木刻画都是这些刀刻出来的，就展开了一点笑容，甚至问起："木刻好不好学？"

挥手和两姐妹再见。上飞机要爬一架铁质的普通梯子一样的梯子，可怜见那年纪大的老人和抱孩子的年轻妇女好危险，好辛苦。

序子有生以来坐的是这种飞机，完全跟画报上登的所谓客机不一样。中间从头到尾空朗朗，让人随便放行李，长网加铁环牢牢扣住。所有旅客背贴窗一列坐在铺了军用厚帆布垫的铁架座位上，各人扣上保险安全带。男女老少此时此刻都不自觉地显出七八分军人气概，形势庄严，也没有人下命令不准笑，就没有一个人敢笑。

那时还没有空中小姐，一个军人模样的人打着闽南腔国语向大家说话："各位请注意，这飞机由厦门飞往上海。抗战刚刚胜利，我们各方面准备不周，请各位原谅。

"各位取用茶水和进出大小便所，在空中行走，务必要特别注重安全，飞机上摔一跤，比地面摔一跤，起码危险一百倍怕也不止。圣诞节几天，成都、重庆西南航空公司一连五架民航机在上海龙华机场上空失事。牺牲了许多欣喜八年抗战胜利回家过圣诞的不幸同胞，我提议向五架飞机的遇难同胞默哀两分钟。好,飞机马上就要起飞,请各位照拂好自己和身边老小的安全。"

(杭州美专毕业的优秀艺术家张枕江一家五口在那次机群失事中不幸牺牲。)

序子懒洋洋听着这些故事,觉得在飞机上对着所有搭客宣讲飞机失事,有点像人家办丧事他去道喜一样,不识时务至极。

国民党很早以前的一个外交部长王宠惠,他一辈子出国开会永远坐轮船,他的理论根据是:"飞机飞在空中出毛病能在空中边飞边修的那天,我就坐。"

说说看,这话讲错了吗?错在哪里?这话还是八九十年前他在上海对记者讲的。

到上海下飞机挺冷。工人从飞机尾巴搬行李下来,放进推车里送到领取行李处,排队领出自己行李。林景煌和两个年轻朋友在栏杆外边等,挥着手。给完运行李戴红帽子的人工夫钱,上了部不太好看的公共汽车,到外滩下车再找了两部双人三轮过外白渡桥,进虹口区,转来转去,到了住的这间房子。

(想了十几年,这地方到底是个什么地方?叫什么名字?只记得菜市场的气氛,有几条零落的道口,其他所有印象都模糊了。"忘"和"记"是一种天性;"忘"残忍,"记"多情;都是人生中严峻的拖累。)

进屋放下行李,林景煌正式介绍两个年龄差不多的朋友,一个叫韦芜,河南开封人,《大公报》萧乾先生的助理编辑;一个叫阿湛,郑振铎先生《文艺复兴》杂志的助理编辑、《文汇报》柯灵先生的外甥。要紧的这两个都是快乐人。

白天,他们三个人上班,序子乘机会大写其信。韦芜和阿湛的工作地点都在市区,他们对公共汽车、电车、无轨电车熟,来这里不辛苦。序子不是熟不熟的问题,是怕。没有人带着,上海那么大,让汽车碾了,搭错了车怎么回得来?

林景煌上班回来也晚,他出版社在法租界一条外国名字的街上。他对

B52飞机，我不晓几哪个晓几？

『这飞机叫作B—52,是眼前世界上最大的,长崎和广岛那两颗原子弹就是它带过去丢的。』

序子说："你到上海，我已经告诉巴先生了。巴先生说：'好！'"

林景煌每天带不同口味的晚饭回来，包子、大饼、面包……还问："我不在，你中午吃什么？"

"巷子口外头卖的东西都吃过，糯米包芝麻糖油条、豆浆、阳春面、汤团、生煎馒头……"序子说。

"钱还够用？"

序子点头。

有天晚上，几个人热闹在一起，喝茶吃着花生瓜子，粪土中外古今人物的时候，进来一位仪表庄重、声若洪钟的人物。林景煌介绍："沈容澈！"

又告诉序子："你在石狮见过的，张人希那帮人一起的，朝鲜人。"

序子被"朝鲜人"三个字小小震了一下，其余待遇和凡人一样。

他在一家香烟厂工作，常和林景煌来往，会讲闽南话，普通话比周围四人都好。越看越像个电影明星。

于是，以后沈容澈带来的零食，数量和质量都比较动人。他带着朝鲜鼻音讲的笑话全是新东西，别人从未讲过。得到四个人这么大的反应，他也十分满意。

四个人也就因为这个缘故，分不清楚是他带来的精彩食物还是口中喷薄的笑话，哪一方面如此引人入胜。

谈话中，他们开始注意张序子天天蹲在房中写字读书，感觉有点异乎常人。便问："你身上是不是哪里不舒服？"

"没有，从来没有。"序子回答。

"为什么不想出去走走？"

"有什么好走？杀机四伏，步步陷阱。"序子说。

"哪来的这种心得？"阿湛问。

"天分！"序子回答。

大家哄然笑起来，序子也跟着笑。

"星期天我们一齐出去，带他到外滩把上海主要街道理一理，先弄张地图给他看看，中午找个地方吃顿饭。"阿湛说。

"那是好大笔费用！"林景煌说。

"我最近得了笔稿费，可当作张序子对上海认识的启蒙教育基金。"阿湛说。

"看这口气，数目小不了'诺贝尔'。"韦芜说。

"唔，是这么回事。拿去'别发书店'买爱因斯坦、狄更斯、托尔斯泰和圣诞老人明信片，起码可以买三十张。"阿湛说。

"嗬！别全由一个人负担吧！大家各按良心和本分比较好！"林景煌说。

"看不看电影？"韦芜问。

"看就看，那有什么可怕？"阿湛说。

"大光明在演狄更斯的《孤星血泪》。"韦芜说。

"好看吗？"序子问。

"都没看过怎么晓得？"阿湛说。

阿湛看着张序子："我看你这人不像个没见世面的乡下人嘛！"

林景煌笑起来："你讲讲看，他是个什么人？我告诉你，在福建闽南他是个打架王。"

序子说："我一九三七年跟我二叔来过上海，算起来十年前了，整整一个抗战磨在里头。"

"当年在上海你住哪里？"韦芜问。

"过路，就几天，很热闹的地方，旅馆名字好像叫'东亚'，有电梯的，怕就在南京路附近。"序子说。

"后来呢？"韦芜问。

"坐一艘'芝巴德'大轮船到厦门去了。"

……

"你讲讲你怎么跟人打架？"阿湛问，兴奋起来。

序子摇头："你讲讲看你！是不是有点无聊？怎么平白无故讲打架呢？我家又不是开镖局开武馆的……"

阿湛说："老实说，我真的希望你会打点架，万一路上碰到点什么，

事急矣,彼且来,煨粑序乎

四个人也就因为这个缘故,分不清楚是他带来的精彩食物还是口中喷薄的笑话,哪一方面如此引人入胜。

你可以显两手,让我们开开眼,产生点光荣感!"

"你真好笑!你不想想,这是大上海,我敢在上海跟人打架吗?我凭什么本事敢在上海跟人打架?打架这事我看你的确不懂,个人和个人算是打架,个人和有背景的个人打架就是找死。个人和个人打架,可以公开说定空手或是带家伙!个人和流氓打架看是空手其实腰里揣把攮子或手枪,表面上看对手比你长得单薄,动起手来他抽出家伙,你叫妈叫爹也来不及了。你们从小要养成这种优良习惯,绝对不招惹流氓团伙势力。不过大多数傻帽往往在紧要关头不会转弯。"序子说,"后悔已来不及。"

"听口气挺像个上海老白相人。"阿湛说。

"不敢当,顶多是个江湖浪子。"序子说。

寄出去的信都有了回信,妈妈的、蔡先生的、梅溪的,还有章西厓的,章西厓还说要序子去杭州玩几天。序子觉得这主意不错,告诉林景煌便坐火车去了杭州。

中午下了火车,好大的雪,按地址去"皮市巷号"找西厓兄,敲门不应,对面老太太打着手势说杭州话,序子听懂三成,三成比完全不懂好!

她举起不戴手表的左手,指指那个不存在的手表正走在四点五点部位,又指指正下着鹅毛大雪的茫茫天空,跟天上眼前不存在的太阳慢慢往下沉没;又伸出四根和五根手指头,再一路指指胡同口和西厓的家;然后捋下棉袄袖子,对序子微笑。

序子完全懂了,向老太太鞠躬多谢。老太太还礼转身轻轻地把门掩上。

老太太讲,西厓上班去了,要下午四或五点、太阳落山的时候才回得来。

序子躲在屋檐底下寻思,眼前正是中午,该吃午饭的时候。他细心挤榨着一九三七年头脑里剩余的有关杭州西湖的档案残渣,湖滨有一家出名饭店名叫"楼外楼",经过抗战八年,不晓得它还在不在。

"管他,在与不在,别家也行!"便挺起胸脯,迎着大雪走出弄堂。

序子所有御寒的家当都穿在身上了。挂包里只装着让西厓指教的几卷木刻和毛巾、牙刷、牙膏、肥皂。精神搬弄得十分抖擞。没走三四百步,便看到漂亮的"楼外楼"。全部朱红油漆硬木结构,重叠伟崿,大白天楼台上下亮着灯笼。序子上了梯台，进入楼内，选了个靠湖大窗位置坐下，真没想到那么大的一座"楼外楼"皇皇然几十台桌位，就序子一个客人。

序子放下挂包，面对正下着鹅毛大雪的茫茫西湖浩叹，唉！那帮躲在屋里炉边烤火盆的先生们，真辜负了老天爷安排的这番难见景致。

一位中年跑堂手上拿着菜册子过来，序子抢先发了话："对不起，我今早老远到杭州来看朋友，朋友上班到晚才回家，我上你们鼎鼎大名的'楼外楼'来吃碗羊肉汤面。"

堂倌听这话是实话。"好的，好的，你请坐，羊肉面一碗，稍等一会我就送来。"堂倌讲的是杭州腔国语，十分顺耳。

序子想："要是生意热闹的时候，恐怕轮不到我坐这么好的位置！"于是敞开怀抱，把西湖景致从左到右细细看了几遍，祝贺自己一生难得那么好运，说给人听怕都难信。

堂倌用托盘端来好大一碗羊肉汤面，说声："先生请用。"

序子道了谢，堂倌提着托盘下去了。

桌面好看的彩绘大碗盛着的羊肉汤面，像是满满一钵子芫荽的绿色盆景。银丝细面跟羊肉浓汤在底下翻腾，相互挤攘而出的香气比潘岳老先生《闲居赋》的四个字"蓼荽芬芳"不知要香到哪里去了。（蓼这种东西不大能吃，进口苦涩涩的，也不清楚潘前辈怎么把它跟芫荽混在一起。）

这碗容色灿烂而香气扑鼻的羊肉汤面摆在面前让序子六神无主起来。吃掉岂不可惜？不吃自然也不可取，搁久生凉又如何是好？最后序子像决心翻读一本绝妙古书那样，一个字一个字地细细品尝，把这本芳香古籍点滴不剩地舐个精光。

之间出了一件完全意外的大事。

这碗面吃到一半的时候，序子忽然感觉这么好的一碗面，怎么忘记了胡椒？顺手拿起胡椒罐在汤面上晃了几晃，不见胡椒出来。打开盖子一看，原来胡椒粉用完了。

那时候的饭店和菜馆，胡椒罐都用味精盒代替。一，用完的味精盒他们有的是。二，比专用的胡椒罐容量大。三，不怕偷，顺手藏在裤袋里不这儿是大上海，我敢跟人打架吗。

打架这事我看你的确不懂，个人和个人算是打架，个人和有背景的个人打架就是找死。个人和个人打架，可以公开说定空手或是带家伙！个人和流氓打架看是空手其实腰里揣把攮子或手枪，表面上看对手比你长得单薄，动起手来他抽出家伙，你叫妈妈叫爹也来不及了。

方便。那时的味精盒是长方形带一个浅盖的薄铁盒，在浅盖上打几个小洞，很简单。

序子习惯地把邻桌的胡椒罐拿过来，手上掂着的分量厚重，满意地在自己汤碗上轻轻晃了几晃。万万料不到的是，满满一罐起码二两重的胡椒粉连带盖子一齐倒进了珍贵的大半碗羊肉汤面里。（工作人员加装胡椒的大意。）

序子临危不乱，调整好呼吸，双目四围轻轻一扫，知道无伏寇在侧，连忙夹出盒盖用干纸擦了，从容地放回原来桌子上。

回转身来，端正好身子，加速度地拿起筷子把近二两胡椒粉末掩埋在珍贵的羊肉面汤里。序子自觉这种行为性质迹近犯罪。

面对这碗窝藏祸心的珍贵食物，序子做了缜密的研究：一、历史上人类有否二两胡椒粉下肚的文献纪录？二、生理分析，二两胡椒下肚之后不幸之可能性及后果的估计；三、朱雀城有否类似的纪录？四、最辣之辣椒若干斤两方能与二两胡椒粉后果相等？五、二两胡椒粉市场价格若干？六、序子本人历史上吃食辣椒和胡椒之最高纪录。

序子全面思考一番，灵魂中请出王伯做主："管他妈的鸡巴卵事！"捧起汤碗把液体喝得只剩固体；再筷子加调羹连羊肉带二两胡椒粉送进嘴巴，转入食道；再运用三寸不烂之舌把八寸大碗从碗边到碗底，舐个清官办移交那么一干二净。

乘势站立起来，抖一抖身子，面对大玻璃窗外伟大雪景：

"怎么样？西子湖奶奶，有何见教？小子这厢有礼了！"付完面钱，跟"楼外楼"打招呼"再会"！

走在路上，随便估计一下，那罐胡椒粉，起码值得三碗羊肉面钱。

见到西厓，第一眼他就说："太好了，大雪纷飞，难得你这么热气腾腾！"

"有道理的。"序子说。

"什么道理？"西厓问。

"等你下班，我中午在'楼外楼'吃了碗羊肉面，汤里不小心放了足足二两胡椒粉。"序子说。

"吃那么多胡椒粉会出事吗?"西厓问,"要不要去看看医生?"

"我也在等出事,五六个钟头过去了,还不见发作。要出事也该出了。"序子说。

"近日来那些做姜粉、芥末粉、胡椒粉的作坊掺假太厉害,要不然二两真正的胡椒粉停在肚子里,怎么会一点动静都没有?"西厓介绍有假山、有喷水池的房子,"我朋友的,全家搬到无锡去了,这房子要卖,还没有人买。我也不想住在这里,报馆也不想做了,也想到上海去。可能在上海我们会有很多时间在一起。"

两个人走进一间不大的卧室:"知道你要来,临时给你铺的行军床,将就点吧!水在隔壁,洗手间也在隔壁。"

序子见墙上贴着张海报,韩德尔——弥赛亚的音乐会。

"是的,帮这里音乐界朋友设计,我以前的同学。早一点休息,明早到我妈妈那边去吃早点。"

序子问:"你不跟伯母一起住?"

"还有我姐和外甥女,另外租的房子。我们两个早餐都在那边吃。我已经约了个朋友名叫郑迈的,这几天一齐到各处走走。"

第二天大清早,出门从一条小街到另一条小街,柔软的阳光、雾、人的轻言细语。走进一座大门大院人家,拐进一个小院,伯母和姐姐住在这里。

向伯母、姐姐请了安,再拍了两个小女儿肩膀。一个五岁,一个三岁,都叫西厓舅舅,也让孩子叫序子舅舅。孩子胖胖的,都穿了长褂褂,开心地在大人身边绕来绕去。

伯母跟姐姐一直在小灶房忙,西厓端来两碗龙眼肉煮鸡蛋、糯米甜酒和一盘小豆沙包放在小食桌上,找了汤匙筷子,两人便坐下吃起来。

孩子顾自己玩,不缠人。

"我觉得天生女孩子就比男孩子伟大。女孩子天生就比男孩子悲剧。"序子想,"她把自我牺牲当成家常饭,她要是勇敢起来比男人强一百倍也不止。她为了诞生孩子,好好一个人有时会从容赴死。历史是男人写的,

起码二两胡椒

万万料不到的是,满满一罐起码二两重的胡椒粉连带盖子一齐倒进了珍贵的大半碗羊肉汤面里。

天下是男人打的，男人爱嚷，喜怒哀乐都嚷。男人可以拥有一百个女人，女人不可以有第二个男人。二十四孝表扬的都是男人。女人只有在假仁假义的宴会开幕词上被不痛不痒地摆在前头："'女士们和先生们！'（LADIES AND GENTLEMAN！）

"有人会说：打仗牺牲，养家糊口都是男人！

"啊！你还打算打仗牺牲、养家糊口也让女人上场？那可怜的男人只剩当官这一条出路了！"

"序子，你在想什么？"西厓问。

序子笑笑："在你家，想到我的家，想到家母。"

"那走吧！郑迈在那边等我们等急了。"西厓说。

告辞了伯母和大姐和孩子们，跟西厓坐一架双人三轮车到了八十八师孙元良将军铜像花园这边，下车付了钱，见郑迈坐在长椅上。介绍了。

"怎么办？"郑迈问。

"走一走，到三潭印月那边找个位置，坐下来边喝茶边谈。"西厓说。

三个人就沿湖走起来。

"还有座陈美士像？"序子问。

"你怎么知道？"郑迈问。

"我以前见过。"序子说。

"你怎么见过？"西厓问。

"三七年我家乡部队一二八师驻扎在安徽宁国，家父是师长幼年同学，在那里当了个参议官混饭吃。一个堂叔恰巧也在那里，他是厦门集美学校的负责人之一，想把我带到集美去读书，就一起从宁国到河沥溪到宣城，到芜湖，到了杭州，住在老朋友诗人刘宇家里，见到许钦文、钟敬文这些人。几天之后到上海；又几天之后，搭'芝巴德'客轮到厦门，进了集美学校。我印象最深的就是这两座雕刻铜像，我当时认为雕塑家能把一座那么大、那么重的铜料雕成一座有意义的人物很不容易，很神秘，佩服得了不得。很可能是件非常费钱的大事。"

到了三潭印月，选了张桌子坐下了，茶房泡来据说很了不起的茶，两个人都不太在乎，序子喝了倒还真觉得不错。

郑迈说："你们画家、木刻家和雕塑家不一样，你们像个不带兵的独行侠，雕塑家手下有好多兵。如果拿创作比作打仗的话，你们的仗像戏台上将对将的单独对杀。雕塑不一样，只要把意思想好了，做一个精致小模型，几位助手就会根据这个小模型用泥巴（一般称作'小稿子'）把它按比例放大成实际需要的大小，由另外翻石膏的专门人士翻成模子，又由另外一些专家做成蜡坯，再由另一批专家做成翻铜的砂模，最后由铸铜的专家工人铸成艺术成品。雕塑家本人也不闲手，每一阶段过程都'蝎了虎子扒门缝，露一小手'，在旁边指指点点。不是偷懒，是实际工作方式。

"所以达·芬奇一辈子没画出多少张作品。听说米开朗基罗大大小小作品上千。想想看，一个人做得出上千那么大那么多的大理石作品吗？而这些作品要不说是他做的还能说是谁做的呢？

"所以我说'一将功成万骨枯'这句诗很有雕塑精神。"

序子说："你这话我信。不过，西斯廷教堂那画还是伟大得不得了。画得扭曲了脖子也真难以想象。"

西厓说："外国画家吹牛皮的少，干实际的多。我们文化界有的是浅薄的人，好吹，吹着吹着，连自己也信以为真，真那么开心至极。"

"那他妈他这还真算是对不住自己喜欢的行当了，可惜！"序子说。

郑迈说："这种人还可惜他什么？一辈子就让他这样过下去吧！逍遥自在，别人骂声又听不到，世界上人多，这个不信那个信，我们杭州这类人就不少。"

"上海更多，哎！不这样骂下去了。说罢！这两三天想几个精彩节目。"西厓说。

"城隍山、雷峰塔、灵隐寺、虎跑，序子自己刚才讲小时候去过了，不去最好。老实说，我们杭州本地人最讨厌陪新朋友游'西湖十景'了。新朋友是生平第一次，很重要，我们是生平第一千次，重要个屁！索性埋怨不如杭州没有'西湖十景'的好！一听新朋友或者是老朋友介绍的新朋友来杭州要我们照顾，起码提前有三四个晚上睡不着。"郑迈说，"像老北

达摩东渡未克朗苍罗

所以达·芬奇一辈子没画出多少张作品。听说米开朗基罗大大小小作品上千。

京害怕陪南方新朋友游长城一样。"

序子说:"这种苦心我完全理解。我在江湖上混惯了,特别懂得游山玩水的真意思,我佩服马纯上马二先生对山水独来独往的平民风神。

"有些人在山水之间,几几乎忘记自己是来干什么的。蠢的人爬上山来下棋,糟的人爬上山来打牌。更有权威在山上呼喝有声、吃肉酗酒。咕咕聒聒地聚众在山上礼堂开会,想想,平地开会跟山上开会有什么两样?

"想想马二先生一个人上山,看山,看距离,看层次,领会空茫,回过头来再把自己浸润在各种自得其乐的俗日子里,得自在,得轻松,得快活宽余。写的是马二先生行止和眼光,其实正是文木山人自己的文字高明手段。跟《红楼梦》中黛玉喜欢义山诗'留得残荷听雨声'背后躲着位曹雪芹先生一样。"

"我在等候向二位请教,既不游山玩水,这两三天宝贵时间怎么打发?"西厓问。

"参观市容嘛!访问母校杭州美专嘛!拜会老校长林风眠先生嘛!其实,看一场电影我也不太反对。咳!听说弘一法师最近在杭州。"

"你和他又不熟,找他有什么好谈?他老人家又不会空手坐在那里等你来相见。你知不知道一个名人有多忙?"西厓说。

"我是想以前这老和尚是搞美术的,可能愿意跟我们谈谈。"郑迈问序子,"你晓不晓得中国有位弘一法师?"

"晓得一点。"序子心噗噗跳。

"报上登消息了?"西厓问。

郑迈摇头:"我没看报,听人说的。"

"这人怎么说的?"序子问。

"说是弘一法师住在虎跑还是灵隐……"郑迈说。

序子哈哈笑起来:"你那朋友他妈的瞎说八道!弘一法师一九四二年在福建泉州圆寂的,怎么又活过来?"序子说。

"你怎么这时候才说?"郑迈问。

"我听你一说吓住了。我跟弘一法师有过一点来往,的确不熟。他老人家圆寂我亲眼见到，留给我一副楹联'不为自己求安乐，但愿众生得离苦'，我寄给在湖南的家父了。除这件事之外，我一无所知，时间太短了。我有胆子对你说的是，你听到住在灵隐和虎跑的，绝对不是弘一真身！"序子说。

"那当然还真身个屁！我非找我那个朋友算账不可！幸好今天有你，要不然我还会到处去对人说，丑那就丢大了！"郑迈说。

"杭州虎跑寺是弘一法师剃度出家的地方。"西厓说，"他还是子恺先生的老师，艺术修养非常高。我见过他从日本带回来的一幅女性裸体写生油画，素描关系很严谨。"

"你们认识黄炎培先生吗（他是中国出名的学者和大好人）？炎培先生夫妇有一年还专门陪叔同先生（弘一）的夫人到杭州来。他们是老朋友，希望能劝说得他们二位复婚。从灵隐寺还是虎跑寺把弘一法师接下山来，在一家湖滨素菜馆坐定。炎培先生夫妇面对面，弘一和前夫人面对面。开餐时候，炎培先生夫妇放口大嚼。弘一法师闭目盘腿而坐不发一言。弘一前夫人则哭泣不止。

"席终，夫人付完餐费四人下楼，炎培先生在弘一耳旁喋喋不休，弘一低眉而听。在码头叫了一只回灵隐寺或回虎跑寺的小船，弘一法师盘腿船头端坐。夫人不停抽泣坐于船尾，炎培先生夫妇同坐于船腰，船夫静静摇橹，夕阳西下。到了彼岸，弘一下船，肃立，深深一揖，转身扬长而去。从此诀别，四人难得再有机会见面。"西厓说完，郑迈问："你从哪里听来的？这情节很感人。"

"图书馆书架子上。"西厓说。

郑迈问："可靠吗？"

"可不可靠都是它。"西厓说完问两人，"现在去拜访风眠先生好不好？"

郑迈说："我先给你们两位交代清楚，等下开门的会是一个林家工人乡下带来的男孩，七八岁。林师母的中国话本来就讲得不怎么样，她教孩子担任开门的工作，顺便教了他几句应答的话。我们今天没有预约，很可能林师母不让进门。到了门口，你们看热闹好了。"

米支胡琴图维

不过，西斯廷教堂那画还是伟大得不得了。画得扭曲了脖子也真难以想象。

好一大段路，右手边两扇可以让汽车出入的深灰铁皮门，右边大门有扇小门让人平常进出。

郑迈敲门，一两分钟之久，小门的门闩响了，一个好笑容的白俊娃娃开了门："吓！林，先，生，出，去，了！明，天，来，玩，啊！"鞠一个躬，把门关上。

郑迈说："再来一次。"

敲门。隔好长一段时间，门开了："嘿！林，先，生，出，去，了！……明天，来，玩，啊！"鞠一个躬，门又给关上了。

郑迈说再来一次，西厓劝止住说："房子离大门远，可怜那孩子来回，算了！"

这件事，说起来有趣，不怎么好笑。

三个人站在门口研究："还往哪里去？"

郑迈说："天地宽阔，偌大一座杭州城，呵哈！竟然无路可走！"

"放眼天下这好山好水，列位兄台停步不前，奈何？"西厓说。

两个都打着戏腔说话。序子急了："洒家肚内正缺酒饭，不妨前往'楼外楼'坐地。"

三个人真上了"楼外楼"。客人比昨天多了几桌。堂倌记性好，认得序子是昨天客人，急忙过来招呼。没想到点菜的浓情蜜语，倒落在他们三个杭州人身上。序子完全不懂，被甩在外围。

原来三个人都不喝酒，上来的几个下饭菜都很得体。

"西湖糖醋鱼""宫保鸡丁""烧鳝糊""脆炒虾仁""酸辣汤"。这四菜一汤，全国东西南北饭馆哪里都号得出，让你吃吃杭州的，才知道原来它们是这里特产，别处就说不上了。

西厓、郑迈见序子吃饭的架势、风度、格局，默认了他的良好家教，没料到饭量和从容仪态之间的差距竟是这样的大。怀疑共餐的老弟是位突然缩小的巨人。

这顿饭是郑迈请的客，西厓和序子两个人一齐向他道了谢。郑迈也没有客气地劝他们两人不要多谢。

在路上，三个人研究这时候要不要去看一场电影。

什么电影？

《蝴蝶梦》。

"谁演的？"

"劳伦斯·奥利弗和琼·芳登，就是演《哈姆雷特》那个男主角和《谪仙怨》那个女主角。"序子晓得那些演员跟郑迈很熟。

"琼·芳登笑的时候歪歪的嘴巴，秀雅迷人极了，她是夏惠兰的亲妹妹，两人一辈子不来往……"郑迈说。

"这又何必呢？那么亲的关系，成就都那么大！好遗憾！"西厓说。

"你写个信去劝劝，还告诉她们：'我，章西厓，中国重要木刻家，未婚……'"郑迈说。

"喔！你那么会见机行事，怪不得讨了个漂亮老婆。"西厓说。

看完电影出来，序子说："耽误你俩那么多时间陪我，我看我明天回去吧！"

"何必刚来就走？你说你这个人怪不怪？特别老远来看我，你带来的木刻还没有看。"西厓说。

"正好这时候三个人回去看。"序子说。西厓见路边有间粽子铺，进去买了四个大火腿粽子说："看完木刻，喝茶，吃粽子。我一个，郑迈一个。"指指序子，"你两个。"

序子说："中饭我吃得太饱，两个怕吃不下。"

"到时候再说。"

回到皮市巷家里，西厓烧水泡了茶，洗好三个杯子。各人都前后上了洗手间。

序子取出木刻在桌子上压平，然后贴西厓床铺排三把椅子，开亮灯，木刻一张张摊在床铺上看。序子一一介绍："这几张诗插图是你在南平、我在江西信丰时刻的，这张《安息河》是在乡下逃难时刻的。"

"这两张诗插图我在南平时你寄给我了。"西厓说。

"这一大堆是我在江西上犹刻的，《鹅城》《东北啊！》《羊枣像》《桥》

弘一之渡

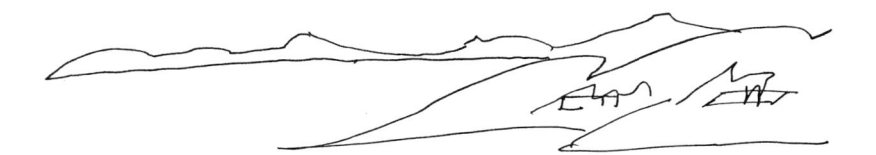

在码头叫了一只回灵隐寺或回虎跑寺的小船,弘一法师盘腿船头端坐。夫人不停抽泣坐于船尾,炎培先生夫妇同坐于船腰,船夫静静摇橹,夕阳西下。

《饥饿的银河》，诗插图，贺宜儿童小说插图，《失乐园》一边逃难一边刻，想得不好，刻得也不好。到广州没有刻什么东西，回福建南安教书刻了这些风景，《自刻像》《高尔基像》，一张马雅可夫斯基像莫名其妙地不知下落。……你们喜欢请随便挑，板子都在，唉！千里、万里，一个人带着这些板子好辛苦。"

西厓挑了张《鹅城》、一张彭燕郊的诗插图、端木蕻良的诗插图；郑迈挑了张《高尔基像》和一张《饥饿的银河》。剩下的序子重新卷起来包好。大家把椅子搬回茶桌子跟前。

西厓说："技法有进步，想法也有进步，真不错，还没见别人这么做过。"

序子说："有张插图是仿你的风格。"

"弗关事嘅！"西厓说。

郑迈说："我明天就去配两个镜框挂起来，多谢你，精彩！"

"唉！张枕江看到你这些木刻不晓得会怎么高兴！他就喜欢你这种风格。他是个很能聊天的人。等，等，等，一家五口等了八年，没想会落得这种下场。"西厓说。

"我是在报上读到这个消息。"序子说。

"他和我一个小学毕业，一起三年初中，上大学才分手。我上浙大，他跟西厓上美专。他没见过你，要不然他会特别喜欢你。特别温婉，特别健谈，特别体贴朋友，难见的才智……"郑迈说。

"人生难料，我挨飞机炸过三次，一次在安溪，一次在泉州，一次在长乐，两次离死只隔一层薄膜。理由是没有的。要说理的话，离死近，离活远。好荒唐！有人对我说：'你命贱，上天菩萨筛剩不要的！'恐怕就是这样！"序子说。

"这次你到上海，有什么打算？"郑迈问。

"自己做不得主。可能日子会过得紧张困难，我会谨慎小心。上海是个开眼界的地方，我想乘这个好机会努力把木刻刻好，别的就没有什么了。"序子说。

"看样子你是认真的！"郑迈说。

"不认真怎么活？"序子说。

西厓取来口小锅，煮熟四个粽子，小碟子分别装了一双筷子给序子，一把调色刀擦了又擦，干净之后给郑迈，自己用的是把小折叠刀，三个人吃起来。

序子说："我中午吃多了，我怕这个都吃不完。"

郑迈说："这粽子太精彩，我要记住这家粽子店，让家里几个人也尝尝。你别说，这所谓之火腿粽子还真有火腿味！"

西厓说："价钱摆在那里，一分钱一分货嚟！"

郑迈问序子："你们湖南吃粽子吗？"

西厓抢着回答："没有，没有！五月端午，屈原要修书，郑迈先生在杭州订粽子。"

郑迈大笑："失敬失敬，序子！我忘了你也忘了屈原。我混蛋之至！"

从粽子谈到汨罗江，谈到划龙船，谈到潜水本领。

序子想起当年路过福建连城见到的一场奇景。

几个人在岸边看热闹。河岸上摆着两三条两尺多长、被割了刀的新鲜死鱼，有的伤痕在背脊，有的在肚子，有的在鳃帮子。几分钟之后，河面上轰隆一声浮出个人来，嘴里咬着把小利刃，两手紧抱住还在挣扎的鱼，上岸把新鱼放在原来的鱼堆里。这人坐在岸边开始咳嗽吐痰，弯着腰，又干又瘦像个害痨病的。也不晓得他哪来这么多痰？还带着血涎，至少有一饭碗那么多。又拿起身边一个小酒瓶，凑近嘴巴狠狠喝了两口，再咳嗽，再吐痰，慢慢站起身来，口含着那把小利刃，一步步蹚进水深没顶之处，直到水面连浅浅一道水痕也不见的时候，仿佛岸边没发生任何事情。

五分钟，十分钟，水面冒出一个大水泡花，那人重新抱着一条大鱼浮到水面，一步步上了岸，大鱼放进鱼堆，自己坐回原来位置，咳嗽，吐痰。

熟人说他在水底做出鱼类喜欢的动作，引诱好奇的傻鱼游近欣赏，更凑近给它们挠痒讨好，眼看傻鱼放松警惕欢喜亲近之时，急速抠紧鱼鳃顺手一刀。

"为鱼设想，的确深深不值，这也算是耽迷艺术丢掉性命的不幸悲剧。"

嚇！井之蛙出去了，下次來玩啊！

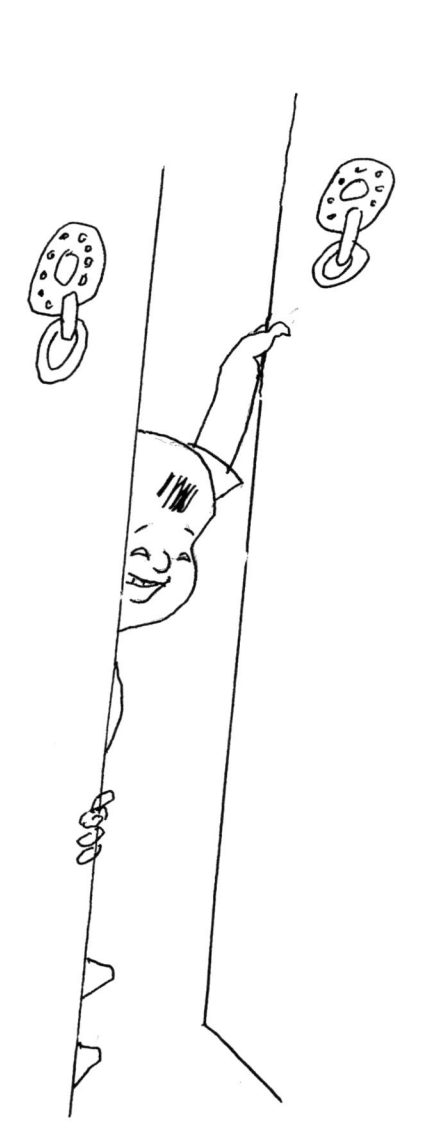

『嘿，林，先，生，出，去，了！……明天，来，玩，啊！』鞠一个躬，门又给关上了。

序子说完。

"我潜水时间自己没有记录过，顶多就是三分钟，过了这时间是很可怕的。"西厓说。

"那个连城人的咳嗽吐痰，就是潜水捕鱼的职业害的。其实他完全可以去参加世界潜水比赛，得个头奖为国争光也说不定。"郑迈说，"不过我也奇怪，一条算不得大的河流，怎么会有这么多、这么大的鱼？"

西厓说："捕鱼的都是最懂水性、鱼性的人。序子当年碰巧遇见这位圣手是他的缘分和运气。你想再在同一地方、同一时间会会这位圣手，怎么可能？"

郑迈说："是，是，是！一个人运气好，回回遇到的都是典型。——序子序子，我这话不是对你，是一种自我感叹，你千万不要多心。"

三个人分别坐在床上、椅子上边吃边谈，西厓走到炉边给茶壶加水的时候猛然一惊。

序子正在专注从容地吃着分外的第二个火腿粽子。原来序子说的是，第一个粽子的一半怕也吃不完。

西厓不是怕惊动序子吃粽子，而是怕惊醒这个奇迹。西厓对郑迈使眼色，要他看序子吃粽子。郑迈理会错了，赶紧摸裤子拉链。

西厓对序子说了，你明天先走，我办完报馆离职手续就赶过来。郑迈在杭州工作，去上海玩两天可以，多了他离不开身。见序子要帮忙收拾零碎："这些东西你不要管，我有个做半天工的工人，明天上午她就会过来把周围收拾好。"

"郑迈兄明天犯不着过来了，我大清早就走，等那边稍微有点着落，我就写信给你。真多谢你那么款待。"序子说。

郑迈也说了多谢木刻的话，客来客去客得也差不多了。好！再见。有空再来杭州……

一宵过去。

第二天大清早，门口拦了架三轮车直达火车站。序子像打架一样抓住西厓不让他陪到火车站去，也就在门口再见了。

回到上海。林景煌上班去了，序子随身这把钥匙怎么也打不开门，见玻璃窗里走着个中年人，便去敲玻璃窗，打手势叫他把门闩开了。那人会意，把房门打开，还顺手帮序子把挂包提了进来。

"咦？您这位怎么进到我们房间里？"序子问。

"喔！我是许天虹，从临海来上海办事，朋友巴金安排我这里住一晚上，明朝就走，很对不起！"

"你是许天虹先生，我太失礼了。我叫张序子，是个刻木刻的，也是刚从福建来上海没几天，前两天去杭州看朋友今天回来，没想到这种方式见到许先生。许先生，你的《大卫·高柏菲尔自述》我好多年背在背上逃难，最后还是在福建长乐让飞机炸掉了。

"我走到哪里都记得住书上那第一句话：'究竟我是自己的一生的主角呢，还是由别人占有着这个地位？'这三本厚书都让自己和别人差点翻烂了，我一页不少地带来带去，保护它。"

许先生长袍，戴眼镜，高高的个子，笑容满面："请问你贵姓？你的工作？"

"姓张，叫张序子，'长幼有序'的'序'，'子曰'的'子'，'子夏论勇'的'子'。是个刻木刻的，不怎么刻得好，一个爱好者差不多。来上海，也是在这里暂住。我前两天去杭州看望一位木刻老大哥，现在刚回来。——许先生，请你等一等，我熟我去洗下茶壶茶杯，泡茶给你喝。"

一会儿水开了，茶也来了。

"许先生请喝茶！"

"唔！这么好的茶，哪里的？"许先生问。

"福建安溪的铁观音。林景煌是巴先生平明中学的学生，泉州人，我以前也是在闽南一带生活，我们都喜欢安溪茶。"序子说。

"你原籍是哪里？"许先生问。

"湖南朱雀城。"序子答。

"啊！朱雀城，那孙茂林也是朱雀的。"许先生说。

连城河边捉鱼的

几分钟之后,河面上轰隆一声浮出个人来,嘴里咬着把小利刃,两手紧抱住还在挣扎的鱼,上岸把新鱼放在原来的鱼堆里。

"嗯，我爷爷是他舅舅，我爷爷的妹是他妈。"序子说，"我小时候见过他，他在北平，回家的时候顺便来看他舅娘——我婆，我见过他一两分钟。"序子说，"最近我们有通信，还没见过面。"

"哈哈！你看你看，天下太小，我们关系又兜回来了。我和你表叔也是熟的。"许先生说。

序子问许先生中午吃什么，许先生说原本要出去随便吃个小馆子。序子问他生煎馒头就茶吃不吃得惯，许先生说：哪有吃不惯的？序子动身出门，许先生说我这里有钱，序子一溜烟走了。

不一会，序子提了个方硬纸盒回来，打开，热气腾腾。序子弄来两个小盘子，各人吃将起来。

序子边吃边说："怪啊！你说，明明是有馅的生煎小包子，硬说是馒头。"

许先生说："是啊！还真有点怪！"

两个人把生煎馒头吃完，序子取过许先生的小盘子说："给我去洗罢！"

许先生说："我们一齐去洗罢！"

序子说："两个小盘子，没好重，犯不上两个人抬。"

许先生大笑："张序子呀！你说得好！"

序子洗碟子回来说："先生中午该休息一下，那枕头和小被子是干净的，要冷，柜子里还有毛毯。"

许先生问："那你呢？"

序子说："我趁这时间写几封信。"

许先生一上床，很快就睡着了，微微的鼾声。

景煌下班，开门没想到看见序子："你怎么这么快回来？"正想向序子介绍许先生，许先生说："我们认识大半天了。张序子还请我吃了午餐。"

景煌说："李先生交代，要我晚上陪许先生到外头去吃晚饭，张序子回来，就一起去吧！"

"韦芜、阿湛他们不会来吧？"序子问。

景煌说："他们哪想到你那么早回来！见到西厓了？"

"见到，他不久要来上海，不想留在杭州了！杭州到处都是风景，看样子他受不了。"序子说。

许先生听了好笑："风景好到人受不了，这意思我没听别人说过，好！"

"另外的一层意思，杭州风景好，没到过杭州的朋友都想来一次，而杭州主人翁每次都要奉陪。朋友上百上千，而驻守杭州的主人翁就只一个。那边是川流不息，这边是逃不胜逃，奉陪到老及至白发苍苍。你说你受不受得了？并且还要强颜为欢。"序子转达刚从杭州听来的衷情。

许先生说："设身处地、细想起来，一辈子让风景名胜耽误了，还真有点可怕，起码我就受不了。"

"要是我当杭州市长，就会在州界四围竖块牌子，颜体字大书：'凡攀亲靠友，企图占便宜白游杭州西湖者，一经查出，游街三天，驱逐出境。'"序子说。

"这处罚未免太重了点，蒋委员长知道，非先把你这个市长游街三天不可。不过讲实在话，一日三餐，要是来的都是好胃口的朋友，那做孔祥熙怕也受不了。"林景煌说。

"游杭州，爬山越岭，登峰造极，倒是真容易肚子饿的。其实反过来看，未尝不可以说是对市场、饮食业、旅馆客栈业大有好处。"序子说。

"你忘记投靠朋友来杭州旅游那些人的经济状况了？不想想，有条件住旅馆的人他还会去麻烦朋友吗？"

林景煌说着说着，三个人进了"一品香"。

第二天清早，林景煌和张序子叫来部三轮车，送走了许先生。林景煌上班，张序子冒险按地址去找朋友。

他清楚住的这边是虹口，原来的日本租界。还有个拿不准的知识，过了外白渡桥就不算虹口了。桥这边有座大房子，大到什么程度呢？简直装得下朱雀全城的人，它的名字是洋的，叫作百老汇大厦。洋名字只是翻译出声音而不是汉字原有的意思。比如英国的诗人王尔德并不姓王，中国的出版家把穆木天先生翻译的一本王尔德的书叫底下人印出来。作者姓王，

永远的许天虹先生

「喔！我是许天虹，从临海来上海办事，朋友巴金安排我这里住一晚上，明朝就走，很对不起！」

当然是中国人；穆木天三个字显外国腔，当然是美国人。封面印成：穆木天著，王尔德译。（什么书？忘记了。）

金鸡纳霜这药到了朱雀城，一位老人家听了不以为然："'金鸡独立'是有的，霜有什么好拿？无聊！"

写以上这段话并非在教育读者，而是告诉读者，序子自从到了上海之后，发生过不少这种错综误会。

眼前序子要去的那条路叫大名路，是条不过外白渡桥绕着百老汇大厦往左走，从方向看又算是跟外白渡桥一条线，顶着这个方向的一座大楼上（什么名字，多少层都忘记了），我们中国伟大的中华全国木刻协会就在那里。这几几乎是序子的一个圣地，耶路撒冷！木刻总司令部。

进了那座大厦，乘电梯上了已忘记号码的那层楼（距今七十三年前），轻轻敲一扇门。

"请进！"

办公厅不大，面对面贴着两张桌子，两个人面对面办公。

"请问有什么事？"贴身矮一点，戴眼镜的人问。

"我叫张序子，刚从厦门到上海，来看看我们的中华木刻协会。"序子说。

"啊，啊！张序子。"两个人一齐应着站起来。

"我是邵克萍。"

"我是杨可阳。"

非常亲切温暖。

"我在福建长乐跟邵先生通过两次信，就在那时候，看到可阳先生刻的那幅《出了事的街》，很欣赏。那时候你们在福建、崇安、赤石木刻合作工厂，我帮我的木刻伙伴李绍华向木合厂买木刻刀的。我知道野夫先生那时也在赤石。后来我到江西去了，在赣州剧宣二队工作。跟耳氏、陈庭诗一起。张乐平、陆志庠、余白墅、荒烟都在那里，梁永泰刚走没见着……我在泉州跟李桦先生通过信，他在九战区，是泉州的蔡嘉禾先生介绍的……"

"李桦、野夫、余白墅现在都在上海，张乐平、陆志庠听说也在上海，这下子好了，大家都有机会见到了。——你在上海，还要到别处去吗？"邵克萍问。

"千辛万苦，就为了到上海来。"序子笑了。

"你现在住在哪里？"可阳问。

"住在巴金先生文化生活出版社负责人吴朗西先生的一间空房子里。在虹口（忘记了确切地址）。"

"上海还有别的熟人吗？"

"林景煌，巴金先生平明中学时的学生，他在文化生活出版社上班，我们就住在一起。还有章西厓，他在杭州，过几天要到上海来。原来福建、江西的老朋友我还没有去找，我刚从杭州看望章西厓回来，连巴金先生都还没去拜望。见到你们两位我已经太高兴了。"序子在他们办公桌专门本子上认真留下了地址。

"我刻的一些木刻，过几天送来请教。"

序子肃穆地离开这座"祖庙"。

往回走的路上，序子发觉大城市的路平虽平，却没有朱雀那边的路好走。不挂脚，使不上劲。远倒不怕，东张西望，广播戏文，洋鼓洋号，一晃就到家了。只是脚上这对皮鞋费得厉害，简直是个危机，着急也没用，眼看鞋底鞋面上下午都在起着变化，这个自然界！不晓得是物理还是化学哪方面的问题？真是残酷无情到了极点。

可到住处，林景煌、韦芜、阿湛，还带来个年纪差不多的名叫田青的漂亮小伙子，田青还夹本他写的名叫《买卖街》的书放在桌上。各人都带着吃的东西。有闲口，花生、西瓜子、葵花子、上海点心铺的小杂碎，有正餐，黄油面包、馒头、肉包子……带来这些食物都不正不经，跟带它们来的人一样，没成个体统。

两个人的悄悄话变成大声："……什马东西？（把'什么东西'说成'什马东西'，那个'马'字有贬义）他有什么资格谈加缪？他读没读过《异乡人》，见没见过这种文学结体？……他懂个屁！对！加缪的屁他都没闻过……"

韦芫说。

　　阿湛笑。

　　韦芫问："你笑什么？"

　　"你闻过！"阿湛大笑。

（上节末尾文章提到的"加缪"也译为"卡缪"。）

序子读过《异乡人》，让眼前这几个人一闹，真觉得卡缪这人是有点妙东西的。阿湛书读得透，自认卡缪比他高明。"你听！"他说，"'人，是社会中的异乡人。'"

"'历史并不是一切。'"

这类句子书里在在可见。他不写厚书，也不弄长句……有好多可学的角落。看来简单，开口一溜烟的顺气，情节荡漾在语言中，让你不知不觉吃饱故事，还打嗝。

他一九一三年生，爹是法国人，妈是西班牙人，在外国国家面积小，人跟人挤在一起，容易出杂种，不当一回事。卡缪一岁的时候他爹打仗死了，他妈带他住在北非阿尔及利亚外婆家，在外婆家长大。

鲁迅一八八一年生，大他三十二岁。

巴金先生一九○四年生，大他九岁。我一九二四年生，他大我十一岁。

惭愧呀！惭愧，大不了我们几岁的人，名气和文学成就居然漫到我们中国上海这边来了……

（搁下眼前这段年轻朋友对话，联想到有关卡缪状况，觉得有趣，提前写出来。

卡缪《异乡人》之后写了另一个故事，叫作《误会》，平衡一种自己做不得主的叫作"命"的主题。写无限变化的死，让人心跳。

一个在外国发财带老婆女儿回乡的人，他妈和妹在乡里开了家小旅舍

卡缪《异乡人》之后写了另一个故事，叫作《误会》，平衡一种自己做不得主的叫作『命』的主题。写无限变化的死，让人心跳。

日子过得也不错。妈和妹都不认得他了。他改了个名字忍住高兴住在妹妹开的旅舍里（妻子女儿住在别的旅舍），又忍不住故意让妈和妹看到他的钱财，于是妈和妹半夜把他杀了。

这东西味道我好像哪里闻过！

是的，《原野》，曹禺先生勾通仇虎设计让瞎眼老太婆一铁棍砸死自己的孙子。

我当年在香港，老上"学士台"叶灵凤先生家借书、撮饭，好像也从叶先生那里听他讲过《湿发记》，说一个名叫袈裟的好女子，为了悔恨一次爱情的粗疏鲁莽，做了个自我惩罚保护丈夫的计划。跟情夫说定把丈夫灌醉，为他沐浴并洗了头发，让情夫摸准湿发一刀斫下丈夫的头。

其实她只是让丈夫喝醉睡了，湿发的是袈裟自己。

叶先生说这故事其实出自六朝人刘敬叔写的《异苑》，不是日本的《源平盛衰记》的发源，那要相差七百年去了。

日本作家菊池宽写的《袈裟之良人》根据的是那本《源平盛衰记》。一九五三年日本拍成电影取名《地狱门》受到欢迎之时我已回到北京，没有机会看到。

后来收到香港朋友们寄来一本《新雨集》，看到叶灵凤先生写的有关《异苑》和《湿发记》的文章，觉得六朝那位刘敬叔先生下笔真狠，把一个在黑暗中过日子的小女子写得那么亮堂，真是难得！

卡缪先生在一九五七年我国"反右"炉火正旺的时候果然不负当年我们小兄弟的期望，得到了诺贝尔文学奖，时年四十四岁。也恰恰在这个当口，我们那位上海小兄弟阿湛被定为极右派，发配宁古塔，从此消失在生死茫茫的天穹之下。

卡缪得诺奖三年后，一九六〇年，自己开了部车子，不知怎么搞的，撞死在半路上。才四十七岁。

这就是我为什么要在一九四七年、一九五七年间说起这段文学因缘的理由。那十年间其实我们都不老，好多好多人都不老。多少年后有的人从老远老远地方被放了回来，有的人没这个运气……）

林景煌是泉州人，当年泉州平民中学的学生。巴金、朱洗、吴朗西跟陆蠡和好多先生都教过他。

陆蠡先生教的是理化。（！）

林景煌讲到陆蠡先生，开始是陆先生翻译的法国浪漫派诗人拉玛尔丁写的小说《葛莱齐拉》，然后是陆先生本人：

"陆先生只活了三十四年。

"第一任妻子余小妹是他表姐，一九三二年奉家长命令从泉州平民中学赶回家乡结婚，比较勉强；后来觉得妻子贤良体贴，深受感动，夫妻感情一天天增进。不幸妻子患了产褥热重病逝世。先生伤心地离开了故乡。

"一九四二年三月第二次结婚，妻子张宛若。

"一九四二年四月十三日遭日军逮捕。

"一九四二年七月受害于日军牢狱中。

"陆先生是个责任心坚韧的人，巴金和吴朗西先生那时候为文化生活出版社的发展正奔忙于抗战大后方。上海文艺社所有重要材料和日常张罗都委托陆蠡先生。

"陆先生遭过日军的严刑拷打，顶天立地，不放弃责任，不背叛祖国，至死保持中华民族尊严。

"这不是神话，是活生生的人，我的老师。

"陆师母现在在愚园路中学做教务主任，我在那边兼了几节课，那边我还有一间卧室，课忙时住在那里。

"七月是陆先生忌月，前两天我在报上写了篇不短的文章纪念陆先生，题目是：《爱人在纳波里》。

"借托陆蠡先生翻译过的法国诗人拉玛尔丁小说《葛莱齐拉》中那种爱情坚贞的诗意。"

"你怎么哭了？"韦芜问阿湛。

"是的！想到老蒋今天对待文化人和当年日本帝国主义对待中国文化人，不知道其间到底有什么不同？"阿湛说。

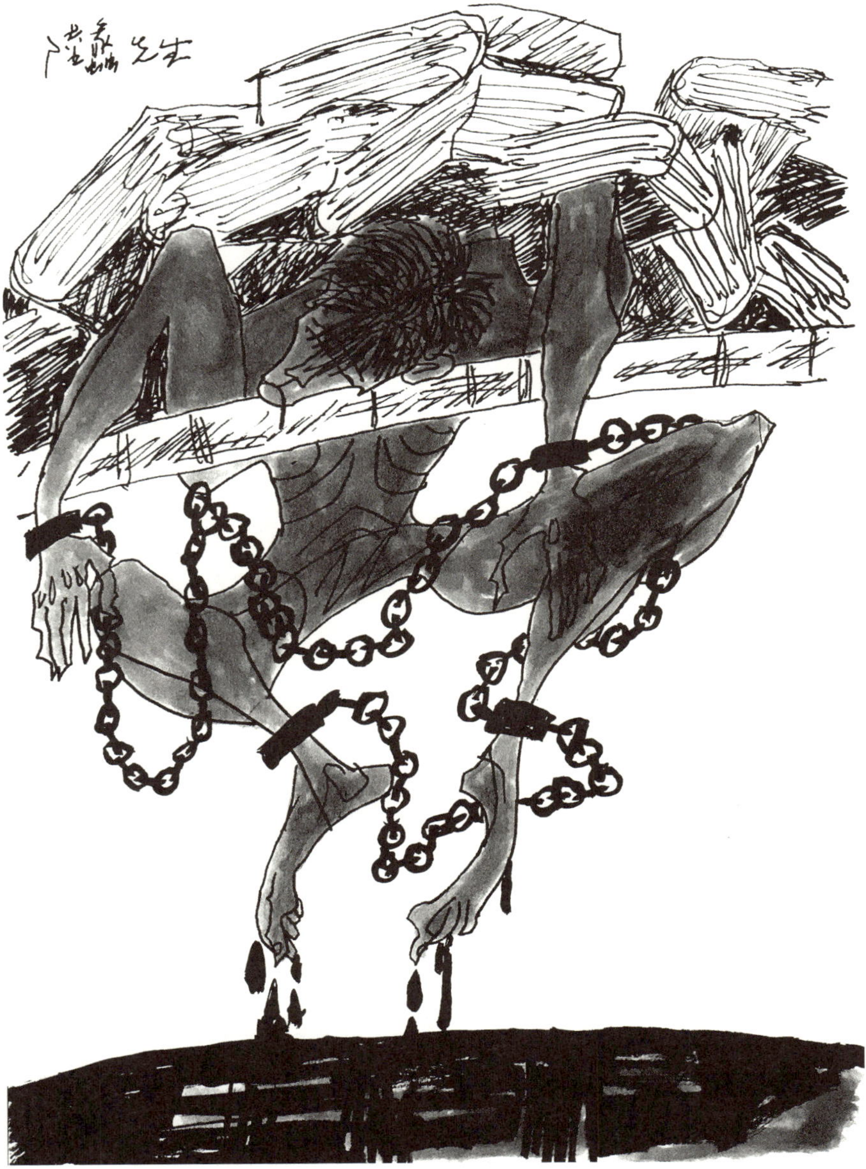
陆蠡先生

陆先生是个责任心坚韧的人,巴金和吴朗西先生那时候为文化生活出版社的发展正奔忙于抗战大后方。上海文艺社所有重要材料和日常张罗都委托陆蠡先生。

"丈夫有泪不轻弹！"林景煌说。

"你是说，今天的文化人还不够伤心？"阿湛问。

序子说："哎！你们有没有这种感觉？一个时代和一个时代距离并不远，比如'北洋'，比如'五四'，比如'抗战'，几个代表性的人物的脸孔就各有各的时代感。

"阎锡山这个人，你再怎么看他都显得比较'古'，照起相来，插在老蒋一排队伍里头，就像上身名牌西装，下身罩着条大缅裆裤一样，怎么看怎么不是味。老蒋政权里有的是奇形怪状的人，如照相总有一个端了张藤椅子坐在中央的张静江、胡汉民之类，都没让人有这种不妥当的感觉。

"到了'五四'，单就胡适先生面孔来说，你以后见过这种长相的没有？大脑门，不丑，简直一点也不丑的'帅哥'。是面对斯人顿生好感的'帅哥'。长长的、中间部分微显腰子形的、温和的、微笑的、让人放心的脸孔。这副重要脸孔背后的头脑里头还真生发出好多新主张、新行动；貌似轻率的文化播种，都丰收在历史的谷仓之中。

"至于鲁迅和他弟弟周作人。

"有谁怀疑过鲁迅像古人的呢？没有。

"他活在我们这个世界，是我们的人。

"我生得晚，没见过他，当然，对我这个刻木刻的人比起你们要更亲一层。可惜，我念小学快毕业那年，他提前去世了。我倒是敢大着嗓门说，除少数一两篇有关外国美术方面翻译文章以外，所有文章我无篇不熟，也清楚左派文化斗争进程。

"他弟弟周作人长得比他'古'，接近'北洋'或'东洋'味道。写文章和读书知识方面我倒是得到很大的益处。他做了汉奸，文化上我产生了个幼稚的动摇，甚至跟长相与他近似的新朋友，心理上都有一定距离。好笑！不过，他的书我一直在读。

"巴金先生至今还没亲眼见过——（对林景煌说：'我一直讲、一直讲要你带我去看看巴先生，这么久了……'林景煌说：'你看我这么忙，我

一有空就带你去，又不是什么大不了的事，又不是去见鲁迅。')

"我在他出的书封面上看过别人给他画的像，像！应该是那个样子。不像古人，和现在人长得也不一样；一个那么多朋友的人，怎么没见笑容？那么忙的人，哪来时间写这么多书？"

"你想想，这世界有什么好笑？笑给谁看？他哪里有空？"林景煌说。

"啊？明白了！人要有空才笑！"韦芜说。

"咦？真的！我还真没见巴先生笑过。"阿湛说。

"不止笑，跟熟人朋友一起，话也不多。"林景煌说。

"哪本书上写过，柴柯夫斯基住梅克夫人家里的时候，十天半月不说一句话，女仆悄悄告诉人，柴柯夫斯基先生在跟乐谱说话咧！巴先生的话怕也都写在书上去了。"序子说。

（巴先生写的和翻译的书，大部分我都读过；包括钱君匋先生设计的、文化生活出版社出版小长方块黑底白字的世界名著译本，包括书名和作者名浅浅地印在右上角的文学丛书……

我和巴先生接触不多，顶多和林景煌、黄裳、汪曾祺去过他家四五回，和他没说过什么值得记得住的话。五〇年我不懂事，从香港《大公报》开了证明到北京想参加少数民族中央访问团，巴先生恰好在北京，费了老大劲带着我在文化部各办公室找关系，都不得要领。茅盾先生也费了力气。后来只好回老家住了两个月，在城里乡下画了一些画，回香港开了个快乐的画展。

五三年从香港回北京，在中央美术学院教了几十年书直到退休。

在我心里，巴金先生的声望是无可动摇的，以为解放以来所有运动都没骚扰过他，也习惯、也理解在轰轰烈烈运动中他跟着骂这个、骂那个的无可奈何处境。他不是一个人在胆小，而是跟着大家一齐胆小。他也有妻子儿女。在运动期中，他也要随一点大流，那年月想做中流砥柱简直是神经病。

不管怎么说，不管怎么颠三倒四，我绝对想不到"四害"之一的张春桥在"文革"期间会对巴金说出这样一句话："——不枪毙他就算他运气！"

这么大的刻骨仇恨啊!

"文革"前,张春桥不也是一直住在上海的吗?他几时启动杀戮巴金这个念头的?

巴金一生,在道德、文化、情感上对祖国的奉献那么大,那么漫长,那么深厚,那么美,那么义薄云天!……

想想当年在泉州、上海、北京那一群庄重、精致的朋友耕耘出的文化大地。

巴先生满脸的皱纹不是哭出来的。苦难只压得出英雄的皱纹,压不出哭。

巴先生哭过。那是身患重病伴随先生大半生、历尽煎熬的年轻妻子萧珊舍他而去、留下了他和两个孩子在世上时……)

序子笔记本里头有在上海读大学的同学名字,有故乡朱雀模范小学的和厦门集美中学的。同济大学的有李大宾(模小),大夏大学有沙翰蕃(模小)、沈延奎(集美),复旦有刘观祥(集美),陈庆祥在暨大……要想办法一个个找到他们。先写信。不过这些大学都在上海边边上,特别费鞋。

在上海城里走路也费鞋。不过这类事情很容易想得通的,怕费鞋先往近处走吧!

虹口区,最近地方是直对外白渡桥的大名路那座大楼里头的中华全国木刻协会。

一路小心走,别惹石头和街沿,清楚店铺两边玻璃柜跟门口的货架子,自己警告自己,要晓得,大上海街上的东西,无论死活,没一样是你赔得起的。

抗战胜利,说是说帝国主义把租界还给我们了,你看那威风余韵不还留在那里吗?美国英国水兵横冲直闯,连给洋房子守卫的高丽兵、安南兵、暹罗兵和包红头巾的印度阿三门口一站,不信你进那道门试试,马上就会让你从主人翁的梦中醒来。

当然,自己也要珍惜自己,过马路让汽车碾死了,谁和谁去打官司?

还要提防扒手小偷。你口袋"空空如也"有什么好防？是的，你口袋"空空如也"空耗了他们时间，他们也会生气的，要给你点颜色看看。一个文人故意开扒手玩笑，把空钱包塞满厕纸放在裤子后边口袋，到热闹场所勾引扒手来偷。不到一会，钱包果然被扒手偷走了，正在得意之间，发现那个钱包忽然被送了回来，厕纸依然，只是多了一张纸，上写："小子！谢谢你的厕纸，我们上厕所都用上了，现如数奉还主人，请查收！"所以要记住，最好口袋放一两毛钱，表示对他们的尊重。

人说省鞋的好办法是三步作两步走。这论调显然反映其人没念过初中物理学，不清楚重力、作用力和摩擦力的关系，何况还有个大学水平的材料力学跟在后头……

就这么一路谨慎一路思想地到了大名路，上了楼，进了房，可阳和邵克萍依然坐在原位置上好像从来没有移动过。热烈地招呼后，都站起来看序子带来的这批木刻。

"你怎么不拿个画夹子夹着？这样一卷大大小小叠在一起，很不容易保护，你看，油墨不干，磨脏了细部刀法，有点可惜。"邵克萍说。

"是的，行李过重，原来有大夹子的，舍不得木刻板，只好把夹子丢在厦门。"序子说。

"你看，还真的可惜，磨得太厉害。"可阳说。

这时，进来一个人，个子小小，精悍的身段，穿一件挺合身的日本军大衣。要是在电影里，他当然是个日本皇军大太尉。

"李桦。"

"张序子。"

邵克萍介绍。

"蔡嘉禾先生好吗？我好久没收到他的信了。"

序子回答："我也是好久没收到他的信了，最近我还有信给他……"话讲到这里，心里却是吓了一跳，怎么会是李桦？我应该挑个良辰吉庆日子见他啊！哎呀呀！这日子太随便了，太轻浮了。

"你们，你们早认识？"邵克萍指着两人问。

"不不！我们第一次见面，通过不少信。"李桦转身对序子说，"没想到你这么年轻。"

序子赶紧解释："啊，不年轻了，不年轻，我都二十快二十三了……"

三个人都笑起来，序子不清楚这话有什么好笑。四个人认真欣赏序子的大小木刻。

可阳告诉李桦："他把所有的木刻板都带到上海来了。"

"除了它们，我没有什么别的东西好带。"序子说。

"你现在住在哪里？"李桦问。

（序子说了现在已经忘记的地名。）

"啊！离我住的地方近，都在虹口。"李桦关照序子，"你有本子吗？写下我的住址：虹口，狄思威路，东洋街，九〇四弄，五号。"

序子认真写下了。

邵克萍打了张三十四张木刻的收条给序子（有题目）。大家坐下来，序子听三个人谈到马上要筹备的全国春季木刻展览会的大事情，后天，在麦秆（是一个人，不是真的麦秆子）家里开会。邵克萍告诉序子："你正好可以跟大家见见面。"

序子说："好。"却不知道怎么去法。

李桦说："你先到我家，我们一起去。"

回家，跟李桦一路。搭公共汽车，李桦请的客。他自己买了张到东洋街的票，给序子买的是张一坐到底的票。原来汽车到终点站绕了个圈，正停在序子住的那条弄堂口。

林景煌早回来了。序子告诉他见到李桦、邵克萍和可阳；没想到李桦也住在虹口；全国春季木刻展览要开筹备会，后天在麦秆家里开第一次会，能见到很多老前辈。阿湛进屋背的都是汽水和啤酒，韦芜提一大包葱油饼，沈容澈一包卤水牛肉、一包卤猪肝、六块炸鸡腿，田青怀里只揣着自己喝的一小瓶白干，说今天星期六，玩个痛快。序子又重复一遍今天的经过。阿湛补充说，他舅柯灵在《文汇报》编副刊，要他转告序子，想登他的木刻。韦芜交一个信封给序子说："萧乾让我转告，你表叔有信给他，让他转一笔钱给你，二十块（其实只是个标准数目，那时候币值说不清）。"序子不清楚什么意思，正缺钱当口，先收下再说。

"怎么啦？怎么啦？今晚算不算得上个'张序子良夜'？倒酒，倒汽水。"沈容澈说。

"我想我应该买双结实的球鞋，再买一双经穿的皮鞋。走远路时穿球鞋，到地之后换成皮鞋把球鞋放进挂包里背着。"

阿湛说："我介绍你在地摊上买一双美军军用皮鞋，一辈子也穿不坏。球鞋臭脚，免了。"

"地摊上买的美军军用皮鞋，完全有可能是从战场上打死的人脚上剥下来的，你有胆子穿？"韦芜说。

"不，不，韦芜这你就不懂了。眼前好多投机倒把，倒卖美军军用物资的，有的是刚开箱的新鞋。你成天趴在编辑部，天坍下来都不知。这鞋几几乎万年牢，并且潇洒十分。"阿湛说，"明早我来陪你，四川路底那边就有个地摊市场，除爹妈之外，什么都有卖的。"阿湛说，"你完全可以随便挑选。"

"这，我信。"序子说，"我以前也晓得一点，没有你那么清楚！"

阿湛补充："我讲，你简直很难相信，连医花柳病的药膏他都有，想想看，放诞到什么程度？"

"花柳病能入伍吗？"韦芜问。

"入伍后害花柳病的机会多了去了！"田青说。

"那么痔疮呢？"林景煌问。

"你害痔疮？"阿湛问。

"你才害痔疮咧！我只是想知道，美国兵有没有害痔疮的？有了，怎么打仗？"林景煌说。

"我想这类人根本不让入伍。通不过身体检验这一关。"阿湛说，"你也不清楚这些倒卖军用品的人胆子和本事大到什么程度，小的小到缝衣针，大的大到帐篷、汽车、登陆艇，只要找对门户路子，都买得到。"

沈容澈说："刚才路过百老汇大厦门口，看到个穿便装的美国中年人，拳打脚踢一个红头阿三司阍老人。老人一声也不敢出，匍匐地上慢慢滚动，街上人来人往看热闹。我一个人,力量孤单帮不了他的忙,解救不了他,心里难受之至。"

"要是在印度,那狗日的美国佬就不敢动手!"序子说。

"你猜,眼前他敢不敢打中国人?"韦芜问。

"今天这种场合,我看那狗日的不敢,这是在中国。挨打的可以喊人,看热闹的人会一拥而上。可怜那个印度老人家离祖国太远,叫不应人!我想,要是我们多几个熟人走在一起,或许上去管管这闲事,打个抱不平,也说不定。"序子说。

"终究是是非之外,还有个实力问题要考虑。"田青说。

"否则,那个美国人打完印度人之后顺手再打打中国的这个沈容澈——"阿湛说。

"应该说朝鲜沈容澈。"林景煌说。

"对,对!"阿湛说。

林景煌、序子、韦芜只喝汽水不喝酒,汽水很快就完了。沈容澈和阿湛喝啤酒。有人说,啤酒其实算不得酒的。序子不清楚明明喝一口就脸红的东西为什么不算酒。看他们两个人那态度,还真不把它当酒喝。那么一大口一大口往口里倒。田青一个人闷着肚子喝白干,像个隐士。

序子在这种场合里,发现很多谈之不休的问题。

"谁扔在桌子上这块肥牛肉?"

"这么肥,怎么吃?"

"活生生的一头牛,好不容易长大杀了给你吃,你还吃一块扔一块,太不尊重生命!"

"历史就是这样,社会就是这样,生活就是这样。牛兄不是我杀的,满世界的杀伐,猪、牛、羊、鸡、鸭、鱼、虾、蟹,吃这个,不吃那个,吃这块,不吃那块,还有道德区别吗?你只是个眼睛近视的慈善家。你知不知道光上海这地方,每天要杀多少猪、牛、羊、鸡、鹅、鸭……给人吃你知道吗?怎么杀的你知道吗?世界从来不宣传屠宰场你知道什么原故吗?"

"嗳！真的，我从来没在报纸上、书上看过屠宰场的报道。"

"你无知有什么了不起？你问吴国桢去，他知道不知道，上海市一天要杀多少牛？多少猪？多少羊？"

"还应该问老蒋，全中国有多少城市，一天杀多少吃进肚子里的牲口？"

"这种残忍的杀戮演变成人间的正常运转，我从未想过，唉，真的，怎么一回事？"

"让个个人都有这种知识，产生某种感受，怎么过得下这种有序的日子？有何必要？你要人吃一次肉祈祷一次，忏悔一次？"

"人杀人的战场炮火连天，牲口屠场井然有序。餐桌上的肉就是从那儿来的。"

"我，我，我不是太想谈这个问题。"

"有空时想想也属必要。"

"这类东西脑子塞多了，容易脑残！"

"嗅觉敏锐，容易变狗。"

"你说你是不是混蛋？！"

"我又不是说你！"

……

序子跟阿湛到四川路底地摊市场，森穆，热闹得阴阴然，大得怕人！

卖东西的人都像戏台上化过装的，穿着跟常人有异：中中有西，西中有中。阿湛川流其间，和他们讲着行话，好像里头刚毕业出来的学员。

大声问序子皮鞋尺码，转过身去低声和老板密谋价钱，自己居然动手启封一个大纸箱，熟练地撕开胶纸，提出一双包着软纸的新皮鞋来！指着序子身边纸箱："坐那边试试，鞋带在鞋子里。"

序子穿上一只新鞋，笑了。

"右脚也试试。——有人碰到过两脚左右一样的。"

序子穿上这双新皮鞋之后狠狠地踩了一下地球。绑紧鞋带，干脆就不脱了。旧鞋放进挂包背着，付钱走路。八块五角。

邦也序于罗龙

序子穿上这双新皮鞋之后狠狠地踩了一下地球。绑紧鞋带,干脆就不脱了。

"你看，贵吗？"阿湛问。

"恨不得买两双。"序子说。

"犯不着！这双足够陪你半辈子！"阿湛说。

"你认得那个卖鞋的？"序子问。

"不认得。"阿湛说。

"那怎么肯这么便宜卖你？"序子问。

"我告诉他一个重要秘密。"阿湛说。

"怎么回事？"序子问。

"你是吴国桢的私生子！"阿湛说。

……

"哎！哎！别闹了，这皮鞋原来就是这个价钱，说你是蒋委员长的私生子他也不会便宜……"

两个人一路说一路走，看了三花牌奶水、行军床、鸡蛋黄粉、鸡蛋白粉、剃胡子刀（两个人这时候都还不长胡子，怕是以后没有什么长胡子的希望了）、牛肉罐头、猪肉罐头、羊肉罐头、鸡肉罐头。保险套（两人看了走开，连笑都不好意思笑）、防蚊油、手摇咖啡磨、防风眼镜、绿军装拉链夹克——

"来一件？"阿湛问。

"一双皮鞋味道已经足够，我胆子小，别吓我！"

两个人在摊子边各人喝了瓶"可口可乐"，阿湛请客。

阿湛问序子，认不认得诗人臧克家？序子摇头。

"他就住在附近，我们去看看臧先生好不好？"阿湛问。

序子说："不好意思，没情薄由的。太突然，还空着手……"

"没事！没事！那，那这是菜市场，就近买点礼物吧！"阿湛说。

到了菜摊子，阿湛称了两斤大蒜头，纸口袋装了："就是它！臧先生山东人，一辈子离不开蒜，不信你等会看他见蒜的那种笑法……"

走不多久，进了一个散院子，没有看门的。周围不少花木，又显得有些荒落。阿湛轻轻告诉序子，这曾经是日本当官的房子，让人"接收"了，空拨出来租给有关系、有面子的人住。

"什么面子？"序子问。

"你才好笑咧！我还想打听咧！"阿湛带序子上楼，拐弯，一例木结构讲究的房子。序子来不及欣赏。

一位瘦高条文雅人站在面前。

"臧先生！"阿湛介绍，"木刻家张序子。"

序子鞠躬行礼。

"臧师母！"阿湛介绍。

序子鞠躬行礼。

"请坐，请坐！喝茶，喝茶。"臧先生山东腔。

是间日本榻榻米的大房，茶桌茶几和椅子都矮，栏杆外风光真好。

阿湛站起来双手交给臧先生那包蒜头。

"这是什么？这是什么？"臧先生问。

"大蒜头，大蒜头，没别的好带！"阿湛说。

"啊嗬嗬！想不到你总是那么细心，啊嗬嗬！你哪里买得到那么大蒜瓣的蒜头？啊嗬嗬，真难得，真多谢……"

"外头很顺手的东西，先生写作太忙，难得闲工夫找这些东西……"阿湛说。

"你说的还真是那么回事。"臧先生话讲到这里，手还没从纸袋里头伸出来，"你看，这么大的蒜瓣，亏得你费心找。啊嗬嗬……"臧先生问序子："你是哪里人？"

"湖南朱雀人。"序子回答。

"啊！朱雀城？我在青岛读大学的时候，一位孙茂林老师是朱雀人。"臧先生说。

"是家父的表弟，是我的表叔。我小时候见过他，现在有通信。"序子说。

臧先生对师母说："你看，你看，这天地多小？"

又问序子："你哪里上的学？"

"我没有上过什么学。在福建厦门读过集美中学，没读完——"序子说。

"——美术呢？"

"没上过美术学校,没进过门。木刻是自己弄的,有兴趣,算不得好。"序子说。

"几时有空,拿点木刻来让我欣赏。好不好?"臧先生说。

序子说:"好。"

告别了臧先生和师母,出了院门,阿湛问:"女作家赵清阁、女诗人陈敬容都住在附近,有没有兴趣会会?"

"多谢了。你这个人,好像全世界的人都坐在家里无聊之极,像溺水人等我们去解救。"序子说。

"我是为你才带你四处跑。"阿湛说。

"我也是多谢你才劝你节省力气。"序子说,"你已经为我花费整个上午宝贵时间。你也该为自己想想,你说你为什么不开口要我请你吃午饭?"

"我早就认准今天你会请我吃午饭,所以我装满钱包以防万一;在我们上海,常碰到请客的人自己不出钱的。"阿湛说。

"好哦!这下放心了。说吧!上哪里?"序子问。

"南京路'新雅'罢!"阿湛说。

"那是个什么饭馆?"序子问。

"广东茶楼,喝茶兼叫炒菜。"阿湛说。

上了"新雅"二楼卡位,居然事先坐定了两个人等他们。一生一熟,生人叫陈钦源,广东人,《文汇报》的副刊编辑;一个赣州时的熟人,叶浅予的弟弟叶冈,也在《文汇报》编副刊。

阿湛对着他俩把今天上午所有香的臭的事情一一讲过,还叫序子桌子底下亮出新鞋让两人过了目。叶冈说:太好了,哪里买的?多少钱?呀呀呀!太便宜了,过几天还买得到吗?你认得那个卖鞋的?是你熟人吗?接着是叶冈和序子互相一问一答,别人旁听。

张乐平在上海,雏音带孩子在嘉兴,乐平有时回嘉兴。肺病,时好时坏。

聋膨(陆志庠)已回上海,住青年会。

茶来了,叉烧包、莲蓉包、豆沙包、虾饺……一笼笼跟着上,还来了一大盘沙河粉。

余白墅在上海。

李桦、陈烟桥、野夫在上海。

袁水拍在上海。

殷振家、俞亮在上海。

韩雄飞、孙景璐在上海。（序子说："他两口子我不认识。"）"韩雄飞是韩飞的哥哥嘛！他两口子去过东溪寺嘛！""喔，喔，喔！知道了。那时候我可能还在闽南。"

你怎么来的？

在福建厦门那边教了半年书。

你跑到那边教书做什么？

混张来上海的飞机票。

我从赣州刚到桂林，日本人就打来了，我还逃到离你家很近的沅陵。在桂林上厕所差点让日本飞机炸死。乐平跟张曙，嗯，还有个周令钊一起在院子吃饭，炸死了张曙，乐平跟周令钊就在旁边。喔。周令钊也在上海，在育才教书。

我也差点死过好几回。在泉州，在长乐。

你听过聋膨和我在龙南和信丰的故事吗？太长了，下回找机会讲给你听。

《清明》杂志那张《信丰街市》木刻，你几时寄给小丁的？

我不认得小丁，不是我寄的。我忘记是怎么回事了。

陈钦源开了张小单子，要序子替他副刊画二十个"小报头"，等着用，越快越好。

叶冈说："那顺便也给我画二十个吧！"

序子问他："你自己为什么不画？"他调皮说："自己画，不好开稿费。"

这时候又走进来一个人，叶冈向序子介绍了，漫画家叶苗，很温和文雅的人。他跟朋友坐在那头远远看见阿湛和叶冈。序子记得他画的漫画，算是半个熟人。他对序子的木刻也只说了两个字："特别！"

序子想起小时候听大人讲起上海，看到一本本有趣的漫画，就认为上

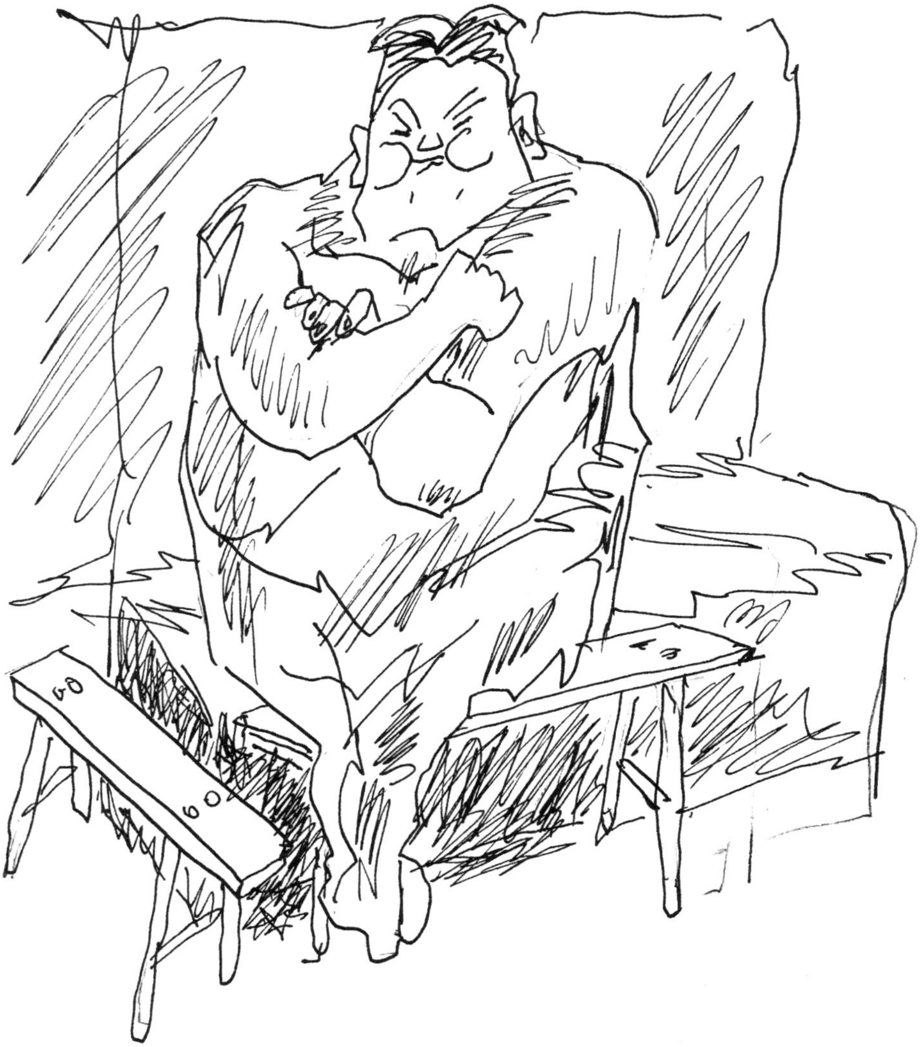

余所亚在他那张日夜起坐、既是卧榻又是沙发的床上,喷薄出热情火焰似的语言……

海这块特别地方,一定是漫画家在当皇帝或总统,要多好玩有多好玩!

(我不太记得住,本子上除了朋友地址之外还有电话号码?上海台湾香港一直到五十年代的北京,才有了传呼电话的生活习惯。那时候,打一次电话付一次钱的。我很久很久才习惯打电话。一直到今天我仍然不习惯带手机上街。)

好!"新雅"餐叙结束,果然不出阿湛控制,他付的账。他告诉序子:"你来上海刚起步,该用钱的地方多;不像我们本地人,举手起步都有土地爷照应。"

狄思威路,东洋街,九〇四弄,五号,李桦先生家好找,进大弄堂右手第二家就是,楼下小花园,种着满墙肉色十里香,前后两间房,后房住着两个极整规风度的广东青年,一个名李莘夫,一个名"细佬"(原来"细佬"二字在广东是"小弟"的意思,他原应有个正式名字)。前房住的李桦和一位双腿残废、靠两张小木板凳支撑走路的漫画家余所亚。前后房都住广东人是碰巧,不是有意的组合。

厨房在走廊后方。楼上没人住。每月女房主前来收房租,每房五十元。李桦和余所亚两位先生合请了一位女佣名叫金凤,做三餐饭和洗衣服。搭车上下班,很是温和负责,不惹闲事。以上一桩桩杂知是日后慢慢积累的。

李桦和余所亚这两位广东人的普通话都带着浓重的广东腔,还夹杂些广东论理。序子因为跟广东关系比较不一般,听到他们两位讲话特别感到亲切有味。

序子下午三时多就到的九〇四弄五号。

余所亚在他那张日夜起坐、既是卧榻又是沙发的床上,喷薄出热情火焰似的语言,广东称这种状态作:"及嘅同及嘅倒达厢。" ❶

李桦神色温婉地倾听,两眼认真注视说话的人,有时微笑,有时昂扬激动地走着步子举起右手或左手。

❶ 自己和自己比赛大嗓门。

说起广东那帮老朋友。新波怎样？梁永泰怎样？冰兄怎样？郁风、苗子、黄茅怎样？杨太阳怎样？他公园前开的那间桂林过桥粉店怎么样了？杨秋人怎样？刘仑怎样？把这些同行，有时扬长、动情，有时揭短，都是些滑稽失格的趣事，有的昨天发生的，有的是抗战前的笑话。李桦很少搭腔，配合得少，欣赏得多。有时听到刻薄挖苦话多了的时候，便会轻轻发出不以为然的"噢，噢"之声；那是余所亚话语行间过分着重滑稽有趣忽略友爱同情分寸的时候。不过还是跟着笑，了解这是漫画家表达分析事物的特殊方式，谅解了。

不到两个钟头的相处交谈，序子不太明白两位性格完全不一样水火难容的艺术家能住在一起的原因。试想，一对相同的余所亚或一对相同的李桦住在一起，能这么融洽吗？听说《麻衣神相》书上有好多内容是阐述这方面学问的。太极图相克相生关系。十四颗主星，紫微、天机、武曲、天同、廉贞、天府、贪狼……文王卦的乾、兑、离、震、巽、坎、艮、坤……佩服虽佩服，可惜一点也不懂；科学书又不见确切的阐述，令人遗憾至今。

如此三人世界里几乎忘记了时间，还是李桦头脑清醒，提醒了自己，看看手表："啊呀，光顾聊天，差点耽误大事，赶快！"

关照完序子往外就走。两个一老一小搭完公共汽车再搭有轨电车，转得序子不知东南西北。李桦算是熟门熟路，花了一个多钟头，总算来到麦秆家里。里头已经坐了不少人，看阵势人没完全来齐。麦秆家客厅大，还容得下一半人，不简单！李桦介绍了张序子和大家认识，又把主人麦秆和麦秆大嫂介绍给张序子。

麦秆是个慷慨潇洒的男士。两位主人提着茶壶一人面前一杯茶，光杯子数目都不简单。

没想到遇见江西信丰《干报》的老朋友余白墅。欢欣惊讶，忍住好多话来不及说。见到年龄差不多的赵聪（赵延年），当年在赣州剧宣二队他前脚刚走，序子后脚就进了二队，只错过一刹那没有碰着……

见到崇敬多年的陈烟桥、野夫先生。

认识了画册上看到过作品的丁正献、王树艺、王琦、汪刃锋、仇宇、

謹以這草率筆墨，紀念麥桿兄嫂讓木刻協會經常主這裡開會的家

麥桿家開會

里头已经坐了不少人,看阵势人没完全来齐。麦杆家客厅大,还容得下一半人,不简单!

陈铁耕、徐甫堡……真身。

可阳、邵克萍和一个人最后赶到，连连说："晚了，晚了，对不起！"三个人都提着皮包和一些纸袋匆忙坐下。

看样子大家对三个年纪大的李桦、陈烟桥和野夫比较尊重。也可能原来就是协会选出来的负责人。

野夫站起来打招呼："好啦！我们现在开会，请李桦宣布中华全国木刻协会本年度的工作计划。"

李桦从内衣袋里摸出两张纸，又从裤袋摸出眼镜戴上，宣布："协会本年度的春、秋二季的全国木刻展览筹备工作今天开始……第二个问题，宋庆龄中国保卫儿童福利基金委员会来函，要求协助配合义卖工作捐献作品。第三个问题，宋庆龄中国保卫儿童福利基金委员会有一批福利新棉袄、内衣裤、三花牌美国牛奶水分配给全国木刻协会会员……

"看看还有什么事情要补充的没有？要是没有，我们就进行下面的议程。"

李桦说完之后，原席坐下。

野夫站起来说："中华全国木刻协会春、秋二展是全国性的艺术大行动，大喜事。发动全国木刻家行动起来，积极地创作；全国木刻协会总会的工作同仁、分会的工作同仁认真地做好征集工作；展览筹备工作的同仁也应该挺起胸脯迎接马上就要到来的春季大展的正式展览工作。

"宋庆龄中国保卫儿童福利基金委员会来函要求我们配合义卖，我个人的理解是向我们木刻界打招呼，踊跃捐献木刻作品参加义卖，希望各位深懂大义的木刻界朋友们，在对宋庆龄先生尊敬的基础上，行动起来。来件寄木刻总会转交，以便开具收条。

"棉衣裤、三花奶水，上海范围内的个别朋友们请直接到大名路木刻协会总部领取。各地分会由总会办理火车托运。"

最后由财务组诃田（就是和可阳、邵克萍一起进门的那位）报告协会财务运行状况。条理清明，头头是道，责任在身，不可不说，听者无趣，不说也罢！实际上，会计总是人间受辜负的好人。

好！大会结束！

不想留的说家里有事，说住得太远，说有特别约会，都先走了。

不走的是因为主人从来贤惠有趣，想坐下来多聊聊：

"张序子，你在哪里工作？"王琦问。

"刚来上海，没有工作。"序子答。

"原来在哪里？"麦秆问。

"在福建。"李桦帮他回答。

"你怎么知道他在福建？"王琦问。

"我们通过好多年信。"李桦说。

"我和金逢孙在金华也和他通过信，记得他是在金华东南木刻协会入的会。"野夫说，"他在厦门集美中学读书，穷得要死，记得第一副木刻刀还是我们免费送给他的。他写了一封很有趣、可以说特别有趣的信给我们，或者还留在金逢孙手上也未可知——唉！算算日子，三八到四七，九年了。看时间好快！"问序子，"你自己还记不记得？"

"当然记得。后来你在崇安赤石木合工厂，我还在长乐给你写信，帮我一位民众教育馆的同事李绍华买木刻刀。邵克萍说你没空，代你回一封信给我，说我寄给你的那张木刻刻得像安徒生童话……"序子说，"我当时还好笑说，像安徒生童话总比什么都不像好！"

"你讲你记性多好？是有这么回事。"邵克萍说。

"可阳和我没有直接通过信。他那时刻了一幅打横的木刻叫作《出了事的街》，我非常喜欢，觉得画面的处理和题目都非常别致，老百姓的生活表现得好浓郁。"

"你有段时期很受章西厓的影响。"麦秆说。

"是的，他那时在福建南平《东南日报》，我在江西信丰民众教育馆（余白墅当时也在信丰《干报》社），一个人刻木刻，学学这个，学学那个，给朋友刻些诗插图，很喜欢西厓的风格，尤其是那张天天见得到的副刊头花，一个印度还是埃及人的舞姿，于是就和他通信，交谈些美术问题。我前些日子还去杭州看他。听说他不太适应《杭州日报》美编工作，很快要

小野兎

最后，老家洞里只剩下小兔单独一个了。小兔还是每天出门去寻找青草。

来上海过日子。"序子说,"西厓的木刻精致讲究,一颗颗小点子、一丝细线也不放过,总是那么严谨,我怎么可能有这种耐心修养?我总是刻得太快,这块没刻完就想到下一块。过程太粗糙。幸好占了个身体好不怕累的便宜。"序子说,"刻什么都很快乐。"

烟桥先生说:"你可以称这种心态作'激情'。"

"是的,'激情'。"序子答应。

王琦说:"说是'快乐'也没什么不好。"

"是的,'快乐'也没什么不好!"序子说。

麦秆说:"一种蜂拥的创作热情,一种不降温的艺术延续力。"

"反正我感觉自己的木刻一直不太稳定。"序子说,"比如说,我做梦也刻不出李桦先生的《怒吼罢!中国》。这不光是画和刻的问题,还有'想'。"

"你现在住在哪里?"王琦问。

"我跟一个福建时期的老朋友林景煌住在巴金先生同事吴朗西先生一间讲究的空房子里。"序子唯恐他听不懂。

"地点?"王琦问。拿起小本子记。

"虹口……"(现在已经记不清地点名字。)

王琦对李桦叫起来:"嗳!就在你跟老所住所不远的地方!唉!庞薰琹也住在附近。"

(我看过一部小野兔的生活纪录片,从小野兔们的爹妈说起。一天,小野兔的爹再也不回来了,剩下妈和几个兄弟姐妹。再过一些时候,妈妈也不回来了,剩下几个小兄弟姐妹。肚子饿,怎么办?爬出洞口看看,有几棵青草长在洞口不远的地方。妈妈交代过,洞口周围的青草不要吃,好让它掩盖平安的家门。兄弟姐妹一天天长大,一天比一天走得更远去寻找青草。最后,老家洞里只剩下小兔单独一个了。小兔还是每天出门去寻找青草。耳朵、眼睛随时提防恶狼、狐狸、山猫猛扑过来,脑子紧紧记住回家老路。最后不清楚它有没有找到女朋友,有没有成家,有没有生下小兔。照道理讲,一只兔子很少能平安死在自己洞里的。)

序子来到上海,一个人的时候,就会想起那只"最后的野兔"。包括见生人、买东西、过马路、回家、刷牙，直到换底裤、内衣时候也想："常换点，免得不小心汽车碾死，让人收尸的时候肮脏难看。"都用兔子出洞前的观念对待世界。

要是一出洞，满地都是平安的青草多好！

没有豺、狼、虎、豹和鹞子、老鹰多好！

天下该诅咒的只有自暴自弃的懒汉、作恶多端的黑社会和丧尽天良的国民党法西斯。

上天让张序子这辈子注定住在"童话"隔壁。

他脾气作风虽然跟那只"最后的野兔"不一样，他懂得吃饭用不着多谢筷子和碗，挨杀头该恨的不是刽子手；他怜惜那窝兔子只懂得青草和"怕"，没机会懂得"恨"。有恨才有对策。

张序子谁都不像。他不是孤雁，从未让谁抛弃过。

不是驴，没人给套过"嚼口"。

不是狼，他孑然一身。

不是喜鹊，没报过喜。

不是乌鸦，没唱过丧歌。

他是"四不像"。不准确！四不像只有四个不像。书上说它头似鹿，脚似牛，尾似驴，背似骆驼（即使动物学大辞典如是说，也十分牵强不准，它一点也不"骆驼背"。在"偶蹄类"长相也属普通没有突出特点）。

说是"万不像"，世上还没这种称呼。

张序子是个什么都不像的动物——鸭嘴兽。

没见过中国哪本哪卷古书竹简上提起过鸭嘴兽的。

鸭子嘴巴，水陆两栖，全身毛，卵生，哺乳……最跟生物学家调皮捣蛋就数它了。你在动物学的"门、纲、目、科、属、种"给它找个栖息之处试试？找着了，我画一张鸭嘴兽、一张达尔文送你，拜你为师。

……

张序子跟李桦从麦秆家中告别出门，一路坐着有轨电车、公共汽车回来，想的就是上头写的这些乌七八糟的东西，也学着认识汽车、电车路线

鸭嘴獣

鸭子嘴巴,水陆两栖,全身毛,卵生,哺乳……最跟生物学家调皮捣蛋就数它了。你在动物学的『门、纲、目、科、属、种』给它找个栖息之处试试?

号码，暗暗记住长短路程票价，记住上车、下车规矩，小心大小荷包安全，自我调解上海话和普通话之间的分歧……

和李桦分手时，请教了上四马路买宣纸的门径，决心试试一个人拼老命进纸铺买一种叫作"煮硾宣"的不厚不薄恰到好处的宣纸回来。

第二天，没什么了不起就回来了，还顺便参观了盛名盖世的极普通、极家常的伟大的商务印书馆抗战后的门面。感动，忍住两滴眼泪不让流出来。手臂紧紧抱住十张四尺的"煮硾宣"纸。"商务呀！商务！来看您了！老子长这么大了！"

几个人夜晚碰头时序子说起一个人来去自如的经历，还有人不信。

序子用了三天时间拓印出足够数量的木刻，小心按老兄弟的教训吩咐用木板夹报纸压平，按世界规矩在作品左下角用 2B 铅笔写上标题，右下角签下作者姓名和创作年月日期。就这样还用了整整半天。

一、换回那批拓印得不好的、前几天交给木刻协会的木刻。算是参展作品。

二、给臧克家先生的作品。

三、宋庆龄中国保卫儿童基金委员会义卖的作品。

去了一趟大名路送木刻，邵克萍问序子愿不愿意过几天去大新公司二楼全国春季木刻展览会场帮忙。

"哪一天？几点钟？"序子说，"当然！"

又一天，拿了一卷木刻去见臧克家先生。

没想到他那么喜欢，数了一数，五张："你愿不愿意让我介绍拿去发表？"他问。

"谢谢先生！"序子说。

"唉！可惜稿费太少，每张大概只有五块钱。"臧先生说。

"不少，不少了，是这么回事，我知道。"序子说。

"我想你刚到上海，你应该换身适合上海的衣服，我看是不是可以这样？我先把这五张木刻的稿费垫给你，你去添买一些衣服，等你的稿费转到我手上的时候我再扣回来，你看好不好！"臧先生笑眯眯地问。

序子听得清清楚楚，吓得心怦怦跳，臧先生一点也不错地说了这些话，进屋取了二十五块钱交给序子。

序子用朱雀人的眼睛望着臧先生，深深鞠了一躬。

约好林景煌、韦芜、阿湛帮忙去买西装，阿湛不把韦芜放在眼里，认为和这位穿蓝布长袍的开封老弟去买西装会让人笑。序子说："这没什么好笑，买西装的人又不是他。"阿湛说："你买西装的人有什么好笑？"

"所以嘛！跟在一起的更没什么好笑！"

你绝对没有想到，进玻璃门的时候，韦芜那条长衫"后摆"不小心被撕掉一大块，里里外外果然引来一场哄堂大笑。弄得他笑也不是，站也不是，走也不是。幸好林景煌急中生智，叫来一辆三轮车，把韦芜送回《大公报》。

虹口这类西装店很多。所有不同尺码、不同材料事先做好的西装，都一件件高挂在好几条横梁上。顾客选哪件，便用叉子叉哪件下来试穿，不合适再叉上去换另一件，试到合适为止。

这类西装，内行人一眼就晓得材料和手工是"大路货"，不会进这种门的。店主人也清楚这个道理，没幻想高攀这些生意。

这四位（走了一位）陌生主顾夸张了自己来头。店主人装着没见过世面的人惊喜和尊敬，顺着口气哄着、捧着，让这三位仁兄到底买了一件棕色格子绒西装上衣，一条灰法兰绒裤子，两件衬衣。五张木刻的稿费眼看所剩无几。仁慈的老板动了慈悲之心，免费赠送一条深绿底子、小白圆点领带，提升了三位有眼光的高贵主顾出门的欢喜。

（我非常敬佩这几十年来牛仔裤对人类文化的奇妙贡献。牛仔裤原是美国放牛娃穿了又穿、洗都不洗的劳动服装，甚至弄得残破不堪，七零八落几乎露出肉来也不当一回事。想不到二十世纪二次世界大战之后，这种牛仔裤在全世界居然流行起来。取的是那点随意性和潇洒劲。甚至好好的一条新裤子故意捅几个洞，穿在身上引人惊讶，让不该暴露的身体某些重要部分故意显示有暴露的可能性。给人制造一种所谓的"危机美感"。

令老夫最难以理解的是，近年的美国总统游玩时候也穿牛仔裤。这是

罗西装

所有不同尺码、不同材料事先做好的西装,都一件件高挂在好几条横梁上。顾客选哪件,便用叉子叉哪件下来试穿,不合适再叉上去换另一件,试到合适为止。

画报登载、彩色印刷、亲眼所见的事实，有否破洞露肉，因照片模糊无从看清。一个国家元首也不好好想想，代表国家很多"东西"的人，跟老百姓随便弄条牛仔裤穿在下半身上意义是很不一样的。

老夫年轻时代可惜都在山村野店上行走，没见过大世面。若是当年大多数人穿牛仔裤的话，我肯定也会弄一条穿穿。它的好处很多，便宜，结实，破了照穿，大家观点一样，脏了没有人笑，显得自由自在。走远路没有行李负担……

尤其让人惊讶钦佩的是它对所有的人都合适；不同年龄、不同性别、不同体形，都能找到尺寸合理的归宿和慰藉。不过讲老实话，事实堆在眼前。我完全不明白并难以想象，一位那么巨大的胖男女是用怎样的奇妙技法把那条紧身牛仔裤套进下半身的？晚上又怎样脱得下来？几个人帮忙？有撑破的没有？

如果当年早就流行牛仔裤，我就可以毫不惭愧地把它一直穿到今天大上海街上，省却克家先生这样的善心人为我担那么大的心事。）

胸脯上挂了个证章，一大清早在南京路大新公司二楼布置会场。

懂事的趴在桌子上写这写那。序子属于出力气的"们"，分别听人指挥站在小铝梯上挂画。一幅又一幅。听说有二百多幅。

好像麦秆家里见过这位大块头名叫陈铁耕，像是个全场总指挥，大家都听他的。他来来去去，轻轻叮嘱人做这做那。他关照序子梯子上小心："挂钩一米一个，按垂直陀螺线长短挂好，下地才纠正歪斜。不用赶，人多，做得完的。"一下又过来说："挂画人多，你过来帮忙装框子。手先去洗干净。小心画框后面的铁皮刮手。"

午饭是"生煎馒头""葱油饼""烧饼"红茶。铁耕说午饭后休息半点钟。谁舍得休息半点钟？都继续做事。

几个人把框子装到近二百的时候，序子遇到自己的木刻。五幅！谁选的？怎么是五幅？手都抖了。扪住心跳，抹正脸面，什么事也没发生地往下装……一、二、三、四……

我的天，怎么可以说什么事也没发生？发生了！谁呀？谁呀？"白马谁家子？黄龙边塞儿。"❶就是老子，老子是也！……是不是有点浅薄？有点；不过别人不知道。别人知道了还了得？……

铁耕说话了："工作早点结束，有人地方住得远。剩下点点我们做吧！印得有说明书和目录，各人带一份回去做纪念吧！明天开幕，大家准时来。"

《大公报》找韦芜去吧！

上楼进编辑部，不见韦芜，一个白胖子坐在桌边办公："请问找谁？"

"韦芜！"

"啊！他回宿舍去了，你贵姓？"胖子问。

"我是张序子。"

"啊！想不到你就是张序子。我是刘北汜。你好，这么巧！这么巧！有什么事，请告诉我，我会转告他。你留个地址电话给我，这是我的地址电话，还有名字……"

"没有事，没有事。我们木刻协会展览明天开幕，我参加布置工作刚弄完，顺便来看看他。再见！再见！"下楼顺便门市部买了份当天《大公报》，人行道上一边走一边看，后来就看电线柱子上的灯光站定，傻了！

《星期文艺》，《一个传奇的本事》，整版是那个北平二表叔写的爸爸、妈妈和自己的文章，还有大大小小十张木刻。这从哪里说起？天打雷劈！那么震脑！

捏住报纸往回赶。那帮鬼头一个不少地聚在一起正谈论这件事，各人面前都摊着份《星期文艺》。

"怎么办？"大家问。

"中华全国木刻展览明天开幕！"序子说。

"我是讲这篇文章。"韦芜说。

"我大新公司忙完之后上《大公报》找你，遇到个白胖子，他说你回

---

❶ 李白：《独不见》。

就着教馆门口电线柱上那盏灯

下楼顺便门市部买了份当天《大公报》，人行道上一边走一边看，后来就看电线柱子上的灯光站定，傻了！

宿舍去了。第一次见面，歇斯底里的亲热，可能是这篇文章。我路上才想清楚。"序子坐下拿起茶杯就喝，"他留了个名字和地址给我，你看。"

"刘北汜，西南联大毕业的，顶和气正派的一个人，编副刊的。"韦芜说。

"我以为是刘北己。"序子说。

"好多人都读自己的'己'。"韦芜说。

"嗳！一个人认多几个字有什么了不起？在嘴巴上来回转——我不是说你。"阿湛对韦芜说。

"你明知我在讲刘北汜。"韦芜说。

"明天我见到他，就叫他刘北己！"阿湛说。

"以后我叫你作'阿甚'。"田青说。

"阿湛、阿甚无所谓。"阿湛说。

"阿肾，肾亏的肾。"田青说。

林景煌叫起来："不要再无聊了，研究一下，这个庆祝会怎么开？"

"庆祝什么？"序子问。

"你表叔的文章呀！"林景煌说。

"不要这么讲，不要这么讲，传到他耳朵里，我不好做人。这样，各位看好不好？明天中华全国木刻展览会开幕，我有福气能参加这个展览会，我开心，今晚上请各位吃饭行不行？"序子说。

"我看好！文章好不好又不是序子写的，他只是个被写者，大家请他的客干什么？让序子请吧！虹口有家'余庆馆'淮扬菜，我看相当好，价钱也公道，怎么样？"阿湛说。

"去就去吧！"序子对阿湛说，"这次不要再我请客、你付钱了。"

"晓得哉！"阿湛说。

各人手里都捏着份《大公报》，心仍然被文章牵着。

上得楼来，原来阿湛跟老板熟，菜都不点，让老板安排。只阿湛替田青要了"竹叶青"。

坐定之后，老板开心给各位客人用高筒玻璃杯泡了新鲜的明前茶，映着顶灯，满桌绿。

容澍说："我这个人虽不属文化界，口味倒还是比较刁，文学、文学就要论'文'，光讲故事的文章我受不了。我就拜服我们这位写手，他的文章大庭广众之下可以朗诵，有诗味，有节拍板眼，有宫、商、角、徵、羽五音的内涵，讲究文字的呼吸，真是山水给他的天分灵气。"

"他们湖南人好像得天独厚，凭什么一个小学都没毕业的孩子在家乡可以混成个大作家。学问的源头在哪里？打磨任何一件重器都需要空间时间，这没有道理嘛！你们湖南凭什么啊？"阿湛说。

"你爸爸师范毕业之后到处走，哪个人给他的方便？"田青问。

序子说："不清楚。我爷爷大半辈子在北平帮熊希龄做事，听说还有点亲戚关系。听我爸爸讲熊家的事多。我爸爸也在熊家来回住过。去过广东，去过云南，去过东三省，去过上海、杭州，那边还有他好多同学。要不是抗战耽误，他早在上海画画谋生了。有的事不是我不记得，是我不知道。"

"他没有写你妈妈和你爸爸怎么认识的？"阿湛问。

"写了。"韦芜说。

"怎么写？怎么写？怎么一起会合在常德的？"阿湛说。

序子说："我妈是在桃源省立第二师范刚毕的业，丁玲的妈妈、一位很了不起的蒋老太太自己在常德办了间女子学校，让我妈妈去做教务主任。所以去的常德。湖南那一大段时间办学很有名，早的有长沙时务学堂，二十七岁的梁启超当教务长，章士钊、蔡锷是第一期的学生。晚一点的有省立第一师范和第二师范。一师在长沙，二师在桃源。一师专收男生，二师专收女生。一师有名的出了个毛泽东，无名的有我父亲。二师出好多女革命家，表叔写的'芷江杨小姐'就是一个。"（近年有个老头子对记者说他是桃源省立第二师范毕业的，金星女士也不会这样讲！好笑！）

菜酒上了桌子，大家一边吃一边叫好。序子这辈子也没少吃过好东西，大概跟老板不熟，没吃出感情。

"你看，"容澍放下筷子，"最末后的这两句写得多悲凉，多壮丽：'这是可能的吗？''不，这是必然的！'这文章，几十年后，几百年后子孙们都记得住，都会景仰拜服……"

大漫畫家所畫

把门锁了,招呼余所亚出了大门,扣好大门,叫了两部双人三轮。看着余所亚大力士式的手撑着两张小板凳上了车……

"这老人家,我看他什么都懂,可惜不懂打仗。"阿湛说。

"他好多文章都提到自己是行伍出身。"韦芜说。

"那是小兵号嘛!几时当过官?"阿湛说,"有时当过几十年官的也不懂打仗,何况他从来没捏过枪,没上过战场。他从来只在地方军部里混……"阿湛说,"这都是实情。要是在中央军,头脑就没这么新鲜活泼了……我远远尊重他,我学不会他那种心胸。"

"我看你说自己说得对极了。"田青说。

"有人嘲笑瞎子摸象。其实摸一点算一点有什么不好?"韦芜说。

"瞎子还要胆子大。"林景煌说。

"大象还要脾气好。"容澈说。

这场客,请走序子荷包里头四块四角钱,散伙路上,序子暗暗心痛,活生生吃掉半双美国皮鞋。

又假仁假义跟大家说再见,关照别忘记明天上午大新公司二楼的大事。半路上林景煌现了原形,对序子说:"明拉立努穷果逃米间剋点懒咪,瓦兜唔展养安转解盐腥贺?"❶

他高兴得忘乎所以用闽南话讲起明天来。(这仍然解不透闽南话那点快乐心情。)

"棉凯克!朵甲!朵甲!"❷序子说。

"勉拉立,懒先策李桦、余所亚农岩浪,文细格浪亚策桨。"❸序子说。

"挨揣!"❹景煌说。

大清早,八点多钟,原来两人准备停当坐在房里等,把门锁了,招呼

❶ 明天你穿上那套东西去展览会,我都不知道怎么过瘾才好?

❷ 别客气,多谢,多谢!

❸ 明天,我们先找李桦余所亚两个人,我们四个人一起走。

❹ 可以!

余所亚出了大门，扣好大门，叫了两部双人三轮。看着余所亚大力士式的手撑着两张小板凳上了车，李桦把他安排妥当，自己也坐好。景煌和序子同坐一部，一齐向外滩方向南京路进发。

到了大新公司大门口，序子抢先林景煌付了车钱，那部车不管他哪个付。十点未到，差不多早二十分钟，都在铁闸边等。等的人多，有公司上班的，有参观展览的。有送花篮的，轰里轰隆。认识李桦、余所亚的都挤过来握手，稍远挤不进的就扬声打招呼，笑。林景煌、序子两个人也跟着咧开嘴巴，让外人知道他们也是一路的。

大门楣上挂着的红底大白字非常抢眼："中华全国木刻协会春季大展"。

序子挺起胸脯，满肚子壮怀激烈，感觉到"我"背后还有个"我们"。

老远看到了麦杆家见到的人，王琦高人一个头，那边陈烟桥、野夫都矮，丁正献高一点，汪刃锋高一点，可阳高一点，余白墅高一点，王树艺算不得高，铁耕高，李桦当然矮。余所亚谈不上高矮，让王琦看见了，挤过来扶他。赵延年高矮跟序子差不多，或者高一点也说不定。

铁闸门拉开了，众人浪潮般拥进。几个人站成一圈保护余所亚，人走得差不多，陪着余所亚撑着两张小板凳往前走，直到他灵巧地上了自动电梯，又灵巧地到了二楼。

序子一辈子头回见到这自动电梯，佩服为众人设想的心思好到这种程度，世界上助产医院多生几个爱迪生之类的人物出来多好！

（几十年过去了，想不起当时有没有人致开幕辞，要有，不是李桦便是野夫、陈烟桥。）

花篮多。什么会，什么俱乐部，什么公司都有。不明白木刻协会认识这么多闲杂无关团伙干什么？从楼下一直排到二楼，注意了一下，那个大花篮原来是中山先生夫人宋庆龄送的，再仔细一看，作家，电影演员，诗人，还有廖仲恺夫人何香凝，还有苏联《时代日报》社长罗果夫，……嗬！嗬！嗬！原来如此！后台来头不小呀……

整个那么大的会场能让人挤满，真不容易。

序子这才把一幅一幅的木刻从头看起。有熟名字，有生名字，有前几

等大新公司開門

中華全國木刻協會春季大展

大门楣上挂着的红底大白字非常抢眼：『中华全国木刻协会春季大展』。

序子挺起胸脯，满肚子壮怀激烈，感觉到『我』背后还有个『我们』。

天见过的，有至今没有见过的。可惜，听说朱鸣冈、荒烟、黄荣灿住在台湾，没能及时赶回来。新波、迪支、纳维，广东帮木刻历历在目，好！嗳？林景煌到哪里去了？说时迟，那时快，老远看见了章西厓。"你怎么赶回来了？"

"自己的会，怎么不赶回来？选了你几幅？"西厓问。

"还没看到！"说谎！自己亲手装的框；对老朋友不一定有意说谎，得意过头，慌乱了神韵。想补救："昨天布置会场的时候，听到有人说是五幅，没弄清！"

"五幅？那么多，真恭喜你！"

于是跟着西厓一路路看下去。西厓是三幅，看了。西厓说："你看，就三幅。不是没时间，是懒，不像你。"

序子听西厓说老实话，心里在抵抗，在抵触，不太有勇气听。假装无所谓，其实有所谓……

"我其实大不了你几岁，你寄到南平那么多木刻虽然技法上不少可以商量的地方，每打开一次信封我就震动一次，你的勤奋真让我害怕。大家都晓得，人的聪明是天给的，不晓得人的勤奋也是天给的。"西厓说，"区别只是，有人为了革命，有人为了艺术，前赴后继。"

两人边说边走，西厓问："你怎么了？"

"我身体有点撑不开！"序子说。

"'撑不开'是什么意思？"西厓问。

"我也不清楚，要清楚，我不就撑得开了？"序子说。

"那总得感觉到有点什么苗头，比如说身体哪里不舒服？没吃饱饭？某人某句话伤了你？半路上失落了东西？……你是个强人，不该虚弱……"西厓说。

序子指了指那五张东西："昨天布置的时候还为它们——不，为自己开心，今早晨看见它们，怕了！"序子说。

"哈哈，我懂了！你昨天在谈恋爱，开心，今天轮到大家闹你新房。你烦！……是不是？你说，是不是？实际上仍然是变了形的开心的延续。——我杭州一个诗人朋友，出了本诗集，发过几天比你厉害的狂。"西厓说，"你说你是不是这毛病？"

序子不声不响地往前走！

"……不一定这算个毛病……"

李桦先生带着个五十左右、头发光得差不多的大头额中年人家走过来，叫住序子："找你，张序子，这是楼适夷先生，喜欢你的木刻，和你谈谈。"转身跟西厓打招呼，一齐走了。

"你刚到上海啊！"楼先生不是问，是告诉序子他已经知道他到了上海。

"是的。"序子诚心诚意地回答。

"我喜欢你的木刻。"楼先生说。

"谢谢楼先生。"序子回答。

"你来上海，住在哪里啊？"楼先生问。

"跟一个老朋友住在虹口。"序子答。

"行吗？"楼先生问。

"还行。"序子回答。

"能刻木刻吗？"楼先生问。

"过一些日子会能。——楼先生，我读过你翻译的高尔基的《人间》，我读过多少翻译的书，我觉得你翻译的这本书最能让人看得懂，最亲切。比如，两个街坊妇女在街坊讲闲话：'我最欢喜在街上看人打相打。'

"像真在街上听人讲话一样，最记得久。"

"呵呵呵！你记性怎么这么好？你真有心。我记得是翻译过这段话的，你不提我哪能想得起来。你对我那不像样的翻译居然熟得'信口开河'，真多谢你这个深情读者。你看，你看，我们在互相捧场了。我是真的喜欢你的木刻在前，你捧我的翻译在后……哈！哈！哈！"楼先生一下子活起来，对过来的几个人介绍，"他就是张序子。这位是叶水夫、陈冰夷、戈宝权……我们《时代日报》的同事。"又兴奋地介绍，"你们来晚了，他在背我翻译的《人间》街坊妇女的对话。奇人一个。"

大家也说："难得见适夷这么开怀！"又对序子说，"有空到《时代日报》

玩。"

经此一搅,序子神智渐渐回返。他什么问题都没有,只是兴奋过了头,像醉鬼喝了酒一样。何况张序子从来不喝酒。

老远,余所亚身边围了一圈人,见序子走近,便指着序子向大家嚷:"呐,呐,他就是张序子!"

原来是漫画界的爷叔老大哥们。序子上前致敬意。

张正宇、丁聪、张文元、黄苗子、郁风、米谷、沈国衡……

"张序子,《清明》杂志上你那张《信丰街市》木刻还是我发的稿。"

"啊?谢谢。"序子说。

苗子说:"你表叔那篇文章我们看过了,真感人。你现在住上海哪里?留个通信处给我们好不好?"

序子写下地址在他的小本子上。

"我们在南京工作,欢迎你来玩!"郁风说。

序子多谢,说:"好!"

漫画界这帮人比木刻界这帮人活泼。大概画漫画的人经常将时事作比,向名人开涮,心思比较滑稽,认识世界角度不同的原故。三个画漫画的老熟人张乐平、陆志庠、叶冈没来。刚认识的叶苗也没来,可惜。

好多老人家都怕开幕人挤,该是过两天才来得了。叶圣陶先生,周建人先生,巴金先生,李健吾先生,郑振铎先生,臧克家先生,胡风先生……都会来的。不过他们害怕自己在会场变成展览品。

热情观众看见这些老前辈,免不了追上前来问这问那,要求签名,把他们围在当中,不得脱身。展览会因此总难得看好。这也是没办法解决的事。

六点半闭馆,好多看样子是下班赶来参观的人被挤在闸子外头,好不惆怅!

西厓、景煌和序子三个人站在公司门口。

西厓还带着口大皮箱和一个大挂包。

景煌说:"不见那两个狗蛋,可能今天就根本没有来。"

"谁呀?"西厓问。

"两位年轻编辑朋友。"景煌说。

"先解决吃饭问题再回虹口。"序子说。

"不，我要去找朋友弄个睡觉地方，离这里近，方便，你们走。明天这里见。"西厓叫了部三轮，走了。

景煌想了一想："不如我们去看巴先生吧！他门口附近有家'红房子'西餐馆，听说还是他四川老家的一个老管家开的。我们吃完饭，再拖一拖时间，等巴先生他们家吃完饭再去，你看怎样？"

序子说："这样好，免得大家慌乱尴尬，还以为我们是赶去混饭的。""这你倒想多了，他们家饭桌上是很少不来客人的。"景煌说。

两个人叫了部双人三轮走了。

在车上，序子告诉景煌："我最怕过这种马路。我前段时候心里想，要是有种专过马路的车，我也愿搭。"

"现在呢？"景煌问。

"心稍微宽余了点，真要一个人还是有点提心吊胆。"序子说。

"我初到上海心里也有点怕，倒是没有你怕得这么要紧。"景煌说。

来到"红房子"，上了二楼，两个人选了张靠街的小桌子面对面坐下。序子盯住面前的东西，左边叉，右边刀子和大小长把调羹。一块叠好的白餐巾。桌子上还铺着桃花格子布，桌中间摆了瓶让人以为是花的东西——仔细一看，原来还真的是花。

来了个白帽白袍面带微笑的侍者给我们两份菜单。

林景煌说："让我们看看再说。"

那人走了。

"简单点，我们来牛排和奶油汤套餐吧？"景煌说。

序子说好。

侍者拿来一个装着切好的面包的浅竹篮和两小碟黄油。

序子瞪眼问景煌："你叫了吗？"

"不要钱的。"景煌说。

序子笑。

"你笑什么?"

序子轻轻转告他《笑林》里那个面汤不要钱的故事。

吃完牛排喝完汤,黄油面包也一扫而空。

侍者送来两小包白糖,一小杯牛奶,端来两杯隆重的咖啡。像乡下人讲的,"这杯洋药"还真没喝出个味来!

二元四角。序子请客。

序子近来感觉自己越来越有点把请客不当回事的意思;不过这狗日的林景煌还真的不把序子请客当回事,好像老子承受儿子孝敬那样潇洒自如。

巴先生家是个花园洋房。

二楼楼梯口附近有张茶桌子。上楼栏杆背贴着张双人沙发,窗口一张厚重摇椅,垫着些绒布或毛毡子,巴先生就坐在那里。桌子这边两三张高腰木桌椅。伸延过去都是书柜和玻璃窗子。(几十年留下梦似的印象。)

他们一家没有吃饭的影子。亮堂堂灯光照着。

"这是巴先生,这是巴师母,这是乖妹小林,这是张序子。"景煌介绍。

"啊!你坐。你那边住得还可以吧?"巴先生问。

"跟景煌兄一起,很好。"序子回答。

"你到过泉州?"巴先生问。

"我在闽南长大的。厦门、同安、泉州、南安、德化、安溪……"

景煌插嘴:"闽南,他比我还熟。"

"你在那里做什么?"巴先生问。

"先是读书,书总读不好,后是流浪。做磁工,演剧队美工,小学、中学教员,文化馆美工……"序子说。

"那木刻?"巴先生问。

"民国二十七那年,一位朱先生,在学校帮我学的,他自己不会。"序子说。

"我看你这个木刻家很神气!"巴师母说。

林景煌说:"对!对!对!是我们几个人前两天帮他打扮的。在虹口西装店买的全套西装。为了今天参加全国木刻展览会开幕。"

"怪不得！怪不得！不过，一个人打不打扮并不重要。这次你有作品参加展览吗？"师母问。

"有，有，有，他一个人五张作品。"林景煌说，"大家还说希望巴先生去咧！"

"人多，走进去很麻烦。"巴先生说。

"我陪你一起去！"巴师母说。

"那就更麻烦！"巴先生说完，大家笑了，巴先生也笑。

"我清楚你不会去的。人多真是个问题。"师母说。

景煌问："看样子你们还没有吃饭。"

"吃过了！"师母说，"提前随便吃了点东西，带小林去看《白雪公主》。"

林景煌说："你看多好笑？上你们家之前我两个先在'红房子'吃西餐，慢吞吞喝了咖啡才过来。怕打扰你们吃晚饭。"

"哎呀！早晓得，我们一起去'红房子'了，要不然多好！你看。"巴师母说。

告辞巴家，转了好几趟车才回到虹口。那几个人也没会面。不知道上哪儿去了！

记得展览会所有作品是可以订购的。订一张，在作品右下角贴一张红纸条。有时候同一作品贴四五张红纸条。

一个问题至今想不起来，作品是如何定价的？根据什么标准？比如说：根据作者资格老嫩？根据作品大小尺寸？根据作品艺术水平高低？（这问题最容易引起不必要、不应有的争论。）根据老前辈集体评判？（谁是老前辈？早多少年？早多少个月？早见过鲁迅？晚见过鲁迅？或从未见过鲁迅……）根据作品粗细及花费时间、力气？

序子没听过这类研究和讨论。

（几十年过去了，只记得展览作品订购得很热烈。）

序子五幅作品被贴了不少红条子。自己努力克制面部表情。你帮序子想想吧！一辈子头一次卖出作品……

苏联领事馆买走了那张大家伙，英国文化委员会来了两个洋人和一个中国翻译，订了不少，还说希望以后互相找找。找什么？序子心想当年英文考试没过二十分。

自从昨天全国木刻展开幕报上发了消息，很多序子几年前、十几年前的老熟人只要住在上海，都会一路嗅过来。有朱雀小学老同学李大宾、沙翰蕃；集美的陈庆祥、沈延奎、刘观祥，赣州的高士骧、董振丕（知道他现在回到奉化，他能来吗？）……

沙翰蕃（又名沙双麟）头一个朱雀人来，不是一个人来而是来了一群。大夏大学同学。还有女的，女的是他"女朋友"。"女朋友"的哥哥也是同学（都穿着西装）。记得双麟朱雀家里原是给他"订"了的，说好毕业就拜堂。上海这个文明社会不好直接问，以后再说。今天人家是好意前来参加盛会。握完手，他们看展览去了。临走双麟说："星期天，来大夏玩，先写信，我等你。"双麟从小老实，脸皮青青的，现在看起来还是青。他爸沙和萱，回族人，是爸爸老同学，也是好朋友。

人越来越多。叶冈进门，一眼就看见序子说："昨天人多，我故意今天来。"陈钦源之外还有几个人："那！杨重野，杨……"

序子叫起来："咦？你，卓之！你怎么也在上海，没想到，叶斌呢？她来了吗？……"

叶冈继续介绍："黄裳，作家；古巴，孙浩然，漫画家，戏剧家，名字多，牌子硬，行当也多；你见到聋膨吗？没人带，来不了。乐平这场合不会来的。等我有空，专门带聋膨来。嘉树在赶稿，她要我向你贺喜！"

"谢谢！谢谢！你们看吧！我不陪了。"序子抬了抬手。

黄裳远远跟在热烈讨论的后面，自管自地看着，像一起来的"别人"。

然后是由王琦、丁正献陪着进来一大批上海的美术家，看样子来头不小，里头一定有爸爸的老同学和熟人，要是不死，一定也夹在里头来看展览。这些人大多有扬声抬头讲话的习惯，登时把会场渲染得热闹起来。很多熟悉画家的观众乘势紧紧跟在后面捡拾画家高明见解；更多的是好奇。不少画家的头发和胡子长得很长。

在同济大学念二年级的李大宾来了。他告诉序子,下星期六马寅初先生到学校演讲,他有票,问序子去不去。序子说去。李大宾住朱雀兵房衖子,他哥李大任(序子小时候跟他讲过话)。大宾跟序子小时候相当于拜把兄弟。他家底子厚,他爹没受到"老王"垮台影响,所以现在大宾能上大学。

接着来的是集美那拨人,高十三的沈延奎,四十八组的陈庆祥、刘观祥。沈延奎在大夏,陈庆祥在暨大,刘观祥在复旦。

沈延奎就是称赞序子是天才、用鼻子闻画的那个人。

陈庆祥是在序子病床边拉小提琴那个人。

刘观祥人长得漂亮,脾气温和,可惜双手生满疥疮。那时闽南人称长得漂亮的小男人作"豆腐干"(就好像现在流行称漂亮小男人作"小鲜肉"一样)。长了疥疮的漂亮小男人就叫作"臭豆腐干"。刘观祥那时从不跟人计较纠缠,他用功读书,先生同学对他都好。今天他长大了,神风倜傥,疥疮早不见影子,除了张序子,谁还想得起"臭豆腐干"这码子事?

木刻展览会末一天,大家都没有走,帮着收拾画框子,十件十件垫着报纸捆在一起,帮着搬上卡车,又回头转来清理墙上和地面的杂物,把场面弄得干干净净。序子当时没注意是谁在打点拿主意的,觉得这种做法很好,很从容自然,像在家里过日子一样。

(上节写展览会提到的陈铁耕,是李志耕之误。)

有人说,大家不要散,到法租界(那时还习惯这么叫)一家俄国西餐馆吃俄国大餐,AA制。有的人有事先走了,还剩下约莫三十多个。好像记得就那么走着去的,相当相当的远。到了一看,原来是间大弄堂房子,也没有想象中西餐馆讲究的排场,像一条深深的涵洞。桌子没铺桌布,应有的刀叉食具倒是齐全的。大概诃田跟老板熟,菜牌子和点菜手续都省了,一律"全餐",每位八角。

计有:

开味小头盘。咸橄榄或甜酸黄瓜片。

罗宋红菜汤。

大面包两片(黄油一小碟)。

炖牛肉饭,或鸡腿饭,或猪脚饭,或猪肠饭,任选。

咖啡或茶。

口味、分量和仪式的单纯,价钱的公道,都让大家对饭馆产生敬仰。吃完之后由诃田弄来个纸盒子沿着桌子向大家收钱。说好秋季展览之后还上这儿来。李桦、烟桥和野夫三位头头也都说这样的饭馆真难得,好得有点违反常规。

序子遗憾这铺子离虹口实在太远了点。要不然一天一顿八毛的饭钱还是出得起的。解决了大问题。

到同济大学找李大宾。走好多路，幸好脚上这双皮鞋真经得住。听了马寅初老人家的演讲，座位坐满了，反倒在讲台右脚边上找到两个不是椅子的坐处。

马先生讲的是美国资本主义制度经济的必然沦落，产生恶性循环。现代化的耕作方式，现代化的饲养方式，丰收出现供销的不平衡，农产品过剩，牛奶倒进海里……

听完演讲，大宾介绍几个同学认识，一起去吃午饭，吃完午饭坐在树荫底下聊天。他们知道序子是木刻协会的，讲到过几天上海将有个"反饥饿、反内战、反迫害"大游行。序子问大宾："我在江西画了一卷三十米长、四十厘米宽的土布反对美帝的漫画，用不用得上？"

"太好了，借给我们！"

序子又说："这卷布漫画拉出来只是壮个声势，它远远看不清，实际不如传单好，直接送到老百姓手中。我回去向几位木刻前辈打听打听，这两天能不能找几个木刻家刻一些配合大游行的木刻，印成传单，到时候散发？"

几个人都说："你们木刻协会这几天要是能刻出几张木刻来，我们几天工夫就把它变成十万张！到时候外滩、南京路就热闹了。"

序子说："到时候，希望让我参加你们的游行队伍。"

"当然欢迎！"又说，"你看，今天是礼拜四，下礼拜四做不做得出来？"

序子说："眼前我还不敢说，要真动手，可能要不了这么多时间。……那我就告辞了。"

"我下礼拜二到你家去听消息。"大宾说。

回到城里，序子马上到狄思威路九〇四弄五号向李桦报告。他和余所亚正在吃饭，见序子到来便叫女佣金凤添了碗筷。

马寅初先生在周榭大学演讲

马先生讲的是美国资本主义制度经济的必然沦落,产生恶性循环。

余所亚对序子说:"你运气好,马上参加打仗了!"

李桦告诉序子:"你吃完饭就回去休息,明天上午不要来,我一早就去找野夫、烟桥商量。你中午吃过饭早一点来,不要忘记带木刻刀和板子,三十二开就行了。可能还会来不少人,办这事情越快越好,你说是不是?"

回到住处,几个人正剥花生瓜子,序子就介绍今天到同济去看了老同学李大宾,听了马寅初先生的报告。

阿湛是个万事通,世界上姓马的他几乎都认识,说得有头有尾:"唉,唉!马寅初我在郑振铎先生家见过。大经济学家,美国留学,耶鲁、哥伦比亚都念过。研究人口学的大专家,我们隔壁嵊县人,他家是卖酒的。为了想外出读书,跟他爹狠狠干了一架,气得跳河,差点淹死。好玩的是他有七个子女,两个老婆,却是提倡节制生育的权威。是我们那位蒋委员长的死对头。吓不怕、关不死的大人物。"

韦芜说:"说起来也怪,同是肉身,有的胆大,有的胆小,有的高风亮节,有的奴颜婢膝。"

序子提壶灌满水,顺手蹾在电炉上。

"水够了,两把热水壶,怕还喝不完。"阿湛说。

"洗脚。"脱下皮鞋和袜子,"你看,一边两个泡!"序子说。

"娇嫩!"韦芜说。

"嗳!嗳,老夫一辈子山南海北,同济跟虹口来回顶多三五十里,算得了什么?是我这对新鞋磨的。"序子说。

"新鞋和人有点像夫妻关系,要忍得住起泡,当然离婚的不幸是有的,都怪你原先弄错了鞋号,或者是试穿的时候大意粗心。"林景煌说。

"要是鞋铺有个试穿期就好了。"韦芜说。

"你实际上是想说人应该有个试婚期。"田青说。

"你才见鬼咧!看你那副样子就是你爹妈试婚期生出来的!"韦芜说。

序子烧热了水,端了个脚盆放在床边,调匀水温,泡起脚来,一边听众口纷纭。该笑的跟大家一齐笑,不该笑的不笑。渐渐地水凉了,抽起双脚擦干。林景煌过来:"刚洗完,别凉了脚,这水我倒了罢!"

序子扯了被单角盖住脚,坐着坐着就躺下了……

第二天大清早,屋里剩下序子一个人。菜市场买了四个烧饼,两个吃了,两个留做午饭,坐在桌子边上构想传单稿子。一要意思直接,二要画面夺目,于是就在板子上动起手来。准备了两张,一张叫《消灭打手》,一张跟着一首骂国民党的歌谣的题目叫《你这个坏东西》。

心想,多少年来跟反动派打仗,画画、写文章隔好几层关口。这下子拿木刻面对面,像刺刀、像子弹、像投枪、像手榴弹,直接跟反动派见面,好昂扬,好威风!

到了中午,《消灭打手》已刻好半张。一点钟到狄思威路李桦家,两个人又在吃午饭,见序子进门,忙叫金凤添碗筷,序子说自己带了午饭,陪着把烧饼吃了。

饭后把稿子给两位看,都笑着说好,序子跟着开心。眼看大家没来,就着饭桌刻起剩下的那半张《消灭打手》。两点钟左右,麦杆第一个赶来,见序子快刻完第一张,拍拍肩膀说:"我快,没想到你比我还快!"

不久,赵延年、西厓、余白墅和刃锋都来了。

李桦讲:"昨天我找烟桥、野夫讲了,都很兴奋,说人不宜太多,以免张扬,也要快,要严格保密,注意安全。"

"我认为这是一个干通宵的工作,半夜三更还亮着灯会引起特务的注意,这扇大玻璃窗应该用军毯子钉起来。"刃锋说。

"有道理,李桦你一定有国民党灰军毯,拿出来用用。钉子垫了纸不会坏的。"麦杆说。

李桦果然有军毯,西厓、刃锋、麦杆三两下子就钉好了。除序子的稿子刚才大家看过之外,其余的人都亮出自己的稿子。大家都清楚西厓的东西细而慢,没想到他的题目也是那么明快——《拿饭来吃》。

李桦严肃地说:"这工作大家头脑要清楚,今晚上特务如果上门搜查,各人都要有个准备,要是审问起来,说什么好?大家仔细想想……"

"可以说我们想开个救济难民的展览义卖会。"麦杆说。

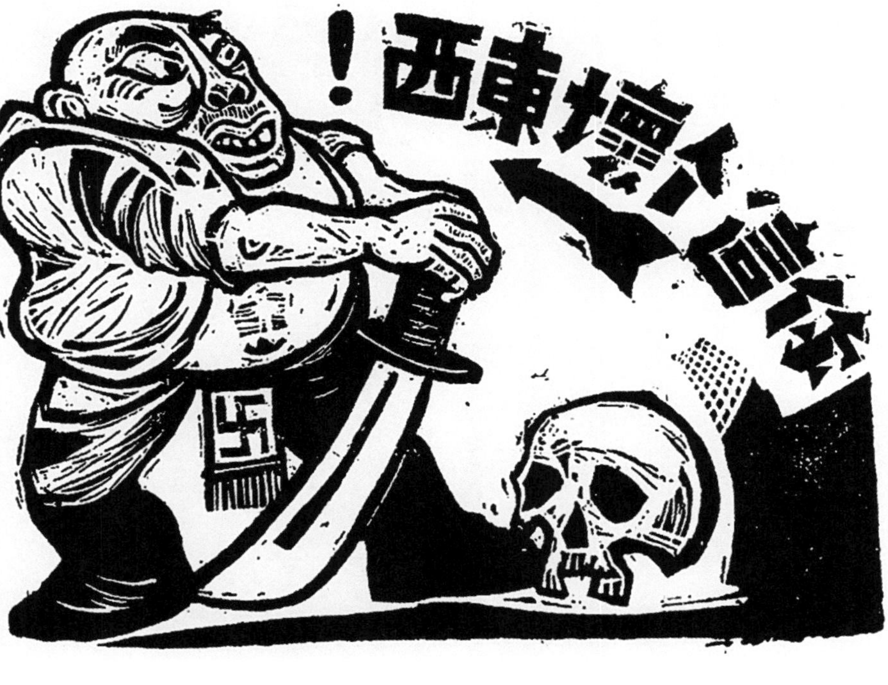
你這個壞東西！

多少年来跟反动派打仗,画画、写文章隔好几层关口。这下子拿木刻面对面,像刺刀、像子弹、像投枪、像手榴弹,直接跟反动派见面,好昂扬,好威风!

消滅打手

饭后把稿子给两位看,都笑着说好,序子跟着开心。眼看大家没来,就着饭桌刻起剩下的那半张《消灭打手》。

"开玩笑！上海这些日子到处讨饭的乞丐，好多都是苏北解放区逃亡过来的地主富农，怎么可以当他们是等待救济的难民？我们为他们开神圣的夜车？"刃锋不高兴。

"这不就对了嘛！我们一口咬定半夜辛辛苦苦帮助上海市长吴国桢解决困难，他们还有什么话说？还不多谢我们？"麦秆说。

刃锋开始微笑点头。

"还有什么要补充的？"李桦问。

"那可是要坚决一点，绝对不能到时候变节。"赵延年说。

几个人曲起手臂碰在一起，连坐在床边的余所亚也曲起手臂。

"坚决！"

"坚决！"

（事隔七十二年，当时的情景好真诚，好幼稚！有没有共产党员在内我不太清楚。李桦不像，西厓不像，汪刃锋不像，赵延年不像，余所亚不像，我不是，就差个王麦秆，不大清楚是不是？我看当时的王麦秆也不太像是，虽然他参加过新四军。后来知道他也不是。

如果当年其中有共产党，他就会帮助我们把事情弄得正常些。

不过，我觉得这样也好，自自然然，天真无邪！

多少年后，有位党员同志开我们玩笑说，你们当年如果窗户不钉毯子，或许特务不会注意；钉了毯子，我若是特务，见了，非抓你们不可！）

天亮了，木刻刻完了，各自出钱买了豆浆油条回来，吃完再见。合计：

李桦一张，赵延年一张，汪刃锋一张，麦秆两张，张序子两张，西厓一张，一共八张，到中午可阳又送来一张，一共是九张。

今天是礼拜二，李大宾带了两位同学来探消息，没想到木刻完工，介绍李桦和余所亚跟他认识，兴奋地抱着木刻板走了。

五月四日，"反饥饿、反内战、反迫害"大游行开始。序子一早搭公共汽车到外白渡桥外滩这头下车，沿路步行到汇丰银行左边大狮子石阶上坐着，人来得千千万万，还有骑马的巡逻队盾牌兵、黑色喷水的水龙头车、响的大小警车、囚车……

上海各大学，江苏和浙江各大学、专校……打着横幅长长的标志牌，横幅大标语，"反饥饿！反内战！反迫害！""打倒美帝侵略者"等横批，大队伍隔不多远有个大喇叭，随时领导人群喊口号，唱歌。同济大学正举着那三十米长的反对美帝布漫画，序子便挤了过去，见到李大宾和其他几个熟人，他们正散发着木刻，一张一张交给拥挤的叫喊的市民们。好笑的是外国公司铁栅门上爬满看热闹的外国人，还有美国大兵，都跟着游行队伍高唱《团结就是力量》那首歌，以为是原来的《耶稣的圣歌》，不清楚其中部分内容是诅咒他们，为他们预备的。

序子还真没见过这么热闹的场合。

几万学生和看热闹的市民一下子都挤到这黄浦滩来，叫口号，贴标语，散传单，唱歌。

黄浦江上停着中外大小轮船，像闹新房一样地跟着起哄，大小粗细嗓门的汽笛乘兴拉响起来，哪个也制止不了。

队伍走得慷慨激昂，阵势雄壮，旌旗飘扬。口号和歌声响彻云霄。

"剥开四大家族画皮！"

"废除一党独裁！"

"党、团滚出学校！"

"取消特务政治！"

"反对内战！""反对饥饿！""反对迫害！"

"拿饭来吃！"

……

这时候，马队冲过来了，只往人多处来回凶猛践踏，挥动马棒四处乱斫。高压水龙头直对学生队伍扫射，学生们手牵着手愤怒呼叫，倒下又站起来，扶起受伤的同伴，紧跟着大队伍的脚步。

序子运气好，只让水龙头末梢扫了一下，滑倒地上，差点让马蹄踩着，爬起来闪到华懋饭店花坛市民那边。

特务多次想冲散队伍抓人，学生们以拳头抵抗，遗憾的都是徒手，要不然完全有可能狠狠地还击一番。

坚决！坚决

几个人曲起手臂碰在一起,连坐在床边的余所亚也曲起手臂。

『坚决!』
『坚决!』

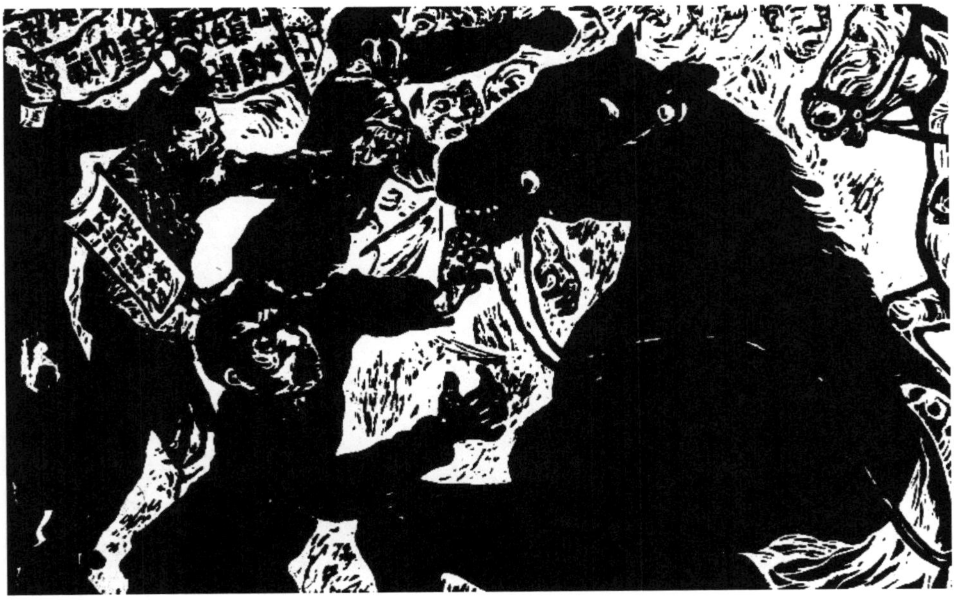

人来得千千万万、还有骑马的巡逻队盾牌兵、黑色喷水的水龙头车、响的大小警车、囚车……

序子回到住处，脱下变了形的衣服用电炉烘烤。林景煌带回三个浙大同学，都是外滩参加游行的，交流了些经历，感受差不多。得意的是给国民党点颜色看。学生游行，代表全国老百姓的政治成色，不是好惹的。

林景煌上市场买回好多生煎馒头，大家就着茶水吃了。原来都是闽南老乡，怪不得讲起普通话来疙里疙瘩。说着说着告辞走了，要赶当晚火车回杭州。

第二天一大早去了狄思威路九〇四弄李桦家，讲了昨天外滩的热闹事。余所亚问序子怎么夹进去的？

"就是同济大学李大宾他们那个队伍，我在汇丰银行门口，他们向我招手，我也看见他们。"

"死人没有？"余所亚问。

"有伤的，有被抓走的，我让水尾巴扫了一下，摔在地上爬起来跑到华懋那边跟市民挤在一起。"序子说。

"挨打了吗？"余所亚问。

"伤了哪里？"李桦问。

"脚踝是自己摔的。木刻都散发了。我那卷布漫画拉在队伍里头不显眼，我也早说过。算是凑个热闹。"序子说。

"什么漫画？"余所亚问。

"我在江西时用窄土布画的反美漫画，三十米长。"序子说。

"没听你说过。"余所亚说。

"来到上海，就只讲木刻了。过些日子等同济退还的时候，拿来请你指教。"序子说。

"张序子，你听我说，画是自己苦心创作的，不要动不动就请人指教。你怎么晓得他有没有本事指教你？我最不赞成人所谓的'虚怀若谷'，什么屁话都听，装一肚子没用垃圾。

"你要有自信，又要实实在在听高明人的意见。犯不着跟讲空话不做实事的人来往。

"在上海滩，自己管自己要严。过日子不容易，既要浪漫派，又要写实派，缺一不可。"

"你少听他东拉西扯！"李桦说。

"我听得懂重要的意思。"序子说。

院子外墙长满"十里香"（也即是上千朵粉红色的小蔷薇），隔壁或是再隔几家的隔壁住的几个五六岁、七八岁的小姑娘偷偷在墙外摘它。长满刺，已经很小心了。李桦轻开小铁门"哈"了一声，吓得几个小姑娘大哭起来，刚摘下的小花撒在脚边。

李桦反而一下子不知如何是好。序子连忙从屋里取出把剪刀递给老头，要他认真剪些花给她们。序子帮着取废报纸把花束一包包包好，温言温语哄着孩子走了。

李桦摇着头回来坐在椅子上，居然满头汗："你看我这人！唉！把她们惹哭了！"

余所亚大声嚷："神圣的'所有权'！万岁！"

李桦点头，皱眉苦笑。

麦杆和西厓来了。

"没想到你在这里，太好了，上海美术家作家协会有封参加聚会的邀请信给你，我还不知道往哪里送，到时候你去就是。"麦杆从提包取出个信封给序子。

所亚和李桦也都收到请帖，说到时候狄思威路庞薰琹家见。

"为什么上头写了美术家还有作家两个字？"序子问。

"那就是说还有作家。"所亚说。

"有吗？"西厓问。

"没有。前几回见到的都是美术家，一个作家都没有。"李桦说。

"说不定以后会有。"序子说。

"没有多少'以后'，庞薰琹那房子是朋友的朋友借他住的，是等人来买的房子，一卖就得搬。庞薰琹哪能有那么多钱买这么大的花园洋房？"余所亚说，"就在我们这一条路上，起码有两三站汽车。"

墙上爬满十里香

院子外墙长满『十里香』（也即是上千朵粉红色的小蔷薇），隔壁或是再隔几家的隔壁住的几个五六岁、七八岁的小姑娘偷偷在墙外摘它。

"庞薰琹家既然手头不太方便，美术家作家协会回回聚餐那笔巨款谁出？"西厓问。

"你担心做什么？自然有人出。起码不会是张道藩出。"麦杆说。

"这么说起来，张道藩那方面的人大概不会去。"序子说。

"张道藩眼前能有多少'方面'？"余所亚说。

"你看，刘海粟先生来不来？"序子问。

"不是他来不来，是我们要不要他来。"余所亚说。

"他当然不会来，不过他的同事、朋友和往年学生倒是来了不少。"麦杆说。

"延安还有他的学生咧！"余所亚说。

说着说着已经到了中午，所亚说："吃中饭时候了，你们走罢！我们请不起那么多人。"

余所亚不那么说，三个人也原是要走的；说了，走得快点就是。

顺路看看汪刃锋。

他一个人住在当街日本式房子三层楼上，在上海有本事弄层日本式房子住并不简单。三个人上楼进了房见他正在生气。他养的母猫把刚生的四只小猫吃了一只。

序子有这个常识，告诉他："不够奶。吃一只补充营养好喂其他三只。既然养了它，就要按时多给点东西吃。不然好造孽。"

刃锋说他没空买鱼。

"哎呀！猫饿了，给什么都吃。"序子说。

四个人下楼在小馆子各人吃了碗阳春面，麦杆请的客，还说："我爸爸收来一部日本美术全集，要不要一起去看看，反正下午大家都没有事。"

（他爸是做搜罗旧货生意的，在另一地方有块大摊子。）

到了麦杆家，进门见到麦杆大嫂板起面孔抱着小女娃（十分遗憾，真对不住。七十多年，把这么好的大嫂名字忘了！）："怎么啦？怎么啦？带这么些人进屋做什么？"

麦杆脱了帽子换了鞋，放下挂包，接下递过来的小女孩抱着。序子听麦大嫂那口气，有点惊心。其他两个咧开嘴巴装着笑脸根本不当一回事。

厨房响动了一会，麦大嫂提来一个大宜兴壶，五个茶杯！

"喝吧！算你们命好，今天大清早送来的余姚子午绿茶，自己闻闻！"

众口一声："好，好，是真好，怪不得今天麦大嫂这么高兴！"

"是呀！是呀！看到你们这帮小赤佬来家里混饭，不高兴都不行！"麦大嫂从麦杆手里接过孩子，摇着晃着说。

"你看，要不是认识王麦杆，哪能有福气吃到大嫂做的饭菜？"刃锋说。

"所以我对麦杆说过，我们两个前辈子一定都是喂猪的。"麦大嫂说。

绝对想象不到这时刻又进来一个余白墅。麦大嫂几几乎口号式地大声喊起来："天啦！又一个猪八戒下凡了！"

"什么什么呀？我是来送喜帖的。"余白墅要结婚了，特别亲自送上邀请二位兄嫂参加婚礼的请帖。大嫂顺手把女儿交给刃锋抱着，连忙去添茶杯倒茶给白墅，嘴里连说："对不起，错怪，请原谅！"

既然自己忙着到处亲自送请帖，就犯不着留下混饭的嫌疑，很快地走了。

"你们看看人家！"大嫂指着白墅背影。

西厓问："你的意思是要我们向你送请帖？"

"是又怎么样？你们有这个能耐吗？"

麦杆大嫂狠固狠，饭还是做给大家吃的。又是青椒炒牛肉片，又是红焖鱼，又是麻婆豆腐，又是炒菠菜，又是三鲜汤，只是最后留了句狠话："吃完了大家洗碗！"

（我留在上海的时间不长，只一年多点时间。记得中华全国木刻协会在上海的重要活动就三个地点：有事联络在大名路木刻协会找可阳和邵克萍，开会在麦杆家，展览会在大新公司。我离开上海之后直到解放，听说还是这个程序。

麦杆当年在上海木刻界挑的这副重担子最是让人难忘。他的家众人从不把它当作他的家，只习惯认为是木刻协会的会场。在那里开心，在那里争吵，讨论重要的事务，搞选举，分配职务。情感丰润至极，真诚至极。

养着你们这帮中小来佬！

到了麦杆家,进门见到麦杆大嫂板起面孔抱着小女娃:「怎么啦?怎么啦?带这么些人进屋做什么?」

他自己在那时候刻了那么多动人的作品，直到引起很大影响的那幅《放回来的爸爸》，我当时已经在香港了。

解放后原本在上海过得好好的，工作和生活基础稳稳当当，忽然听说他带了一帮年轻美术家们到了天津。后来不知怎的又腾云驾雾地到了贵州。出过什么事？肃反？反右？"文革"？最后落实的倒霉地点又回到天津。

照他的性情，他的为人，他的艺术取向的专一，不该是这么动荡的行迹，听说最后连木刻也放弃了。几几乎是自我干涸。为什么啊？老兄。

七十多年前有一次在他家介绍他的战友屠岸同志和我认识，当时我正在读他翻译的惠特曼的诗。一生就见那么一面。多少年来我一直在打听麦秆兄稍微准确一点的历史遗痕，都老的老，糊涂的糊涂，死的死，无从着手了，忽然想到还活着的屠岸在北京城，便研究他在哪里工作，如何找得到他，向他打听，为何这个世界竟然把麦秆这个好人忘了？问到人民文学出版社的应红，她说："屠岸就是我们人民文学出版社的人。"问她："怎么跟屠岸联系？"她说："刚刚去世。"

古人用呼天抢地、捶胸顿足来形容绝望，在我，那八个字怎么够用？)

麦秆家里出来，序子跟西厓一道走。西厓说，有个姓张的做生意的朋友祖辈跟龙华寺有关系，想弄个"龙华乐苑"搞些节目玩玩，他认识的人多，戏剧界、电影界、新闻界都有熟人，想要西厓帮他张罗些美术方面的事，问序子愿不愿参加一份。

序子这方面事谈不上懂："你想好主意，我照着做是可以的。要我单独拿主意怕难，也容易耽误人家好意。"

西厓点头说是："这是规划工作，你插不上手。不过我替他们邀请你做个顾问，见什么出点主意是可以的罢？"

"和你做伴的意思，我当然愿意。"序子说。

"那么我们去见见他们好不好？"西厓问。

"几时？"序子问。

"现在。"西厓说。

"都吃过晚饭了，太晚了吧？"序子说。

"在上海，夜生活才算早晨。"西厓说。

"那就去吧！"序子说。

在南京路中段拐两个弯来到一座不小的酒店，酒店其实就是旅馆，七八层楼高，叫什么招牌已经忘记了，"百合"还是什么……搭电梯到第几层楼，进到几号房，见到张先生。这位张先生跟乐平兄长相、高矮、吐腔、动弹几乎像个双胞，首先就有个好印象。

也没有谈到主旨，只分别见到几位长衫客和西装客，姓郭、姓赵、姓刘、姓王的。还有张夫人，三十来岁，身材好，嗓子亮，皮肤白，一个皱眉头看人的近视眼，半辈子熬夜打麻将孵出来的特貌。话不多，温和，有好奇心没有侵略性。一个雍容的女人，听到他们背后指指点点称她"娘娘"。

原来这层楼大部分由他们常年包下了。唉！后来又知道这酒店是他们家的。

序子回住处跟林景煌和几个嘴友暂时分别，把行李杂物全搬到酒店来，与西厓共用一个套间。

西厓弄来了龙华寺地形图，放大张罗在墙上，一处处进行研究，考虑设计。

房中摆了不少茶几沙发，让大家过来看图出主意。拐弯抹角处哪里设个咖啡座，哪里设个茶座。咖啡座放西洋音乐，茶座从苏州约来评弹大师。儿童游乐场设施：投圈、猜奖游戏、骑毛驴竞走、安全射击比赛。

龙华塔上也做了不少文章，彩旗彩灯一挂，登时变成了游乐中心。序子建议向著名出版社和书店征求有关龙华寺资料书籍放在"龙华书亭"发售。

主意一出，得到同意，那头的龙华马上就变成现实，一件一件地做了出来，上海龙华之间来往的车马也跟着热闹起来。于是大本营就往龙华搬，各人也都找到了好住处。

序子晚上睡觉想出了个主意，泥巴做一座五六寸高的龙华塔，石膏翻了几十套模子，"水玻璃"调泥浆倒成一座座玲珑的龙华塔，涂上彩色，喷上光漆，弄个漂亮设计包装，买回家去，岂不是一个好的摆设和永久纪念。

娘娘

三十来岁，身材好，嗓子亮，皮肤白，一个皱眉头看人的近视眼，半辈子熬夜打麻将孵出来的特貌。话不多，温和，有好奇心没有侵略性。一个雍容的女人，听到他们背后指指点点称她『娘娘』。

主意得到赞许。买来了大缸子,上好的泥浆,序子马上动手塑造龙华塔,翻制成二十多套石膏模,也请来十几个准备倒泥浆的女工,想不到出了严重后果,"水玻璃"倒进大缸里的泥浆之后并不稀释,不起作用。这种化学的反常意外现象可要了序子的命。往年在福建德化瓷场积攒的那点本领完全付之东流。当场砸锅。

（浓稠的泥浆倒入两匙水玻璃,马上稀释成浓豆浆状态,再把它倒入石膏模内,由于含水量少,很快很容易在石膏模内凝固成形。）

这才想起还有很大荒唐尾巴——

铸成的龙华塔坯胎晒干,打磨,上色,喷光油,外包装设计,整个工序流程的运行,人员配备,产量……

最重要的是时间已等不及,龙华乐苑完满结束了。

序子对西厓没有话说,西厓对张老板也没有话说。幸好娘娘说话了:"毋啥啥！吾看张序子日夜扒在屋里厢够伊辛苦来稀,是化学物理上出格事体,弗关伊拉责任,小事体一桩。侬讲是？"

序子抱恨的是漠视了进程和对"水玻璃"的基本认识,要是拣自己熟练的套色木刻弄一幅龙华塔出来,那又是另一回事了。为什么当时就这么见鬼呢？大桥不走,走独木桥？

"太对不起张先生。"序子自责,"真不好意思！"

"没有人会怪你。你知不知道这回他们赚了多少钱？"西厓问,"哪在乎你这一点点小闪失。"

"他们还想邀你到百乐门去玩玩。"西厓说。

"到百乐门干什么？"序子问。

西厓又回来说:"华懋西餐怎么样？"

序子没搭腔。

"那就华懋吧！"

一长桌子近十个人,都是龙华乐苑老班底。

吃到一半时候,那张娘娘问序子:"耐回转去,准备做啥事体？"

序子说:"我做不了什么事的。我能做什么事呢？除了画画和刻木刻。"

"吾做学生子辰光，蛮欢喜美术呃！——耐学堂里厢教过学生子？"娘娘问。

"教过。"序子答。

"格么介绍耐去闵行中学教美术课好？阿拉是闵行人，俚边政府吾交关熟。"

西厓替序子多谢。

"毋啥啥，闲话一句！"娘娘说。

大家都回到"百合"。空下来了，两桌桥牌，加一桌棋台。

娘娘对序子指了一指桌子。

序子摇了摇头，笑笑。

又指了指香烟盒。

序子也摇了摇头，笑笑。

娘娘对西厓大声笑起来："耐尼格帮人，像似天朗厢落下来！在上海滩格浪年节哪能过得下去哉？"

"大嫂子我告诉你，上海不只是一个世界，它有好多个世界，有一块钱一天能活得下来的世界，有一万块钱一天活不下来的世界；有关在房里读一辈子书，从没出过大门的人，也有走遍世界一字不识的人；有耍阔的乞丐，有讨饭的富翁。不抽香烟，不打桥牌不下棋，那算什么奇？"序子说。

"耐格样子讲法，吾看是有道理呃！讲是讲我俚住在上海，弗晓得格事体还真是木老老啊！"娘娘说。

西厓指着序子用江浙话讲："你不知道，八年来他不知走过多少地方，死过多少次，挨日本飞机炸，跟国民党兵死尸群睡在一条木船上，一对脚板走过千里万里，几天几夜讲不完的故事，十二岁一个人离开父母到外头打天下，他一九三七年就来过上海，是个老上海了。"

"想弗到耐还是邪气有根底的人，耐格辰光小小年纪来上海做啥事体？"娘娘问。

"没什么，路过，跟长辈搭轮船去厦门读书。"序子说。

"呵呵！"

……

过两天，闵行中学回信来了："欢迎！"

临走，收到一个张先生和娘娘装了五十块钱的信封。

真是多谢深情，解决了前前后后好多问题。分头给各方面都写了信。

学校还在放暑假，借住县卫生院里，一座讲究的三进祠堂，分一间东厢房住着。奇怪的是不见有人前来看病。是不是另有医院？是不是离上海近，有病都往上海那边去了？

医生五六位外带三位工人都非常文雅有礼，三餐包在这里。生活开始有了点点头绪，看书，刻木刻，周围写生，拜见学校校长和同事，回上海参加聚会和找人。时间都由自己安排，甚至梦想过把梅溪接来上海。

有一天，按请帖日期上狄思威路几号门牌庞薰琹先生家（上海美术家作家协会聚餐会）。

进栏杆围墙花园走向一座讲究的单层建筑。门外有三个年轻男女打点请帖和客人签名。

进大堂，已经到了好多人。木刻协会原来的熟人，木刻协会展览见过的人，个别长相引人注意和尊敬的人，白胡子、长胡子，满头满脸找不着鼻子眼睛的黑胡子，一根头发也不长的大光头。无缘无故放声大笑的胖子，高的、矮的，富贵的、褴褛的，打扮得像外国人的人、真外国人……

还有女士们，年纪越大花的化妆时间越多。脸上能见出过火施展笔墨颜料局面。这结果有时让丈夫找不到老婆，儿子认不出妈。

（现在的年轻女士再也少见母亲辈硬伤的化妆方式了。她们努力不让人看出化过妆的痕迹，只显出莫名其妙的可爱和高雅——听说这类化妆品价钱很贵。）

西厓介绍序子给庞薰琹先生。庞先生"喔，喔"两声，握完手，好像乾隆皇帝的御批："知道了！"那么简单，闪过十分之一秒笑容，找熟人去了。

做年轻人碰到这类事情要想得开，要谅解老人家出于无奈的忙。他怎么可能跟一个素不相识的年轻人做热烈的交谈呢？你也不想想你是谁呀？你只不过是一个刚刚照镜子才认识自己的小家伙。

这方面，张序子是个老江湖，想到有朝一日也会走到这把年纪，也会遇到跟自己一样的年轻人，你希望那些年轻人怎么看待你？

（我信轮回报应，举得出起码十几个有趣的故事。先给个"小头塔"耐吃吃：

一个老朋友，从未认为自己是个顶天立地的英雄汉，没想到他机关同事背后都称他为三害之一的周处。周处运气好，碰上个类似巡回审查的大官王璿耐心开导，天底下王璿这类好心肠大官虽然不多究竟还是有。加上了周处原有的慧根两相呼应，清醒了坏脾气，调动个工作单位，快快活活工作了几十年，儿孙满堂，活到九十九岁，带着笑容死在自己家中卧室的"席梦思"软床上。——对不起，查了一查，是九十七岁，党龄够，骨灰盒放进八宝山室组。

三更半夜，写得手滑，溜出庞家去了。认准门牌，重新写回来。请谅！）

庞家这西洋客厅大，后边两扇大玻璃门外还有座小花园可以走动。

大客厅里挂了薰琹先生卷轴画，多是湖南贵州那边的苗族妇女生活。用笔十分细致，用色素雅可亲，能让人感受到那特殊地区动情会意的特点。

序子以前没机会见到描写故乡风情的艺术作品，体己的感受跟别人不同。对着每幅画面，心里一点一滴地做着默写笔记，蜷缩在画前一动不动。

不少人围着长桌子坐下来了，三三五五相聚交谈，讲江浙话的居多。庞薰琹站起来对大家介绍一个魁梧而温和的西装客："吴作人，刚从英国访问回来，路过上海，要回北京去。"

生熟来客向他鼓掌。他左右鞠躬回礼之后坐下。

一会儿庞薰琹先生又向大家宣布，特请某某人给各位作国内外形势报告。这个人端端正正，没露什么笑容，嗽都不咳一声就开讲起来，不带讲稿，放口便响，序子算是第一次亲眼领教这种自然潇洒本事。

先说国际，英、美动态，接着讲解放战争。就像讲他家务事一样，国民党跑哪里，解放军追哪里，缴获多少，消灭多少，俘虏多少，抓了他们几个头头，一仗又一仗，大城、市镇、村庄、山坳河塘，背书一样滚瓜烂熟。

听他这么一说，报上登的新闻前前后后都连得起来了。大家鼓掌多谢。

跟着,一连串闲话也就多起来。

"前天报上说,四川某地一只母鸡生了个大蛋,上头清清楚楚一个青天白日标志。省里头马上向南京国府报喜。"

"哈哈!报什么喜?不是明明白白告诉大家,青天白日之下国民党完蛋了么!"

还有人问:"真的呀?真的呀?"

有人就说:"你自己不会翻前两天《大公报》《扫荡报》《民国报》……看吗?家家报纸都登!"

四川还有个新闻,有个名叫"杨妹"的女孩子,从小到现在没吃过一点人间烟火,只喝水,后来发现家里人让她半夜三更吃,给人知道揭发出来了。

就这么东拉西扯了一顿,然后大家转身把各人带来的画作一卷卷摊开在桌子上互相观摩,信口顺便说说,是前些日子和谁、谁、谁在哪里写生下来的;静物,又是跟谁、谁、谁在家里写生下来的。人像,这写的是谁、谁、谁……有原来画得就好的,有名气大画得不怎么样的。有画得很多、摊开麻烦大家,弄得不知如何是好的;还有书法,也是摊开来硬逼着大家一个字一个字地欣赏。字原是大家都会写的,弄得看也不好,走也不好……好不容易一声春雷响:"晚餐开始!"

自助餐。邱陞和夫人带着一男一女两个孩子加上个女佣,把菜肴一盘盘小心端出来。鸡块、焖鸭、焖小鳜鱼、炖牛肉、红烧猪肉、炒面、炒饭、炒菠菜、酸黄瓜、虾仔粉条、肉包子、豆沙包子、酸辣汤。

不晓得哪里借来那么多装菜大盘子和几十位客人用的餐具?

一个人说:"问我!"

西厓悄悄告诉序子:"朱金楼,老美专出来的,很精彩的画家,人缘好,三教九流都通达,没有办不到的事。"

朱金楼还在跟人说话:"……不只是借不借的问题,还有个打烂了赔不赔的问题。我朱某人一句闲话,今晚上他还要派车子给我拉转去。……这哪是什么威风?我有什么威风?是交情!义深如海的交情……"

西厓带着序子取了个盘子，挨着人的肩膀慢慢一步步走着，挑选面前喜欢的佳肴，看看搁满一盘，西厓轻轻关照序子："不够，吃完再过来添。"

序子一个人选了个僻静角落坐在椅子上慢慢品尝起来。他觉得自助餐这个办法实在好，用不着和人客套应酬讲无聊废话。

远远听到一个年长人问烟桥先生："听说你们木刻协会的张序子到上海来了？"

烟桥先生伸长脖子左右一览，看见了序子坐在角落，遥指了一下："那！坐在那边那个。"

序子顾自己吃东西，低头不理，心想："嗯哼！本帅就是张序子，你不请，老子还不来咧！"

（流光如梭，七十二年过去了。一九四七年在庞先生府上这样的聚会我参加了两次，有幸结识了好多长辈和老大哥。想不到的是七年之后，庞薰琹先生和他的女儿庞涛都成为我在中央美术学院的同事。尤其是庞涛，我们在美院的版画系共事，直到"文革"之后。共渡苦难，她还暗中为我讲过公道话。我忘记不了。

有次我问她，那年在狄思威路你家里，厨房忽然响动起来，我们想去帮忙，后来知道没有事了。到底出什么事？她记起来了："自来水龙头滴水。"

那时他俩多小？十岁？十一岁？鼎鼎大名的画家庞均，她弟弟才七岁？八岁？我那时也不过二十二三。今天两姐弟多大了？七十、八十了吧？唉！）

两次聚餐，觉得有意思，多少年耳朵听熟的名字，这回见到真人。再过一段时间，一定还会有交谈来往的机会。

（最特别的是丰子恺先生。我们兄弟五人从小就受先生作品的影响，过日子兄弟间都拿丰先生的作品举例作谈助。抗战八年学习木刻期间，时刻都注意着先生的行迹，告诉朋友，丰先生今天在哪里了，明天在哪里了。知道先生在萍乡甚至还动念从信丰去萍乡看他。何况我还跟弘一法师有过一点接触。绝对没想到，这一辈子居然没见过丰先生。就好像在北京几十年失掉拜见老舍先生的机会一样。人生就这么怪异，在哪个

本帅就叼了张序子

烟桥先生伸长脖子左右一览，看见了序子坐在角落，遥指了一下：『那！坐在那边那个。』

夹缝里错过机缘？

汪曾祺以前就说过："最不合乎常情！你居然跟老舍不熟？"）

在庞家，和老雕塑家刘开渠先生有过一次很体己的谈话。他说他看到二表叔在《大公报》写的那篇文章了。他说他去过沅陵。庞先生听说讲沅陵也凑了过来。一齐讲沅陵，讲三表叔英俊潇洒的年轻抗日军人；讲样子、脾气都十分奇特的大表叔，两个人出尽力气帮杭州艺专的忙，找校舍，锅炉碗筷，粮食菜蔬，协调社会关系，大表叔几乎天天住在艺专，像个艺专的人。林风眠先生也总是提到你那位大表叔。

又说，以前跟郁达夫先生到前门外"酉西会馆"去看过你二表叔，还请他在附近饭馆吃过饭……

后来庞先生搬走了序子都不知道。记得在张正宇先生家有过类似的聚会，人数少多了。

难忘的是刘开渠先生家里请的那次客。开渠先生若在世恐怕不会喜欢有人再提起那回请客的事。

开渠先生是雕塑家，工作动静都比较大，需要大的工作车间，有来回运载工具设备、材料的方便结实的地面，有好的光源……当然，最好还能方便住家。幸好他跟丽娜师母当时就那么三个孩子，节省了好多麻烦事。

开渠先生的工作一直是受到当局重视的，也可能还有好多老朋友照顾，能帮他找到这块合符所有条件的宝地，容得下十几个学生和帮手。租金很可能廉价或免收。想想看，上海这寸土寸金地方，神仙也难谋到这个运气。

五十米或八十米的瓦篷，宽八到十米左右，水电俱全。唯一的不足是——臭。一天二十四小时臭不堪闻的臭。

挨到瓦篷一路过去同样长度和宽度，排列七八口储存满满大粪的露天粪池，属于上海工部局某区所管辖。

（"文革"时期，要是拿来当牛鬼蛇神的休养所那还说得过去。话说回来，要是开渠先生没有当年这场先天的历练，"文革"期间在中央美术学院男女厕所尽打扫之责就不会那么熟练从容。）

蒙邀的客人不少，感受应该相同，倒是不见有一位退席的。是出于什么心情呢？为了先生神圣的艺术事业，还能有什么别的？当时开渠先生正在做他的《开路先锋》雕塑。

客人们勇敢地吃一大口饭，夹一大口菜，闻一大口粪气。女主人殷勤地添着新菜，加满酒杯。

（吃过这餐饭，如今还活在世上的，怕只剩周令钊和我了。）

吃完饭看画。谁、谁、谁画了些国画、山水、花卉、名胜写生，都客气地过了目。赵延年的水彩人像引人注意，功底这么好！颜色和表情都非常活跃，笔法老到，序子佩服得了不得，怪不得他木刻刀法那么讲究。还让别人问这问那。周令钊也是水彩人像，两张，都是农村的人，那张女头像一定是男头像的女儿。老头子的脸鼓到纸外头来了，挤得满满的，令人想笑。那胡子，在下巴上的影子画得真神奇！朱金楼也是两张，水彩纸一分为二，一张风景，一张全身人物，用广告色，扁薄的猪鬃笔画出来的。组合的方式像塞尚，而规律又有点接近坡·克里。序子暗暗喜欢，觉得朱金楼这人真有两下。与西厓一起告辞从刘家出来，后面跟了个留小胡子的男人，刘狮。哈哈，难道还有留小胡子的女人吗？笔误，笔误也留下，让人笑笑！刘狮？序子心里暗暗揣摩，他不是刘海粟的侄儿吗？怎么他也来了？

"到 D.D.S 喝茶好不好？我请。"朱金楼说。

四个人到了 D.D.S，奇怪的是周围原本坐就的客人见他们一窝蜂地进来都皱起眉头。四个人不知道，选了张桌子坐定。序子觉得别致，怎样大灯小灯都用吊着耳朵的中国铁锅罩着？连壁灯也如此，真好玩。唔！看出了格调和创造的胆子，也培养了上海滩人欣赏的胆子。

"你们是同学？"序子问西厓。

朱金楼懒洋洋地摇手："他是杭州美专，我和刘狮是上海美专。"

"好久没见你了，到哪里去了？"西厓问刘狮。

"我一直在东北，沈阳啦，哈尔滨啦，佳木斯啦……"刘狮说。

"干什么？"西厓问。

"你说能干什么？还不是画画！也没人看，这里跑跑，那里跑跑，男人女人，女人男人，吃吃喝喝……"刘狮说。

开梁之乞清客

五十米或八十米的瓦篷，宽八到十米左右，水电俱全。唯一的不足是——臭。一天二十四小时臭不堪闻的臭。

"那你那段时间不可惜了?"西厓说。

"你还不如说,可惜我这个人!"刘狮说。

朱金楼挥手说:"别听他瞎说,他写了好多东西,文章和画画都很了得——"反身对序子说,"我喜欢你的木刻,你会想。很多人都不会想,很粗糙,像一个人想生儿子,生了儿子动不动又打儿子,那你生儿子干什么呢?我觉得你张序子是个爱儿子的人,抚慰、细心。你生了个可爱的儿子,别人看了你的儿子也喜欢。做艺术首先要懂得爱护、珍惜自己的'儿子',不要拿去惹祸生事。"

"你懒!"刘狮说,"可惜了聪明才智。"

"你说谁懒?我?我能看透你,写七八封信要你从东北回来,我算懒吗?天下谁不认识我能写能画的朱金楼?居然去干些跑龙套的事,能没有一点道理?懒?"金楼说。

"你吹!"刘狮说。

西厓插了两句:"吹倒不吹,只是他放下画画和写文章,让杂务缭绕真有点可惜!"

"人生得一个'吹'字了得!"金楼仰身于沙发背一笑。

序子觉得这人爽朗得有意思。

刘狮拉拉序子衣袖说:"这人我认识他二十多年了,天天热火攻心,你说巧不巧,他家隔壁就是救火队!"

金楼问序子:"你几时到的上海?手边带了多少木刻?有空让我看看好不好?"

序子说:"眼前还不行,我正准备到闵行中学教书,等开学上课正常之后我写信给你,你留个通信地址给我。"

金楼在序子小本子上写了地址和电话:"你还可以打电话给我。"

刘狮对金楼说:"到时候告诉我一声,我也去。"

序子问刘狮:"你在东北,看到聋膨[1]没有?"

---

[1] 陆志庠。

"怎么没有？我的影子一样。这老兄不做张三的影子就做李四的影子。在艺术上，人应该反过来做他的影子，其实荣誉附身你不知道。中国出了个这么讲究、重要的艺术家而不自知，悲剧！唉！世界哪年哪月才了解陆志庠呢？眼看他一年一年老下去？一个人，孤苦伶仃……听说他已经回上海了，住在青年会……"

"几楼？几号？"序子问。

"到那里一问就清楚。"刘狮说。

"谁帮他住到青年会的？"西厓问。

朱金楼笑了，得意地跷起大拇指："还有谁呀？"

喝咖啡，还来了块法国蛋糕，金楼请的客。刘狮和西厓各自回住处。

"你怎么办？"金楼问。

"我想我现在就去青年会找聋膨。"序子说。

"要是找不到呢？"金楼问。

"回虹口我那个老住处过一夜。"序子说。

"这样吧！你听我安排先后。现在，我带你去私立上海乐舞学校看戴爱莲，看完戴爱莲，再带你去找聋膨，找到了，我们三个人一起吃晚饭，当晚你在他房里打铺睡一觉，明天大清早回你的闵行；找不到聋膨，你回你虹口的老地方。"

一点强迫的意思都没有，也不存在商量的机会，金楼走前，序子跟后，坐车下车就到了私立上海乐舞学校。戴爱莲是校长，叶浅予远在山南海北，好像朱金楼还是个什么董事长之类。

哪儿找来这几进连跳舞都可以的宽场所。

戴爱莲一个人这时候还在给学生上课，序子记得是一支带喇叭的小笛，一面红边小鼓，一支横笛，一架小三弦（大概是一种新疆的小"忽雷"），一面小小的"荡锣"伴奏。

她一个侧身跂起一只脚，慢，慢极了的慢，再轻轻放下。那音乐是 5·6·1·|231|25321|5·6·1|231……

她知道我们来了，一点也不在意。音乐轻稳地陪伴着她的动作，像端着一碗水那么小心。序子记性好,七十多年也没忘记那股慢极了的慢劲。额头锁住眉毛,眉毛紧镇着眼睛。音乐进行,空间凝固了,艺术行为变成宗教意念,好特别!

序子调整好呼吸,准备认真地往下看。

没有了。完了。下课。众人散了。

戴爱莲径直往自己卧室走,没和跟在后头的两个人打招呼。

卧室怪,进门注意,要下四级台阶。谁进门不注意非死不可。

戴爱莲对序子一个人打着洋腔说:"您请坐,你是谁?你喝什么?水?红酒?"

金楼说:"他是张序子,刚到上海,刻木刻的。我喜欢他的木刻。"

"从哪里来?昆明?成都?重庆?"她问。

"福建厦门。"序子说。

"很怪!你为什么从厦门来?我很明白厦门,我有很多厦门朋友,以前。"

墙上挂的两张东西序子难以忘记。一张丁聪为她画的水彩像中轴;一张郎静山拿手的风景叠印照片(忘了具体内容)。

金楼跟她谈了学校房子的事,用词都很简单:

"你在这里很好!""不要怕。""我管你的事。""我和他们讲,要他们不找你!""叫梧桐和我打电话。""可以。""好!"

和戴爱莲握手告别。

"这地方我帮她找的。什么问题都没有。她讲的问题根本不是问题。我常常为她不懂事心烦。有一次看到只老鼠也叫我来。浅予来信叫我手放宽点。我叫他自己来试试!"

到了八仙桥青年会,上三楼九号房,门没有锁,聋膨在洗澡,水哗哗响。洗完澡出来见到房里有人,自己吓了一跳,认出金楼和序子,"哇哇"叫着喜欢。他话是能讲的(浦东话),认真注意听,能懂。熟人只有丁聪和他动口形打手势,能通透。一般朋友和他交谈,还要加上点手掌上、桌子上写字才清楚。

还泡了茶坐了半个钟头，几年彼此分别后的情形算是弄清楚了。他还说，序子来上海，乐平前些日子早告诉他了。

三个人出门坐有轨电车到静安寺路一家金楼熟识的中菜馆子。一路上金楼鼻子不停地哼哼，序子问什么事？金楼说："你没看电车上那些人见我们上车的神气吗？"

"没注意。"序子说。

"刚才进D.D.S我就感觉情势有点不对，还认为自己神经过敏；上了电车，又见人闪避我们，心里认为有鬼，细细一想，是刘开渠先生这餐中饭出的问题。"金楼说。

"那些餐具也是你帮他借的？"序子问。

"啊哈！幸好不是，要真是，那我可就毁了。——是我们泡了半天的粪气带着满街走……"

"如入'鲍鱼之肆'。"金楼说，"上公共厕所出来最好先去公园走走。"金楼话没说完，饭馆伙计笑眯眯托着一个小香炉，上头插着支点燃的檀香，放在旁边茶桌上径自走了。

金楼指着他的背影夸奖："乖巧！"

聋膨问两个人笑什么。金楼便头头尾尾地告诉他。聋膨笑了。他的笑是很有名的，像克拉克·盖博。

除了几个小菜之外，当然还叫了四两酒。聋膨吃饭没酒是不正常的，是了无生趣的。

吃完饭回青年会，金楼要看聋膨在东北画的画。

"没把！"聋膨摆摆手。

"不可能！东北那么久，一张画都没有？"金楼不信。

聋膨仍然摊开手："没把！"

他说了，就一定是真话，他犯不上说谎的。他无所求，无所惧，对自己宽厚，也严谨。不轻易动笔，一旦兴起，一张普通毛边纸或八开白报纸，龙吟虎啸，镂金错玉地画上三五天，那才叫笔墨行动于灵魂深处咧！有一次在张大千家，张大千读了他的画，想跟他交换一张，他不理，大千只好默然欣赏他的傲慢。其实他没有听见，张大千忘记他是聋子。后来有人转告了，他说："我调来没啥用场，啊没啥地方抗。"环境不好，让他不自在，不安定，定不出现实作画打算，淡漠了作画兴趣。天生画人各种各样，易受鼓舞和感动。一个聋哑人少有受感动的机会，除了看戏看电影勉强得到一点补偿。他的艺术世界是静默的，他的命运飘荡于人类大行动之间，再由几个好倾向、好脾气的朋友终生的关注。有时岂知大时代，人人各有自己的麻烦和负担。加上时空的错位，顾不上或来不及对他尊重和照顾，有时他不能不忍受残酷的自我冻结。

（几十年来到"文革"，他保存着大概三寸厚那么多十二开白报纸画的黑白现代观念的画作，因为"文革"开始，害怕，烧了。要说有，丁聪家或许还有一些。我有一张完整的，一张铅笔稿。我也老了，剩下的日子不多，要赶紧做有益的事，不能把光阴浪费在遗憾、伤心和恨的上头，不值得！）

金楼走了。

我睡沙发，聋膨睡床；他不干。我睡床，他睡沙发，我不干。最后石头、剪刀、布，我赢了，我睡沙发，他睡床。一般做豁拳这类事情，我不大输。我木刻是一刀一刀刻出来的，不靠运气。所以一辈子不赌钱，看也不看一眼。

第二天一大早他叫醒我，已经买回来豆浆和夹油条的糯米饭团（粢饭团）。两个人吃得很开心。他问我，跟我一道去闵行玩玩好不好？我告诉他先别去，学校没开学，没分配房子，还寄居在卫生院，这两天我在上海还有事办，过段时间再说。他懂了。

离开聋膨，去圆明园路《文汇报》找叶冈、陈钦源拿小报头稿费。见序子来，大家很开心，黄裳也过来了。陈钦源十五元，叶冈七元（每个小报头五角）。带序子去"会计处"（？）兑了现钱，放好在上衣里厢口袋暗扣扣好。

"我们小会客室去吧！那里有茶。"陈钦源说。

"这几天你见到谁？"叶冈问。

序子说了庞薰琹、刘开渠两家吃饭的事。黄裳大笑。（多少年后，我问黄裳女儿容仪，"你见过你爸大笑过吗？"她问，"我爸笑过吗？"唉！

孩子。)

"还有朱金楼、聋膨和戴爱莲。"序子补充。

"啊!唐弢说想见你。几时我们约一约罢!"黄裳说。

"唐什么?"序子问。

"唐弢!"黄裳说完,用手蘸了点茶在桌上写了个"弢"字。

"你不写,我不认得这个字,用生字取名字很麻烦人。"序子说。

"那个事你定下来了?"叶冈问。

陈钦源问:"什么事?"

"在闵行中学教美术课的事——定下来了。还没开学。"序子说,"暂时住在卫生院。"

"哎呀!卫生院怎么能住?脏极了,都是病人,容易传染。"钦源说。

"那卫生院特别安静,一个病人都没有,卫生得很!"序子说。

叶冈说:"我看你上半辈子碰到的,都是怪事!看你下半辈子碰什么?"

"怎么回事?"钦源问叶冈。

"我江西就认得他了,一路上死死活活,十个人碰到的也没有他多。"叶冈说,"毫发无损!"

黄裳和大家说:"今天下午把他交给我吧!我包了。"

听说黄裳在文汇不是专职,又有张固定办公桌子,他在编一个重要的专栏;正式工作是中兴轮船公司高级职员;在上海是个著名的古籍版本权威;抗战期间做过美军翻译,亲口对序子说过,还做过坦克教练;翻译过威尔士的《莫罗博士岛》、屠格涅夫的《猎人日记》;没完,还给考大学的学生补习数学,写散文,透熟京戏。除了打架,没听过他还有什么不会的。人说黄裳话不多,跟序子话倒是不少……

最多的是讲历年访问中国文化界老头子们有趣的印象,也写过精彩的文章,没见过这么独到眼光趣味的访问,老头子们都喜欢他,相信他,和他讲知心话。有时候序子也觉得他在文章中老三老四,像个跟老头子同辈的口气,也让序子替他捏一把汗,万一让人说他"混老"怎么办?他大我没几岁……一九一九年出生的,我一九二四年(后来晓得唐先生是一九一三年生的，大黄裳兄的距离，跟黄裳兄大序子的距离差不多；不算隔在中间的黄裳兄，才显得唐先生比序子真的有点大）。

黄裳和序子就近在一家小饭馆吃了饭，就到邮政总局去找唐先生。

黄裳告诉序子，唐弢从小就在邮局工作，是吃邮局的奶长大的，后天又连续发生跟邮局越来越亲的关系，大半辈子活在邮务上了。写文章，出书，做好事，也都是在邮政局开始的。

上到楼上办公室，他坐在大办公桌边办事。两个人进来，好像饭馆见人那么开心。

三个人坐进沙发，服务人员送上好茶。

"我看到你好多好多木刻了。"

"我看到《大公报》那篇文章了，你是个书香子弟。"

"你看你个子不大，一双长满筋的大手。"

黄裳笑出来："没想到别人都没看出来！"

"他一进门，我就觉得那手特别。"

"你还真是慧眼！"黄裳说。

"我也是劳动出身。——想见你是有些东西请你欣赏。"

"啊？"序子好奇。

"二位今晚上到舍下便饭，然后请二位欣赏我的收藏。"

"这倒没有想到，我也沾了光。"黄裳说。

"我很喜欢你的木刻，上海买木刻板容不容易？"唐先生问。

"我来上海日子不长，不是很清楚。照理讲应该买得到。我是从福建来的，带了一点板子。"序子说。

"你以前在福建哪里？"唐问。

"到处走，在的地方很多，厦门、泉州、南安、仙游、莆田、福州、长乐都待过。"序子说。

"啊！西谛是长乐人，冰心也是长乐人，你在长乐做什么？"唐问。

"教书。"序子说。

"教什么？"

"美术。音乐也教过。"序子说。

"啊！不容易！"

"混饭吃！"

"你上过什么学校？"唐问。

"厦门集美学校。"序子答。

"啊！那是个了不起的学校。"唐说。

"我学得不自在，没过多久就离开了。当时我只在图书馆混。"序子说。

"那你木刻？"唐问。

"自己随便学，算不得什么正式。"序子说。

"没有任何美术学校开过木刻课。"唐说。

"有，我也考不上。"序子说。

黄裳说："你根本用不着上那种美术学校，上，把你毁了。——耶！怎么当时没有想到，请蔡元培先生让鲁迅办个木刻学院？"

唐先生咳了一声嗽："是的，办个木刻学院不错！我现在有个建议，这个茶会是不是可以挪到舍下去继续，现在起身如何？请吧！"

一路无话，到了唐先生府上，三楼，是讲究的中等人家房子。序子见到唐师母沈洁云问了好。黄裳跟她是熟人，讲了些家常话之后坐下喝茶。师母关照别客气，她要回厨房忙晚饭。唐先生接着刚才在办公室讲的话："你这念头新，特别！还从来没人讲过。想想，要是鲁迅当了木刻学院院长，中国文化会起什么变化？或许鲁迅犯不上到处跑了，甚至于鲁迅的健康会得到恢复。在上海名正言顺地举起新文化革命大旗。当然，这个美梦太把我们的蒋委员长当人了。"

序子说："事实上说根本不可能，鲁迅当年写篇短文章都被盯得紧紧的，还会让他挂起大招牌办学校？鲁迅没有了，蔡元培也没有了。"

"所以才在延安办鲁迅艺术学院。"黄裳说。

唐先生问起木刻协会大新公司的展览结果。他说他去看过两次。

"很好！"序子说，"结束那天下午还来很多人，舍不得散场。我们准备秋季再好好地做，一年做两次。一次比一次好！"

"你会一直留在上海的罢？"唐先生问。

"我是用尽心力、千方百计来到上海的。家父也是学音乐美术的，他有不少同学在上海，家务太重耽误了他。一九三七年四五月曾下决心来上海从事美术谋生，没料到七月抗战爆发，一生理想破灭。前几年去世了。我祖上一直跟文化都有点关系，老家就在文庙隔壁，每年照管祭孔仪式之外，明代以来就靠办私塾为生。太祖学位得过'拔贡'，主编过县志。家祖是个现代文明传播者，在家乡第一个办邮局，第一个办照相馆，跟熊希龄沾点亲戚关系，大半生跟熊在北京工作。香山慈幼院就是按熊的意思他一手经办起来的。"

"这样子看起来，你们祖孙各人都能写一部精彩有趣的书。"唐弢先生说。

"我不行，根底浅，办不到的！"序子说。

吃饭了。菜好吃，记得还有酒，忘记了是黄裳独酌还是跟唐先生共饮，这点不敢乱说，免得错写在文章里，晓事的后人看了当作笑话。（裱画的刘金涛师傅跟记者谈话，说起我和他的交情，说某年，某月，某日，在我家跟他喝了一通宵酒。这位老糊涂完全忘记了我滴酒不沾。）

就我们四个人共一张方桌，沈洁云师母刚扒一口饭就得往厨房跑，又是菜又是汤，来来回回。吃这顿饭很是对不住她。

我饭很快吃饱，要装着动作很慢配合黄裳兄喝酒的节奏兴致，好不容易把这顿晚餐圆满结束。

接着师母还给各人端来小碟热手巾擦脸擦嘴，真是难为了她，她是跟唐先生在同一个机关上班的。

又换来热茶。收拾完桌面这才没见动静了。

唐先生笑盈盈从书房搬出自有中国新木刻以来、各路人马亲手拓印装订的木刻集来。

唐先生家地板很干净，他一共放了三排，每排七八米，他说书房里还有。

序子只对着这些圣典表示欢喜和敬礼，蹲着身子翻看全国各地前辈们的心血，黄裳就手也翻了两三本。

"这是我最珍贵的私房宝贝！"唐先生得意笑起来。

序子说："里头久闻大名没见面的前辈居多。也有见过面的，也有今天还在木刻协会一起工作的前辈和同辈。

"没想到那时就有那么多的进步木刻艺术团体。听是听过的，比如一九三〇年的'中国左翼美术联盟'，胡一川、夏明、张锷等，'一八艺社'，江丰、倪焕之他们；一九三二年的春地画会的江丰、陈烟桥、艾青等；一九三四年野风画会马达、沃渣、野夫、陈学书；一九三二年野穗木刻社，陈烟桥、陈铁耕、何白涛；一九三四年的未名木刻社的黄新波、蔡复生、陈铁耕；还有一九三四年的现代版画会，人更多了，有李桦、陈仲纲、刘仑、吕蒙他们；一九三六年铁马版画会，有江丰、野夫、沃渣、温涛这些人……让我今天亲手能摸到这一大段历史，真是好运气和多谢。前头您讲的那个建议，请鲁迅当木刻学院院长的话，其实早已在开花结果。那么大的规模，稍微翻了翻，顶多才七八本，手都麻了，眼都花了。唐先生，这世界真了不起，让你有这个福气。"

唐先生问："你见过日本'浮世绘'吗？"

"见过一点，不太懂得如何之好？"序子说。

"也是用刀子刻成后手印出来的。很多老百姓过日子生活方式，帮历史做了有价值记录，中国历代这方面作品就少，不像日本有重要名画家支持指导，很好的合作运用木刻艺术的功能，变成社会生活的一个重要部分，很生动，很漂亮——你还可以反过来向他请教——"指黄裳，"他是中国古籍版本的重要收藏家，古代书籍上头有很多木刻插图，完全可以借鉴学习。"

黄裳听了这话，坐在那边微微笑，认真地享受唐先生夸奖他的那几句话。

序子说："我非常清楚古籍版本的珍贵，有的人看得比性命还重要，为的补上那三两页纸，跑那么三五百里根本算不得一回事。我抗战中期在福建泉州和南安之间一个好朋友家里过年，住过十天半月。是一个名叫'园内'的乡下。那乡下很富裕，全村都姓苏，有位七十多岁的读书老人，在一共放了三排。

唐先生笑盈盈从书房搬出自有中国新木刻以来、各路人马亲手拓印装订的木刻集来。

泉州南安一代是个有名的藏书家。在村子里，没人把他当一回事，背后称他漾景，当面叫漾景先生。叫是这么叫，是不是漾景这两个字还无确证。

"他不是有钱人，只老两口过日子。几十亩田地同村年轻人帮他耕种。我离开他的时候只对他说过一句话，抗战胜利后回来陪他到建瓯访书。他听了高兴，一边摇头说：'第一，我等不到那一天；第二，到时候你也不会来。'

"有一天，他邀我上楼，慎重取出钥匙打开一口楠木双门大柜子说：'李卓吾，一本不缺！'小心取出一函，打开布套，拿一本在手上，警告我，'你别过来，我让你亲眼见识，远远闻一闻书香。《批判忠义水浒传》……'

"我请求他让我走近摸一摸，稍微翻一翻，他'吓'的一声马上收起宝贝：'小孩子，你不要不知足，你去问问，全南安和泉州，我让哪个上过我这楼？'"

黄裳这时候来劲了，裤袋后掏出个小本子："你说清楚，泉州还是南安？"

"南安、洪濑附近一个村子，叫作'园内'，姓苏，漾景两个字是音读，确实是哪两个字，本地人也不明白。你试着写封信去问问。不过我告诉你，只要他活着，怕不会理睬你的……"序子说。

"他也应该为这么重要藏书的前途多想想。"黄裳说，"一个七八十岁的老头。"

"你不要去规劝他。你是藏家，他也是藏家，藏家看藏家，梭镖对钢叉，谁听谁的？收藏家最忌讳别人说他老，你好心好意，他倒怀疑你另有打算。"

"我耽心那些书！"黄裳说。

"你白耽心！你们藏书家都是深情的悲剧角色罗密欧。"

唐先生笑了："说得好！我这一大批举世无双的木刻宝典就耽心落在四大家族手中。"

"他们根本不懂！"序子说。

"越不懂越可怕！"唐先生说。

"唉！有朝一日这些混蛋珍惜书就好了！"黄裳说。

"珍惜书先学会珍惜人！"唐先生说。

……

看看时间晚了，多谢了唐先生和师母的盛情款待，出门走在街上，黄裳说："我仍然心悬你说的那些李卓吾。"

"讲归讲，你心手都够不着。世情变化，漾景活成什么样子连我都不清楚。要是他老人家不在人世了，就近扑过去的藏家会是什么盛况？"序子说。

"万一大家把他忘了呢？"黄裳仰着头说。

"非洲猎狗和兀鹰会闻不到死尸？"序子问。

"比如说，我们两个到你那个福建南安园内走一趟，我负责费用，当作故地重游的一次旅行，你干不干？"黄裳问。

"当然不干！"序子说。

"为什么？"黄裳问。

"一，交通不便；二，目的不清；三，熟人都不在了；四，一路上不好玩。"序子懒洋洋地说，"断了这个念头吧！别再想了。"

"那你当初讲它干什么？"黄裳说。

"我哪里想得到你那么当真，那么喜欢听？"序子说。

送他到一个叫作陕南邨的住宅区，找到自己的门牌号数，上楼去了。

凡事夹着酒意，非缠绵不可。

序子见到中国美术家作家协会不少人穿一种晴雨衣，很有点派头，尤其是肩膀上加的那半层罩子，像古时候的"云肩"，很让人感觉到"好"。

要是身上穿的这件格子绒西装，再加上一件晴雨衣，再戴上一顶什么帽子，打上领带，美术家的身份就俨然得很了。

这晴雨衣不是布做的，穿在身上爽挺不起皱。衣服起皱最让人觉得寒酸。招牌叫"ADK"，听起来像外国牌子，其实是上海厂家出品，无形增加了虚荣心，分好几种颜色，浅灰、深灰、深普鲁士蓝、深棕、浅棕，其实都好，选得心烦。

序子几次看过价钱，不觉得不公道，只是考虑自己的承担分量，最后买了。

那卖货的伙计精彩，话不多不少，讲出介绍这件 ADK 衣服的话，刚好接触到顾客自满的边沿："我看这件深普鲁士蓝配你的白皮肤，衬出合适的肩膀，腰身最让人看了舒服！"

这位伙计把"没有"当作"有"送给主顾，主顾能不魂魄荡漾吗？

挑准尺码穿上身，伙计再帮忙把领子翻上来，镜子跟前一照，漂亮得差点把自己吓了一跳。取下标戳，干脆就不脱了，付账出门上街。

不止不休，直接进了"惠罗公司"，把早早看中的一顶绝对鲜红色巴黎帽戴在头上，照过镜子无误，付账出门。

（你怎么有胆子买顶这么红的帽子戴在头上呢？戴帽子还要胆吗？没人戴，帽子厂做它干吗？有人戴就有人做！苏东坡还"老夫聊发少年狂，左牵黄，右擎苍"，戴顶帽子还大惊小怪！完全没有预料几十年后我那些尊敬的先生朋友戴的帽子那么可怕！一九四七、四八近两年时间，凡是在上海街上看到一位穿 ADK 晴雨衣、头戴鲜红巴黎帽子晃来晃去的就是鄙人张序子。

有人问本老头："你今天对你当年的红帽子有什么感想？"

本老头回答："想都不想！又不是戴三角裤！"）

到李桦先生家，问吃过中饭没有，说没有，所亚就叫金凤做两碗面片汤。序子说："吃不了这么多，一碗够了。"

老所亚说："还有个人要来。"话刚说完，那个人来了。

"他名叫孙顺潮，也是广东人。"

李桦笑："为什么'也'，张序子又不是广东人。"

余所亚抢着说："序子老婆是广东人，他算半个广东人，当然可以'也'，你李桦'亚搞莫'❶！"

孙顺潮说："张序子！你叫我'方成'好了。我武汉大学学化学的，

---

❶ 一块木头。意思木头样的脑子。

开始在《扫荡报》画点大学生生活漫画……过些日子，储安平《观察》杂志可能要我去画漫画专栏。"

两个人面对面吃面片汤。

李桦交了封"中华保卫儿童委员会"的信给序子，通知×月×日上午九时到德国俱乐部报到，参加布置园游会的美术工作，找朱金楼还有谁、谁、谁报到。

"怎么回事？"

"不是坏事，宋庆龄，孙中山先生夫人交代的工作。到时候，到地方就清楚了。"余所亚说。

按日期、按地址到了那个所谓的德国俱乐部，一个足球场大的绿幽幽草坪，周围大树。北边一幢讲究大厦，十几个月拱门里头是个篮球场大的厅堂，原来已经来了好多人。朱金楼、赵延年、麦杆、章西厓、余白墅、张正宇、张文元、米谷、沈同衡和一些还没认识的年轻人都坐成一大圈。由朱金楼讲话，说是孙夫人请大家来帮忙布置这个招待会的会场，既可以演出节目，又能够乐队伴奏跳交际舞。主要是为中国苦难儿童筹款，邀请的来宾是大上海金融界及各行各业的大老板及夫人。上海著名的钢琴家、歌唱家、舞蹈家、电影界著名男女演员，演出的演出，伴舞的伴舞。我们的工作就是这两天把这个演出会场布置起来。由张正宇先生担任总设计，各位按照设计稿子放大，交工程队装裱上墙。工作分组行动起来，不算繁重但是时间紧迫，明晚七点以前准时完工。洗刷后有丰富的聚餐会。各人还可以领到后天参加园游会的入场券一张。我的话完了，现在宣布分组名单（此处从简）。

序子和章西厓、赵延年、张文元四人一组，完成一幅江南小姑娘采茶的画面，相当大，长八尺竖六尺。垫着毯子地上作业。

赵延年偷偷地说，一边采茶，一边跳舞，怕是两方面都要耽误。

张文元说，不耽误园游会就行。西厓设计颜色布局，我画大稿，大家填色，别打翻颜料瓶弄脏白竹布就行。西厓、延年、序子都不抽烟，只张文元烟抽得厉害，序子随时拿烟灰碟跟着他走，就怕他布上留下烟洞。

张久元行笔流畅

张文元行笔流畅，造型准确大气，序子佩服得心里打战。

张文元行笔流畅，造型准确大气，序子佩服得心里打战。

张文元叫赵延年用淡墨在人物周围滚一滚边，赵延年是个里手，很快就跟上了。

中饭是"热狗"和咖啡。序子差点闹出笑话，以为还有狗肉好吃，原来是腰子形面包夹着根美国香肠。不难吃，还准备了芥末和辣酱任人加减。不喝咖啡的还有茶。大家都席地而坐，地板是人字形蜡光木头铺的，感觉干净过人。没料这时张文元呼呼大睡起来，难怪，整个上午，本小组他出的力气最大。下午，全组行动，眼看这局面明天上午可以交工。

朱金楼过来也这么说，又说："画完了还有事做，明天再谈。"又给众伙送来汤面饺子晚餐，吃完大家告别散了。

序子回不了闵行，赵延年建议他到狄思威路打地铺。序子在小铺子买了套洗漱用具。进门余所亚说："我就猜想你可能会来。"

李桦抽了一层床垫和床单，余所亚分了张薄被和一个枕头，序子到厨房去洗漱完毕，回来躺在地铺上，两位老兄长问这问那，都觉得有意思。余所亚说起张文元："那是个非常非常的人物，特务几次想杀他。他一口气一天可以画四套骂老蒋的连环画，这不仅仅是画的问题，还要有机敏的构思头脑。对朋友真诚仗义。只可惜生活上有点烂，这是很难改变的毛病。小时候画红漆澡盆马桶出身，江湖上泡得太久，文化和智慧都从那里萌发，你有什么办法？中国是这么一个中国，真是不容易啊！"

说是有幅墙上装饰画,那个花裙女孩骑的毛驴前脚画反了,要重画。刚好这事情交给序子的这一组。

张文元问大家:"反了吗?我不太看得出来。"

跟着就有人说反或者说不反。也有人说鞍垫子花布挡住驴脚,也不怎么看得出来。

西厓轻声问序子:"你觉得……"

"当然反了!"序子说。

"我看也是。"西厓说,"不改不好!你画个样子我看看!"

序子按原设计稿细细画了个小稿子。

张文元看了稿子大声说:"张序子认真,还是改了好,你干脆把大稿子画了算了。"

这是在办事,不是劝酒,没什么好客气的。序子趴在地上按原画尺寸重新粘了张大纸画将起来,好不容易画到下午三点多,几个人接过下手忙起来。

所有布置事项要在今晚十二点钟之前做完,明天下午两点钟园游会正式开幕。铁板钉钉,没客气话好讲。

序子也奇怪,哪个有那么大本事,叫谁谁来,还都是心甘情愿、满胸腔高兴和荣幸,都晓得是宋庆龄——孙中山夫人交代下来的事。序子心想,只要跟着前头"羊呼噜"的铃铛走没错。

(走在前头的老羊,在北方都称作"羊呼噜",脖子上挂个铜铃铛,边

羊哞噜

序子心想，只要跟着前头『羊呼噜』的铃铛走没错。

走边响,群羊就跟着铃声走。

"羊呼噜"最懂羊倌的信号。

几十年前,山西昔阳县大寨那位老农民、做过副总理的陈永贵下山之前就说自己是个"羊呼噜",了不起!听这话神韵多足!多亲切!)

那么多人在院子里忙,居然不显挤,想想这院子有多大!大伙还真的忙到半夜才散。

接着下半夜的工作就更是颂琐细致不堪。只剩下明天一个上午的时间了,要做到这番豪华热闹景致干净得从没来过凡人的程度,这番手段也只有上海老行家办得到,外地人连听也没听说过。

序子仍然回虹口九〇四弄落地铺,李桦懵里懵懂开门让序子进去,话也不说一句径自睡觉去了。序子关上大门,摊开两人早为他准备好的睡具,罢了洗漱,就地卧倒不省人事。

第二天,上半天,序子对两个人讲完昨天的热闹;下半天,一起随便吃了点午饭,一单一双坐了三轮车来到俱乐部门口。

门口已经很隆重了。十几个雄起起的壮汉检查门票。街两边站满了人在看歌星和电影明星。他们眼睛尖,百米外就认出那是白杨,那是张瑞芳,那是周璇,那是王丹凤,那是刘琼,那是金焰,那是石挥,那是白虹,那是孙景璐,那是姚莉……

其实真正要紧的人他们不认识。银行大亨、江湖大亨、公司大亨才是真正决定大家过日子的人。这些人的相貌让电影、戏剧、文艺表演给歪扭了,到真人站到跟前的时候反而觉得不怎么自然。

"恶人恶貌,善人善容",老实人总上这八个字的当,他不晓得,天下很多丧尽天良的坏事有时候是善人善容之徒做的。人都喜欢用看戏的眼光衡量处境,这怎么行?

眼前,犯不上发这么多议论,邀这些大亨来主要是掏他们的腰包,要他们做好事,拿钱出来救救流徙四方的儿童。面子是给足了,是孙夫人宋庆龄,全中国没二话说的人。

序子跟李桦坐一部车,余所亚单独坐一部车。到目的地之后,李、余各付各的钱,三个人掏票进了大园子。

草地、小厅、大堂、楼上客厅都挤满了人,各找各的相熟聊天。喝汽水,喝红酒,喝加牛奶加白糖的咖啡或茶,尽肚子灌,不要钱。来来回回还有招待员托着盘子不声不响、微笑着请你吃永远吃不饱的小点心。

木刻协会除李桦、烟桥之外来的人好像不多,美术家作家协会包括漫画家协会的人倒像是合家光临,连乐平和雏音都盛装露脸了。电影、音乐界来的人最多,男男女女都引人注目,这次的募捐全靠他们了。

大堂的椅子围了四大圈,中间起码留了两亩多地的空间,乐队在靠墙的矮台子上。草地上、走廊里、小茶厅、楼上几个厅里头的人都聚拢到大堂来了,坐在四围椅子里。乐队前头空出的四排高低椅子还等人来坐。谁呀?谁有胆子往那头坐呀?问序子他就不敢,问乐平、李桦、烟桥也不会敢。

最可惜阿湛来不了。他要来,就会一个个把所有的人都指给序子看,那是谁、谁、谁。其实序子的趣味重点并不在谁、谁、谁身上。能在舞台上看到他们的艺术成就,回到生活里头,你和他熟、能交谈,就佩服欣赏他。不熟的话,就远远地尊敬他。

他本人不带"戏"回家。工作完了,当然回到自己原来"人"的位置。新鲜萝卜和腌萝卜的关系。一经腌过走到哪里都带腌萝卜味,他不希望自己的生活是这种结局。

不把演员当平常人这不公道,做朋友也难。

当然也有艺术家不习惯你忘记他是腌萝卜(包括画家、书法家、这个家、那个家……)。这是另一回事。

序子想到这里的时候,人来了,乐队奏欢迎曲子。

平常报章杂志看到的都变成活人出现了。郭沫若、茅盾、阳翰笙、田汉、叶圣陶、欧阳予倩、熊佛西、梅兰芳、程砚秋、臧克家、叶以群、黄炎培、柳亚子……和一时还认不出来的老头们。

他们当当然然坐进为他们空出来的椅子上。

陶金司仪,宣布开会。

郭沫若致开幕词。

酢夢十

一经腌过走到哪里都带腌萝卜味，他不希望自己的生活是这种结局。

黄炎培演讲，阳翰笙演讲，仿佛还有电影界、音乐界、文学界……各界代表演讲祝贺。

节目开始：

郎毓秀唱：《杯酒高歌》。

管喻宜萱唱：《旗正飘飘》。

戴爱莲表演：《哑子背疯》。

熊佛西率上海戏剧学校表演高尔基的《夜店》片断（赵子白还是哪一位的主演，模糊了，请原谅）。

周璇唱：《四季歌》《天涯歌女》《夜上海》。

白虹唱：《郎是春日风》……

姚莉唱：《玫瑰玫瑰我爱你》。

一个人没有事的神气对叶以群耳朵闪了一下（这是以后几个人聊天回忆出来的）。节目缓缓地从容进行着。

忽然间动静大了，你猜怎么的？孙夫人宋庆龄驾到。

谁也料想不到她会来。全场沸腾，郭沫若赶快让出中间位置，护卫人员招呼热情的人们别再上前握手，安顿了夫人坐下。

序子轻轻对叶苗说："没想到夫人这么好的兴致！"

叶苗附着序子耳朵说："有事！"

"什么事？"序子问。

"听说特务要来捣乱！"叶苗说。

"那怎么办？"序子问。

"她一到，天下太平了！"叶苗说。

陶金宣布："舞会开始！"

乐队用心奏出轻柔的舞曲。

一对对缓缓回旋的舞伴轮流着经过孙夫人身边致敬。夫人微笑点头，她在认真欣赏。

这之间，自自然然有一道敬畏的界线，要不然大家都会拥上前去赞美她："你是世上最美的战士！将爱献给世人，却勇敢地辜负自己！"

听说这场舞会收获空前，报纸上发了大消息，各个文艺团体和协会都收到兴高采烈的感谢信，中华保卫儿童委员会多谢大家……

序子回闵行中学上课。校长和同事都看到新闻报道，打听是怎么一回事。序子一五一十讲完了热闹经过。

分了序子一间铺地板的房间，有办公桌、待客的木头沙发和茶几，有衣柜、书架。让人舒心的是两扇长窗，窗外远近是几层高树和草地，不清楚再过去是什么地方，反正觉得不坏，有空当去走走。

校长少见的和蔼可亲，难怪他姓"温"，温洗尘："张先生，我来看看你，还有什么不周全的，请告诉我！"

"温校长，你这么忙，真不敢当。一切都很好了。我也正想找你请教，说一说对我美术课的安排。"序子说。

"哎呀！哎呀！原来学校里的孩子们多少年没上过美术课了，难得有个美术先生。张先生又是木刻专家，美术方面我是个外行，张先生怎么说就怎么好吧！"

"校长，你听我说，我不是你以为的那样的人，我的学识很浅。我只是想不辜负你的一番好意考虑一些实际的事情而已。如果不耽误你的时间的话，请你稍微坐半点钟，让我把想法说一说。"序子也算是难得这么认真。

"太好、太好！你请讲。"温校长坐下了。

"美术课程在小学、初中，是培养美的爱好，不是培养未来的画家，在日常生活里让孩子懂得美和丑的区别，所以我不赞成孩子上美术课临摹名家的作品。这样会让孩子觉得艰难，没有兴趣，目标不清楚。即使是成年人想学美术，临摹名家作品也不是什么好办法。"序子说。

"那你认为让孩子学美术做什么呢？"校长问。

"玩！"序子说。

"玩？然后呢？"校长问。

"你讲的然后是指比较高一班的学生？"序子问。

"可以这么说。"校长说。

"讲一点美的技术和美的规律。"序子说。

温校长站起来说："看起来，小孩学美术这个问题不是个小问题。我要回家好好想想。我倒真希望你给孩子上课的时候让我有机会听听。"

"有空我还想去拜会生物课方面的先生，跟他们通通气。"序子说。

"你是指动植物课？"校长问。

序子点头。

初一班上美术课。

"同学们，我是教你们美术的先生，名叫张序子。

"我不清楚你们班上喜欢美术的同学有多少，我今天给你们上美术课是不管你们喜不喜欢都要听的。今天第一堂美术课是教你们画'人'。

"画'人'难不难？不难。我现在画给大家看。"

序子在黑板上画个鸡蛋形的圆圈问大家："这是什么？"

（没想到校长早坐在最后一排一张课桌边。）

学生说："鸡蛋。"

有的说："圆圈。"

有的说："人脸。"

"对！人脸。"序子说完，左右加个弧线。

"耳朵！"学生齐声叫起来。

序子在人脸中间加根带小钩的直线。

"鼻子。"学生叫。

序子在鼻子两边各加根小横线。

"眼睛！"学生叫。

小横线上面各加条小弯线。

"眉毛！"大家叫。

鼻子底下加根小横线。

"嘴巴！"大家叫。

"我画的是谁呀？"序子问。

"弗晓得！"学生答。

"为什么不晓得？"序子问。

"弗晓得就是弗晓得！"学生答。

序子在鼻子底下、嘴巴上头、下巴底下加了几笔。大家笑起来说："晓得哉！老头子，老头子。"学生大笑。

序子擦掉胡子，加了头发和两根辫子。

"哈！小囡！小囡！"大家又大笑起来。

稍微等了一下。序子问大家："你们会画胖子和瘦子吗？"

"弗会！弗会！"

序子刚在黑板上画了个比较圆的圆圈。还没画鼻子眼睛，大家就嚷起来："一个胖子，一个胖子。"

"我还没画完，大家怎么晓得是胖子？"序子问。

"胖子是圆的。"孩子们说。

序子画了胖子的小眼睛、肥脸、双下巴、肥耳朵，大家就笑开了。

序子问："瘦子呢？"

"先生会画，我伲弗会画！"孩子们嚷。

序子画了个半本书比例的长方形框子，小眼睛，斜眉毛，额上皱纹，眼包，脸皱，尖下巴，瘦耳朵……

"是啦，是啦！伊拉是长方形模样。"

"好啦！我的话讲多了，画也画多了，要坐下来休息休息。你们现在取出笔和纸来，把我刚才讲的画的，自己画一遍试试。不要急，想想我刚才讲了什么？"

十分钟不到全画好了，除用笔恍惚不稳之外，全都神气十足，比序子的期望高出好多，他很是高兴。

接下来，序子问："你们会画哭、笑和生气吗？"

孩子们摇头。

序子在黑板上画三个圆圈，加上了耳朵。

哭。斜下眉毛，皱起眼睛，撇着嘴，挂起脸纹，流出眼泪。

笑。扬起眉毛，弯了眼睛，挤上脸肌，翘起嘴角，露出牙齿。

生气。皱起眉毛，鼓出眼珠，挂下嘴角。

学生拍手高叫："对额！对额！是格个样子额！"

序子问大家："会不会画？"

孩子齐声回答："会！"

再问："会不会画侧面？"

"侧面？"孩子不懂。

序子黑板上画了个标准侧面，鼻子尖加一根直线，说："人的侧面，最前的部分是鼻子尖。鼻子有长有短，有高有低。拿鼻子做个标准，人长成什么样就最容易看得出来，欢喜、生气和难过也最容易画得出来。"

序子边讲边画，孩子们快乐的笑声漾到教室外头来了。

好！下课。

温校长在门口等着序子："今晚上吃完饭我也会拿张纸试试。"

闵行西北边一片农田深处，有一座工艺讲究、花岗岩细心雕琢的古池塘，大约五十米长，二十米宽，顶多两米多深。水底轻微冒着水泡，水面微微颤动着波纹。

池塘之外，一点别的建筑历史痕迹都没有，不见任何瓦砾、水泥渣子和残存的榫梁、柱础。

西北一排与池塘同样长短的大白杨树，每株两围粗细，直指天穹，相依为命。

这孤寂的池塘和白杨树群不太可能给人以生活的联想，只令人茫然，干吗在这里做这个东西？后来呢？

序子一个人坐在池塘旁边，遍览四周：春天开点小花，夏天蹲在凉快的池子里，秋天掉点黄叶，冬天下片子小雪。就地盖个小茅棚子，封这块地方为我张某人的"行在"。

……

唉，唉，这么珍贵的一片地方，怎么会让人遗弃了呢？

序子就地顺手采撷一些互生和对生的草叶标本夹在速写本子里，慢慢踱回学校。

教学准备室里，先生们有时候也说些闲话。

学生里头不晓得是怎么开始的，背后不称张先生、李先生，而是直接称"体育王""音乐阚""美术张""植物李""动物袁""国文刘"，只有校长直接称"温校长"。为这些背后的叫法生气的是一位教物理的尤姓女先生，"物理尤"，说这些学生存心侮辱先生，要找出人来处罚！

教动物课的袁先生哈哈劝解："算了吧！小孩子们的事，你到哪里查得清楚？叫我作'动物袁'，我一家大小听了都笑得要死，觉得好玩。"

序子也说："对先生亲热，他们才敢开玩笑！"

教植物的小胖子李先生说："大家都喜欢你，你'物理尤'不开心！"

先生们都笑起来，高叫："无理由！无理由！"

尤先生自己也跟着笑了。

二年级上美术课。没想到温校长仍然坐在后排。

序子说："今天上课之前，我去找过教物理的尤先生，也找过教植物的李先生。为什么我要去找这两位先生呢？我今天上的美术课跟物理课和植物课都有关系。

"有朝一日你们长大了就会明白，你们所学的功课都是互相有关系，互相有帮助的。

"今天上的第一堂美术课是讲'写生'。

"'写生'就是把你选好的东西照原样画出来。一个人、一盘水果、一场风景都行。

"'写生'有很多学问要学，不学就不会。

"'写生'一种东西，第一要像，第二要美。不像不美，就白'写生'了。'写生'怎么才能像呢？先要弄清它们一些生长的道理，糊里糊涂乱来，不单画不像，也画不美了。

"现在先讲怎样画树叶和树，以后再讲花。

古池塘

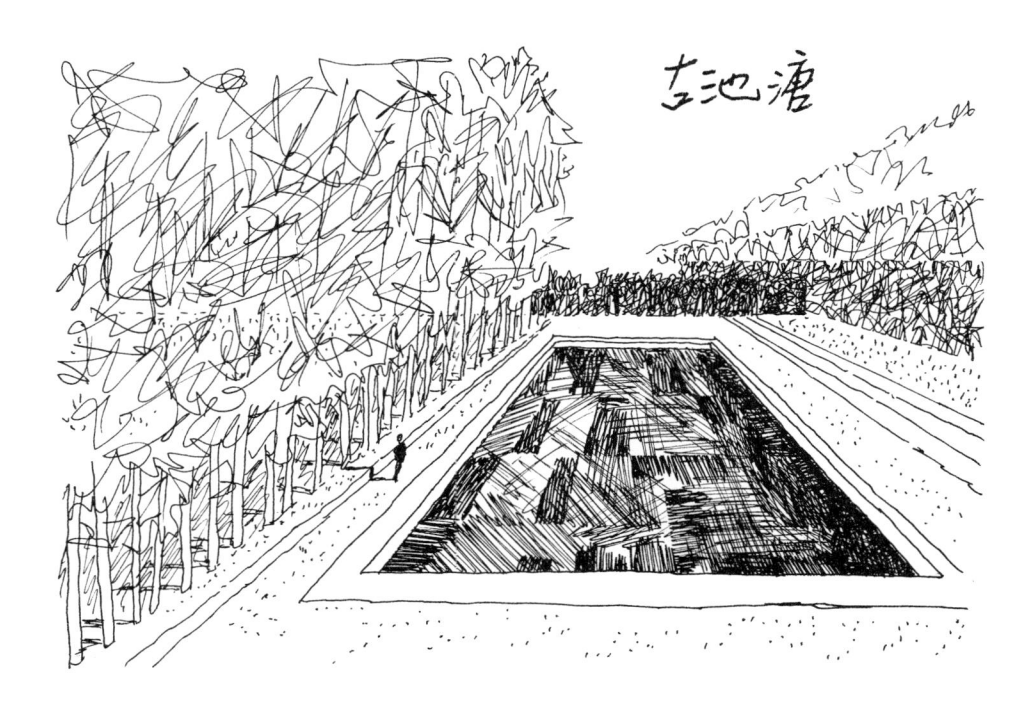

闵行西北边一片农田深处,有一座工艺讲究、花岗岩细心雕琢的古池塘,大约五十米长,二十米宽,顶多两米多深。水底轻微冒着水泡,水面微微颤动着波纹。

"我不是代替李先生来讲植物课，我是来教你们按照李先生讲的植物课的知识画画。你们长大以后有人当了画家，就会多谢李先生给你打了那么好的植物科学基础知识。我呢？我算个什么呢？我算个重要的介绍人。

"树叶长在树枝上大体上有三种长法，互生，对生，轮生。世界上各种各样的树叶，都是照这个规矩生长在树枝上的。长多了，长大了，长高了，都是照这个老规矩长下去。不同的地方是它们长大了之后因为树枝的关系，各有各的姿势。

"比如说，十棵梅花树，棵棵长着互生的叶子，冬天来了，开着香喷喷的梅花。特别的地方是，它们不是机器制造出来的，它们棵棵长得都不一样。

"我们要画的就是它们优美的姿态，它们的棵棵不一样的特点。

"要是棵棵一样我们等于在画机器了。

"叶子整整齐齐地长在树枝上，互生也好，对生也好，轮生也好，为了吸收宝贵的营养，它们像比赛一样每棵树都显出过分热烈、过分拥挤的生命力去亲近太阳。原来那些互生、对生、轮生规矩都被挤得看不见了。文学家把这种现象称为'怒放'，真是形容得好。

"世界上千千万万种树木，各有各的脾气，各长各的叶子和花朵，供我们欣赏、亲近和写生。

"黑板上画的只是我课堂的讲义，现在大家拿了写生板到外面，各人找一棵植物去写写生吧！"

温校长在门口告诉序子："那我就不去了。"

序子每周的美术课不多，倒是认真费力去准备讲稿材料。难在要那些孩子们都听得懂，做得到。

大部分时间都到市里去，晚上住李桦、余所亚那里，住林景煌那里，住愚园路陆蠡先生夫人当教务主任的那所中学的林景煌的空宿舍里。有时找陈钦源，找叶冈，找黄裳，找楼适夷，找唐弢，找野夫，找木刻协会的可阳和邵克萍，找编《诗创造》的曹辛之，找臧克家，找陆志庠。有的算兄，有的算先生，有的半兄半先生。张乐平和章西厓一在嘉兴，一在杭州，飘忽不定，难找。

上海到闵行，一天来回起码有五趟公共汽车，算是方便。可惜那时候挑选司机都不太严格，一路平坦的大道上常常打瞌睡。"这你就不知道了，就是因为道路平坦，容易催眠。"叶冈说。

这一段时间遇到三个老熟人，要是现在不写，以后就没有时空安排了。

一个是大街上碰见了往年泉州、仙游保安司令部战地服务团的那位大家不喜欢的导演钱大猷。他和序子还算是稍微能谈得来的人。战地服务团解散，收拾行李只序子和他两个人的当口，他劝了几句令序子终身难忘的好话："现在我们要分别了，也不晓得哪年能再见面！我清楚大家都讨厌我，只对你好，送你好多纪念品。我没有东西送你，送你几句话。你喜欢的东西太多，音乐、诗、杂文、木刻，样样都搞，分散精力，不好！我劝你集中一样专搞他三几年，就你这个人，一定能做出成绩来。好！再见！"

没想到几年以后在上海真见到他。

"我看到你报上发表的好多木刻。"

于是吃小馆子，喝咖啡，看电影。看完电影出来，在小摊上买了两块巧克力，打开一看，发霉了，他要老板换，老板恶声恶气不换。他从容地从西装内口袋掏出样东西对老板一亮又放回口袋，老板马上变了笑脸，双手捧出一大把巧克力弯腰送到他面前："请原谅，先生！请侬自己挑，自己挑！随便拿！对弗住！对弗住，请原谅……"

是什么东西这么吓人？比开电灯还快的变化？

怎么再见，怎么告别都模糊了，连巧克力的下落也记不起来。他是浙江上虞人，上虞在哪里也不知道……

当年战地服务团为什么那么多人不喜欢他？序子不清楚，只因为大家不喜欢的人对序子做的忠告，让序子记得这么牢，却是事实。

还是在上海大街上，碰见了朱雀城模范小学同班同学吴道美。相互热烈拥抱，大讲朱雀方言，惊动了好奇的路人。他说他在一间中学做总务主任。于是又吃馆子，喝咖啡，看电影，交谈这个那个同学的消息，抗战八年的

司机打瞌睡

可惜那时候挑选司机都不太严格,一路平坦的大道上常常打瞌睡。

苦难经历。

两人就这么一场相聚相叙，可能因为彼此都忙，或是不再好奇，或是突然的意外发生，莫名其妙地居然不再联系了。

（他是个非常快乐、满胸腔善良好意的人，万万没想到早已回到故乡。解放后我回乡见到他时已经无家可归，沦落到与几个家乡乞丐一起住在东门城楼子上。这几位原都是我儿时的亲密同伴。我每回故乡他们都结伴到白羊岭舍下相聚欢谈，也都懂得人生情长日短、不呻吟哀痛的道理，始终矜持着贫困的庄重。

一年复一年，直到东门城上楼台清寂，一个个失掉影迹为止。其中包括滕代浩、吴丹云、吴道美、曾宪文……还有谁、谁、谁……这些人。）

第三个上海大街上碰到的是石城。

各位读者诸公还记得他吗？没多久的事，江西上犹县《凯报》的总编辑。一九四五年底，四六年初，要没有野曼和他的帮忙，序子还去不了上犹《凯报》。他还参加了上犹序子和梅溪的婚礼酒席。后来辞职回乡去了。

序子没到上犹之前，石城发生了那件事，读者该不会忘记，他对不住一个人。

听听，一位女哲人说过这些话："爱一个人不是罪，以前爱现在不爱也不是罪。爱是感觉，不是行为，不是审判。即便在道德上也没有所谓对错的问题。"（《陈实诗文卷》，272页）

唉，唉，唉！亲爱的老大姐，是这样的吗？我怎么听你这几句话心里不太好过？你起码委屈了甲方，要不就是乙方。

拐弯抹角的街头就那么遇见了。跟一九四六年的告别还没有多久（分别几个月），一路讲话上了电车，下车又一路讲话上了一间不见主人的楼，新的，装修都没有——

"我朋友的。"他说。

规模不小，上下走了一圈，鼻子里全是锈铁水泥味。

"我刚到上海，马上就要回去。"他说。

附近饮食担子上各人吃了碗馄饨，序子付的钱。也没什么特别话好说，这一辈子就那么分手了。

（五六年底或五七年初，在北京收到《人民日报》转来的一封信，石城写的："……我已经病得三年下不了床，觉得活下去意思不大，等机会找点农药喝了算了。今天精神稍微好了点，爬下床翻翻旧报杂志，见到你的木刻，不晓得怎么找到你，只好麻烦《人民日报》。

"……天老爷保佑，你收到我这封信，快寄点钱给我；买六尺花布给我，我可怜的女儿八岁还从未穿过花衣。等我身体好点的时候写封长信给你，讲讲我那狼心狗肺的老婆待我的事让你见识见识。石城，×月×日。"

其间来回过几封信，还有过一大部儿童小说稿子希望能介绍出版，出版社来信说，看过了，实在不行，对不起。

反右了，顾不上他了。

漫长的时间过去，他的妻子从江西一个水库工地来信说，石城已去世，希望把儿童小说原稿寄还……）

到狄思威路九〇四弄李桦、余所亚家，余所亚说："你有信在这里！"

打开一看，是黄苗子、郁风两口子寄来的。毛笔字，龙飞凤舞，庄重的文言文，要买序子七八幅自选的木刻，开价听序子的，寄南京地方。画款随后奉上。

序子说，木刻展的时候，好像没见他两口子。

老所亚说："苗子老豆是吴铁城契兄弟，佢系吴铁城嘅契仔。而家系财长俞鸿钧嘅机要秘书，又系中央信托局嘅秘书长，发行金圆券、关金券都要佢检字先得。好紧要嘅人！弩母晒怕，佢哋唔会呃俚。"

（苗子他爹跟吴铁城是把兄弟。他是吴铁城的干儿子，现在是财政部长俞鸿钧的机要秘书，又兼中央信托局的秘书长，发金圆券、关金券都要经他亲手签字才行。是个要紧人物，你不要怕，他们不会让你上当的。）

"这有什么好怕？人家两口子很客气的一封信。我通信处就写这里了？"序子说。

"俚度就俚度！你话重有边渡有我哋俚度靠得住？"老所说。

张不成画
我卖几尺花布。

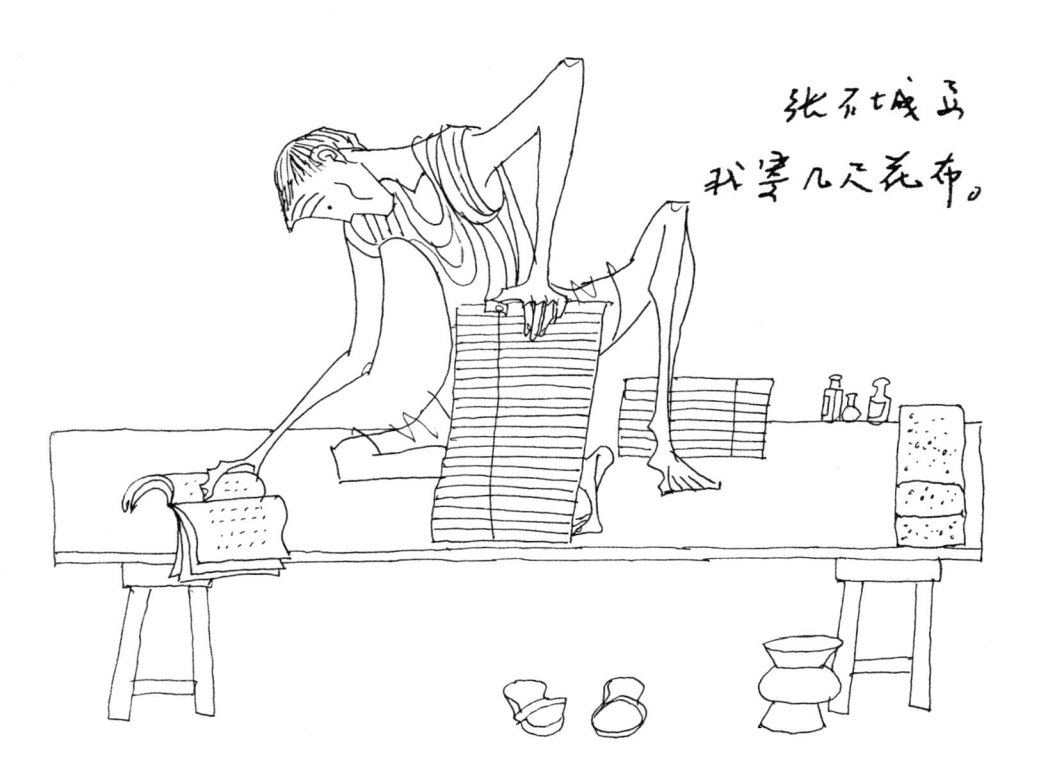

你收到我这封信,快寄点钱给我;买六尺花布给我,我可怜的女儿八岁还从未穿过花衣。

（这里就这里，你说还有哪里比这里可靠？）

按地址回了信，选八张木刻，价钱跟展览会的一样，妥妥当当包好了油纸寄出去了。

唉，大城市里头钱真不经用，还没到手，早就派掉了用场，寄这个寄那个，眼看都差不多了。

大新公司美术用品部分摆了不少让人流口水的东西，带画架的法国油画箱，英国、法国、德国、日本油画颜料，大小扁圆的油画笔，叫不出名堂的调料，带牛皮的三角凳，不同型号的油画框和粗细不同纹路的油画布……

回到学校又收到楼适夷先生一封短信，说一个人想见面，望有空时到《时代日报》一趟，恰好周末这三两天没课，回头就走。

《时代日报》所在是间小之又小的老洋房二楼。楼先生把社长罗可夫也介绍了，大约三十多四十的人，照洋人尺寸说来算是矮人，有点胖。忘记了他有没有说话，也忘记他说不说中国话。只记得他嗓门粗粗的，握了手，序子心中佩服，国民党封了我们那么多进步报纸，让一个苏联人给我们撑这么一个场面，报道正确的新闻消息，还每周出一版木刻专栏。

桌子挨桌子，编辑部的人挤在一间房做事。一辈子做朋友的陈冰夷、戈宝权、水夫……是从那时候开始的。（解放后又在北京的《世界文学》常来常往，后来的乱离中不再联系……）

（我不懂得当时新社会"组织生活"的规矩，没生活过，也没体验过。把文化上所有见过的人都当朋友，年轻的老弟、老兄，年长的叔叔、伯伯，彼此里里外外都是一番诚心好意，交代画点刻点什么马上照办，准时守信，不误公私。解放后老关系加上新观念，老习惯加上新情感，平常日子只要有一点点空，想到哪个就去看哪个。到《世界文学》看陈冰夷、戈宝权、水夫、萧乾……到文化部看蒋天佐，看茅公、郑振铎，到王府井《人民日报》看华君武、方成，到人民文学出版社去看看楼适夷、聂绀弩、王任叔（他不动情弦，以后不看他了），到作家协会看严文井、光未然、冯牧，到通俗出版社看孟超、葛一虹……有话即长，无话即短。

"大家都忙，都在上班，你跑去人家那里瞎逛干什么？"人家看见我来，也觉得新鲜，一点反感的意思都没有。就那么三五句话，说说也就走了。不招惹，不夹带任何让人陌生的异味，只是填补一点悬念的空白而已。

几十年过去了，现在想来，剩下点对自己的嘲笑和爱怜！

"你好天真啊！"

也不妨问问现在的自己："眼前你懂了多少？"）

跟适夷先生到原法租界霞飞路"作家书屋"去。序子早知道作家书屋是姚蓬子先生的。姚先生让敌人抓走，最近才放出来。

走进作家书屋，好多人在看书。楼先生介绍一个微胖大眼睛的年轻人给序子认识："蓬子的孩子姚文元。"两个人握手。

序子说："你这工作真好，整天跟书在一起！"

"哪里，顺手拿书的人多，我在看着。"姚文元说

序子跟楼先生往里走近左手小门，原来就是上二楼的一间小楼梯口底下，摆着一张床。两人站着等候一个提着开水壶的五十岁左右的人从后门进来，楼先生介绍："冯雪峰先生，张序子！"

冯先生握住序子的手说："没想到你这么小啊！你多大了？"

"二十二、二十三。"序子回答。

"听说你生活很艰苦，很努力，好啊！再坚持一段时候，好日子就快来了！"冯先生说。

序子点头。

"我要拜托你一件事，帮我刻几张寓言木刻插图行不行？这是原稿。"冯先生说。

"好！什么时候要？"序子问。

"你不要急，有空就刻，几时刻好都行。刻好交给适夷就可以了。"冯先生说，把原稿交给序子。

三个人站在木楼梯底下说话。说完序子和楼适夷就告辞了。

去搭电车路上，适夷告诉序子，姚蓬子坐牢，姚文元才两岁，雪峰把

孩子带回浙江义乌交给自己的妻子抚养,直到抗战胜利姚蓬子放出来,孩子十六岁——也就是最近,才回到姚蓬子身边。

和楼先生分手,序子去《文汇报》,陈钦源不在,只叶冈一个人。序子问他:"黄裳呢?"叶冈马上打电话给他:"叫我们两个在报馆等,他在公司马上过来。"

叶冈倒了杯茶给序子。喝了。

"我还有两页稿子要赶,你看报……"

序子顺手翻《文汇报》,正瞄到叶冈写的那篇关于拿聂耳的《毕业歌》伴奏交际舞的杂文:"……巨浪,巨浪,不断地增涨……"笑出声来。

"你笑什么?"叶冈问。

"你写的这篇那些混蛋拿聂耳《毕业歌》伴舞的事!"序子说。

"这混账事前几天刚发生!你等着看好了,不要好久拿'三民主义、吾党所宗'党歌伴舞的消息就会出来了!"叶冈说。

"这烂污上海!"序子说。

"你不正靠它吃饭吗?"叶冈说。

"'烂污池塘烂污花,叶子上蹲渣[1]金蛤蟆'。"序子说。

"你说那只金蛤蟆是什么意思?"叶冈问。

"我朱雀城以前的谣谚,说好中有坏,坏中有好。"序子说。

"你改金蛤蟆作癞蛤蟆才对,丁聪家乡枫泾镇那边癞蛤蟆为上席名菜。"叶冈说。

"不信!"序子懒洋洋。

"枫泾镇就在上海边上,几时找丁聪让你尝尝。"

"你讲的'癞蛤蟆'有没有可能是一种大的田鸡,福建闽南叫作'嚼损'的东西?"序子不信。

"绝对就是癞蛤蟆。你若说是田鸡,枫泾镇本地人听了可能会认为受到侮辱,甚至生气也说不定。在地方风味上枫泾镇人士认为癞蛤蟆这一种

[1] 只。

特殊菜式是对饮食文化的重要贡献。你这样一来，我倒是想挑个好日子，约定小丁和其他人，非带你去一趟枫泾镇不可了！"叶冈正义填胸。

"你既然硬焊定这个道理，我信就是了，犯得上为癞蛤蟆走那么远路？"序子说。

"真理不辩不明！"叶冈说。

"一只癞蛤蟆，你辩出什么真理了？你清不清楚癞蛤蟆耳根背上那一粒一粒蹦起的癞子颗颗叫什么？一双筷子耳后这么一夹就能挤出来一种白颜色以后发紫的浆汁来，你懂它叫什么吗？叫'蟾酥'！一种医科大猛药。你让人把这些东西连皮带肉的吃进嘴里头去干什么？你认为没有事，这东西今天没有事，明天没有事，万一埋伏十年才有事，到时候找哪个算账？你说。"

死灰复燃，辩论重起。

"嘿！你以为癞蛤蟆是我家养的？"叶冈说。

"你自认是站在癞蛤蟆背后的真理这点你跑不掉！"序子声音大了点。

这时候，黄裳进屋了："什么事？这么热闹？"

"没什么，湖南湘西骡子叫！"叶冈哈哈大笑。

三个人下楼。

"上哪里？"叶冈问。

黄裳问序子："上哪里？"

序子不清楚。

黄裳迟疑一下说："老正兴吧！"

老正兴很有名，楼却不大。叶冈说："老正兴不止这一家，老板就那么一个。"

三个人上了楼，挤挤的。黄裳问序子喝什么酒。

"自小滴酒不沾。"叶冈说。

"你怎么晓得？"黄裳问。

"我们打少年起，在江西就认识了。"叶冈说。

"可以说，我们从少年进入青年那时候。"序子说。

黄裳给自己和叶冈叫了大概是绍兴酒。

癞蛤蟆

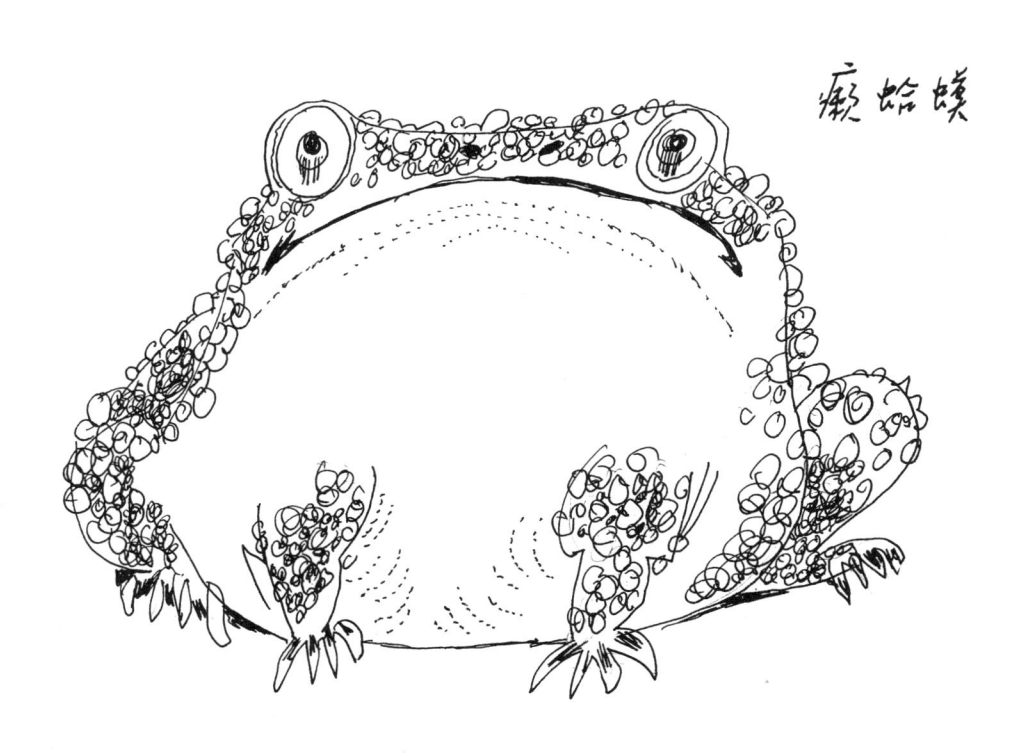

绝对就是癞蛤蟆。你若说是田鸡,枫泾镇本地人听了可能会认为受到侮辱,甚至生气也说不定……

菜来了，三个人边吃边论。

黄裳问，序子带的那卷东西是什么。

"稿子！"

"什么稿子？"

"楼适夷先生带我去见一个叫作冯雪峰的先生，在作家书屋后边厢，他要我给他写的寓言作几幅木刻插图。"

"嗬！大人物！"黄裳说。

"如何大法？"序子问。

"大到往日常常跟毛泽东称兄道弟，《鲁迅全集》后半部常常提到他，也是共产党派到鲁迅身边的熟人。"黄裳说。

"啊！我书上看到过的，原来是他啊！"序子说。

"那你可得好好认真把插图刻好！"叶冈说。

"我对谁都认真。"序子说。

"啊！忘记告诉你一件事，昨天晚上到巴金先生家，他说汪曾祺到上海来了，李健吾先生介绍他在致远中学教书，巴先生要我转告你，汪要找你——这是他写的地址小条，你收好！说你表叔有信要他转交。"黄裳说。

看纸条，"这致远中学怎么找？"序子纳闷。

"好找好找，就在大街上！"搭车，这样、那样，"到路下车，往前走几步就到了，门面不像个学校，两扇旧铁门，门口一问就清楚。我常常从门口过。"叶冈说。

"嗨！当时把汪曾祺一齐约来不就简单了吗？你看我这人！"黄裳说。

"反正我今晚上不回闵行了，住到虹口李桦、余所亚家里去，明天就去找汪曾祺。"

回到狄思威路李桦、老所家。

把当天所有经过事情整盆整桶地都倒给他俩。

李桦只用耳朵，老所用耳朵之外还用嘴巴："毛和冯的关系是在广州农民运动讲习所之前了。冯是个出名的脾气犟的浙江义乌诗人，跟那个脾气一样的湖南姓毛的韶山诗人是好朋友，几次写信叫他去讲习所他都不去。

这个姓冯的当时是个湖畔诗人，不太想当讲习所的先生。姓冯的在党内的资格也是相当相当老的。"

第二天起身洗漱完毕吃完早饭正要出门，王琦兄驾到，序子重新坐回小圆板凳上。王琦、李桦兄也分别坐床坐椅子上。王琦对序子说："你最近木刻生意兴隆呀！苗子郁风都来信征购。"

"老实说，我还真有点难为情。"序子说，"不太相信是真的。"

"钱收到了吗？"王琦问。

"我也正想钱怎么还没来？用场都安排好了。"

"这你可以放心，人家是财政部当大官的。"王琦说，"也可能因为忙，把这事耽误了，'饱人不知饿人饥'嘛！不过你可以上门去要嘛！他们也算半个同行，不会见外的。你还可以顺便到南京玩玩。你去过南京吗？"

序子摇头。

"那不正好？"王琦说。

"没有熟人。有个亲戚，听说官当得不小，日子过得并不宽松，也不敢想住他那里，住客栈谈不上，有住客栈的钱，我上南京干什么？"序子说老实话。

王琦哈哈笑起来："吓！吓！你怎么把我忘了？我家就在南京城嘛！到我家住几天怎么样？"

老所说："王琦在我们圈子里日子最好过，法国新闻处美术主任，拿美金过日子。他这个主人招待得起你。去，去……"

序子拜服王琦的慷慨和真诚，细细地品尝这感情的分量。他和他认识不久……

"怎么样？别信老所帮我吹的牛。让你在南京吃得饱饭，睡得好觉是真的。"王琦哈哈笑着说。

"我真是多谢你，我最耽心的就是怕骚扰你。"序子说。

"哈哈！做朋友！起码是要担负一点骚扰的。怎么样？跟我过两天一齐走？"王琦说。

"我这边还有一些事，做完了写信给你，你看，好不好？"序子说，"我现在出门要去找一个没见过面的朋友,不多谈了。非常非常多谢你的好意。"

找到了汪曾祺,果然很容易。他就住在校门里左手一间房间里。跟一个《大美晚报》上夜班姓什么的人同房,那人见过一面,是种接近久了让人不习惯的人。

曾祺个子跟序子长得差不多,嗓门清亮。第一次见面好像今早晨、昨天、上个月、几年前常常见面的兄弟一样,犯不上开展笑颜,来个握手。迎进房,他问:"你闵行中学离上海远不远?"

"不远。那公共汽车司机总打瞌睡。"序子说。

"昆明坐轿子,抬后杠的也时常打瞌睡。"曾祺说。

"这是信。"

序子接手放进口袋:"昨天和叶冈跟黄裳在老正兴喝酒,他醒悟地骂自己怎么不约你'一齐来'。我就是昨天听他说你来上海的。"

"叶冈是谁?"曾祺问。

"画家叶浅予的弟弟。"序子说。

"也画画?"曾祺问。

"画过,现在在《文汇报》编副刊。我江西时候的朋友。"序子说。

"现在怎么办?"

"我办法也不多,还是先找到黄裳再讲。找黄裳有三个办法:一是《文汇报》,二是中兴轮船公司,三是他家。他家我没去过,等于零;二是中兴轮船公司,中兴轮船公司我不认得路,我小本子上有电话,我不会打电话,你会吗?喔!你也不会;那么我们一起上圆明园路《文汇报》。我认得路,找不到黄裳可以找叶冈,叶冈不在还可以找另外熟人,还可以叫叶冈打电话到中兴轮船公司。总而言之,上《文汇报》。"序子说,"你上课怎么办?"

"我还没有排课。"曾祺说。

"那好。"

两个人就上路了。序子有个小本子,叫作"上海交通手册",翻了两翻,公共汽车,有轨电车。哪号归哪路,全写清楚了。序子觉得曾祺在佩服他:

"你怎么看得懂？"

"车子坐多了就懂了。"序子说。

到了《文汇报》，只有陈钦源在，介绍了。序子想想："为什么非找到黄裳不可呢？找到了，又要他花钱，上馆子，这个那个，干吗天天耗费人家呢？人家有人家自己的事，原来又不是熟人，已经一次又一次麻烦人了。"

"你看这样好不好？今天我们自己玩罢！以后合适的时间再找黄裳吧！我腻了，我们回你那边去。就近找家小馆子吃点东西，然后上哪里到时候再商量。黄裳这人有点讲究，我今天不想绷得那么紧，你看呢？"序子说。

"依你！"曾祺说。

两个人回到致远中学附近，找了家小馆子，又是二楼，窗口挨着老电线和树梢，几只麻雀来来去去。

"要什么酒你叫。"序子说。

"你喝什么？"曾祺问。

"我不喝酒的，我自小懂得陪人喝酒，我爷爷，我四叔，张乐平，陆志庠……陪人喝酒要有点特别才情——对，你先叫酒。"

"下午我们还要玩，叫点'加饭'算了。"曾祺说。

"看这个菜单，你点吧！"序子说。

曾祺接过菜单。

"鳝糊、青椒牛肉丝、麻婆豆腐、乌鱼蛋汤，怎么样？忘了问你，钱够吗？"伙计接过菜单。

"这两天还可以，你只管叫吧！过些日子我还要上南京收账。"序子说。

"嚮！手伸得好长，账放到蒋大人地盘上去了！"曾祺说。

序子讲完经过，曾祺来了几句苗子和郁风的好话。

"你表叔那篇关于你的文章，上海这帮人怎么看？"曾祺问。

"没听人说不好，也让人加深了对我的好感。这一点也不开玩笑，张序子？谁晓得什么张序子、李序子？这么一来，都要来弄个究竟。产生了探奇兴趣。像要把戏辟了个'好场子'。我看这文章大家都欣赏喜欢，只有一个人不开心——"序子说。

"谁呀？"曾祺问。

"我妈！"序子说，"在朱雀看到我寄给她的这篇文章，很恼火，要是我在当场，那情绪一定很难招架。二七年以前她做过朱雀城共产党宣传部长，领导人化装游行，庙里打菩萨。她来信说表叔信口开河。'你爸是省师范学校正式毕业生，他什么？他还在外头'打流'，你爸居然还请他帮忙给我写情书？这么大胆的天晓得……"

"好呀！太精彩了！能不能把这封信让我看看？"曾祺说。

"我看完就烧了，没有了！"序子说。

"哎呀！你看你烧了这么重要的东西，多可惜你懂不懂？"曾祺感叹。

"你想，底下还写了好多情绪性的话，很长的一封信，牵涉到两家好多琐事，传出去，表叔听到了一定想不到地难过。会伤害他一番真诚的好意。文学上、文字上的涟漪随情荡漾哪能像科学那么准确？你没见过我妈，一个因家事儿女困扰掉落凡尘的七仙女，这篇文章点燃她储藏一生的愤懑……"

"是，是，是，你讲得对，让我们在心底也把这封信烧了吧！以后不再讲了，永远不讲了！"他睁着不算大也不算小的眼睛看序子，"你是不是觉得这'鳝糊'应该是不'芡'之'糊'；勾了'芡'变成真的'芡糊'了。炒鳝糊的技巧是在猪油中的'秒'然一滚，是一种神韵技巧，不易掌握。"

"这方面精致问题，我一向不懂，也粗心。我爸是把好手，'炒牛肚'宗的是长沙'李合盛'，那是一绝。不过对人回忆吃东西跟人谈论游历一样，听者难得实际要领。不让人真吃真看，迹近残酷的勾引。"序子说。

"你看'美学'吗？"曾祺问。

"看过，以后绝不再看。我是不信'美学'长大的。如果列奥纳多·达·芬奇谈美学，大卫特谈美学，罗丹谈美学，张择端谈美学，我就信。从来不动手的人谈完美学之后来两笔让我看看，他讲的道理自己都做不到，你要我信他哪个方面？可惜那些实践家都没留下宝贵的经验（罗丹那本《艺术论》是身边徒弟们信手的记录，已经很宝贵了）。

"美的技巧是热心的学徒凑拥上去学而不是强拉过来学的结果。

"当年在赣州一个很了不起的有学问、绝顶聪明的朋友说过：'美学是对艺术的意淫。'当时听了我真吓一大跳，也不太懂。"序子说。

"现在呢？你懂吗？"曾祺问。

"难说！"

曾祺有点厉害，满满一壶酒一滴不剩，问他再来一壶怎么样？他说："不是不可以，还有个下午在等我们。这酒算什么酒啊？"

序子付了账，两个人下得楼来，往左边横过马路走了一阵，一路都是长满大叶子、大脑壳的法国梧桐。

"你讲点你表叔没讲过的事情我听听。"曾祺说。

"我和他小时候的世界不太一样。比如说'自由'，两个人的'自由'也不一样。我使用体力方面比较多。他的弟弟、我的三表叔喜欢我，有空便教我玩枪、认枪杆子、卸枪，加上玩枪那一种豪情。

"我么舅也教我玩枪。他正规军自动退下来，回到一座有四个城门洞的大乡下得胜营当员外。外公是曾国藩的部下，慈禧分散曾国藩的实力，把外公派到宁波去当知府，宁波知府这官可不区区！清廷命数已尽，我外公成为清廷最后一任官员，死在任上，隆重地运回得胜营选了块好风水埋了。派头算是足了。外婆是宁波人，人家都说外婆年轻时是个出名美人。我小时美学修养很差，总是抓不到外婆年轻时美的要点。当然，要不是大美人，当官的外公就不会要她。

"我么舅是个一点也不花花的公子，只欢喜玩枪，时常有人从南京、上海向他通风，新到了德国、法国、英国、美国什么牌子什么牌子枪，他便千方百计托人去买。

"我家自从老蒋把陈渠珍弄走之后也跟着垮了，爹、妈的校长都当不成了。在北京帮熊希龄做了一辈子事的爷爷也死了。爸爸只好外出谋事。留妈妈在家招呼祖母和孩子们。眼看家里没米下锅的时候，妈就请一个常相来往的穷阿姨带我走四十五里路到得胜营外婆、么舅家去。一般说来，上外婆家是甜蜜快乐事，'摇到外婆桥'嘛。

"我一进门,外婆幺舅就晓得我来要钱的,就皱起眉毛,想起好多发愁的事情来,好好一个女儿,怎么会嫁到你们张家?(我一次一次地也觉得对不起人,莫名其妙地跟着哭。)既然来了,走那么远的路,也舍不得要我马上回家,就这么留着住下来,睡在外婆脚跟边。个把月之后,禁住眼泪,外婆就包了一包合适数目的钱让那个穷阿姨捆紧在内衣里头,站在门口目送两个人回朱雀城去。前前后后的事,想起来像割肉那么痛,没完没了的冤家。

"多少回一个月又一个月,像课本一样,跟舅舅背熟了洋枪洋炮的规矩,跟舅舅和一大群人上山打野猪积攒狩猎兴趣和力行门路,这些东西不讲道理地一辈子紧紧焊在脑子里头。

"我们那个旧社会和外头大城市的旧社会可不相同。

"它不仅仅旧,还幼稚,还残忍,还荒唐。

"那个时候就有人在传说三民主义了。

"三声炮响,推出死刑犯,配上号音,从道门口直上赤塘坪。赤塘坪远远架了块门板,门板上整整齐齐摆着十几把磨得飞快的、柄上缠着彩色毛头绳的斫头刀。摆这么多刀干什么?说是政府施行文明自由,发扬善心,死刑犯从今以后有权挑选斫自己颈脖的屠刀,亲手交给为自己送终的刽子手。

"爸爸听了很生气,约几个朋友上县政府找县长周劭南,质问玩百姓生命是不是玩出味道、玩出讲究来了?这叫'自由'吗?

"县长也没听说过,马上派人去查,回来说是谣言。

"当然是谣言,太王八蛋了!

"二表叔没有我野。要说朱雀城小孩,难得找到一个半个不野的。

"那环境太适合孩子们撒野了。要水有水,要山有山,要庙有庙,要热闹有热闹,要死活有死活。

"表叔书上写过的野,证明他那时候活得也不简单。

"野和野有厚薄不同的区别。我们常常有机会看杀头,有的犯人走得昂扬慷慨,有的满嘴的仇恨脏话,有的哭啼拖拉不想动身,有的故作从容顺手拿街边摊子上的东西吃，有的已经吓得半死，路上被拖曳得不成人样，有个年轻的居然一路微笑衔着纸烟要人点火。

"看完这阵热闹之后人们散往各自的街头巷尾。好事的余兴未尽，搬张小凳子聚在一起散论看热闹的心得。称赞张某人行刀爽朗，人头落地，死人半句话还留在口里；又鄙薄满姓某人力气既十分不足且胆子十分之小，一边发刀一边发抖，在犯人颈项上来回锯磨，满场看执法的老百姓喝倒彩喝破了嗓子：'借把锯子给他！借把锯子给他！'

"……

"我不单见过身外头这些荒唐事，还听过老人家心里头阐发的这些对生死的特别见解和态度。多了，就浸润到心里头去了。

"朱雀城外周围有许多五里短亭和十里长亭。亭子远近盖着不少简单遮挡风雨的柩亭。里头储停着三两口流落在这里异乡人的棺材等待千里外的子孙前来认领。一天一天过去了，一年十年过去了……（这名字或叫'厝柩'？）

"我和伙伴们常进这所在探奇。有的有新鲜浓重的尸臭味，吸进肺里几个月不散；有的棺材盖和周围木板都已松脱烂朽，露出枯槁的手脚，可能是百年前的东西也说不定。

"走到一个地方看到一座，换个地方又看到第二座，感受都不一样，胸脯涌生的凄凉是一样的。谁死了过段时间都会臭，都会剩下槁骨，看多了就会不奇怪，算不得一回事。自己迟早也会这样。（后来朱雀城有点进步，杀人改用枪毙了。虽然道台衙门那位专业老剑子手失了业，细想起来，还真是减轻不少死刑犯的痛苦。）

"我自小在这种社会教养下过日子，下午放学之后在赤塘坪敢跟同学各人提一个上午斫下的人头互掷好玩（照例提头发不提耳朵。已经隔了几个钟头，耳朵不经提了）。走夜路不怕鬼。睡觉做梦总是我追鬼，没让鬼追过。

"青年时代跟十二具壮丁尸体搭木船从瑞金到赣州，四天四夜，尸体在舱底，我在舱面，只隔一层木头厚甲板，夹缝间有时不小心碰得到他们

三声炮响

三声炮响,推出死刑犯,配上号音,从道门口直上赤塘坪。赤塘坪远远架了块门板,门板上整整齐齐摆着十几把磨得飞快的、柄上缠着彩色毛头绳的斫头刀。

的鼻子和脚指头，农历过年不几天，天气冷，没闻到异味……"

（没想到储存的这些荒唐修养到"文革"居然成为护身宝贝，"死人都不怕，还怕活人吗？"）

看起来曾祺这人话少，非常专注地听序子讲了一路。

"要是你嫌我话多，就打声招呼。"序子说。

"不，不，你往下讲。我不出声是怕打断你的思路。"曾祺说。

"你在上海怎么过日子的？"曾祺问。

"原先跟巴先生的泉州老学生林景煌住在吴朗西先生一间空房子里，后来跟木刻老大哥章西厓去帮一位张姓朋友在龙华寺弄一些春季的美术活动，张先生的夫人是闵行人，有点影响，介绍我到中学教美术。

"实在的活动是中华全国木刻协会，我还算个常务理事，我其实只算个新兵，有个别人讲闲话，说阿狗阿猫都当常务理事，这指摘其实是对的，我不是阿狗阿猫是什么？几位前辈大概看我做杂事还耐烦吧，有问题自己忍得住，不叫出声来就是。

"木刻界有几个老前辈，烟桥、野夫、李桦这些人，作品好，敬业，端正，生活清苦。

"你知道李桦吗？广东人，鲁迅当年称赞他是木刻高手。抗战八年一直在长沙九战区薛岳那里当中校文官，我四三年开始写信向他请教，见面还是今年年初的事。他跟一位双脚残废、头脑锐利的漫画家余所亚住在虹口区一间小房间里。我常到他们那里'撮饭'，有时上海活动忙，就在那里打地铺。两个人都体贴我。在他们面前我不忍心调皮。

"好久了，有一天我去找他，他说知道我会来，已经买好两张大光明戏院的票，今天下午看华特·迪斯尼的音乐卡通片《幻想曲》。

"从住处狄思威路出发，走好长一段路到北四川路底电车终点站，再上车到南京路大光明戏院。

"他问我，有没有买电车票的钱？

"我竟然没有买一张电车票的钱。

"他一怔。一点责备的意思都没有：'好，时间还早，我们走路吧！'

"于是，为了看这部重要电影，我们两个花了好长的时间，走了好长的路到了大光明戏院，看了这部重要的电影，送他一个人上了回虹口的电车，我到青年会陆志庠那里搭地铺。

"且试着理一理这件事的头绪：一，有这么一部好电影，他想到我。

"二，他想不到我竟然没有和他一起搭电车的钱。

"三，他口袋里只有供自己来回的车钱。如果有多一点，他会帮我买一张。

"四，他没有说'我搭车，你一个人走罢！赶快，要不然来不及了'，而是和我一路步行赶到南京路，进了大光明戏院，看完了《幻想曲》。

"五，最后《幻想曲》的末段是《圣母颂》。以后几十年的日子，每听到《圣母颂》，我都想到李桦。这小小际遇，会支撑我一生的道德行径。

"我和表叔其实不熟，我八九岁的时候他回朱雀，有一次来看我婆，才偶然谈了几句话。长大看他的书，才一点一点认识人。其实仍然算是不熟。整体看起来他是个天才，孙猴子似的，石头里蹦出的学问。十几岁在芷江帮熊希龄意外牺牲的卫队长写的碑文、文章、书法、篆额，一人顶三个名字。用俗话说真是神出鬼没。在我，就不知从哪里说起了。要说'野'，他该是个'文野'或是'仙野'，吃女神仙奶长大的，莫名其妙至极！人生百岁，各有各的成长之法。不认真的话，晃一眼就错过了。秦桧、蔡京当坏人，不也就是晃一眼的事吗？

"说人生如梦，混里混账还说得通；说人生是一场戏就勉强得很；不懂戏行当的人才说得出的外行话。费多少手脚，多少技巧聪明才弄得一点像样场面，哪能像人生过日子那么轻浮、轻率，那么不检点？那锣鼓，那丝弦，紧扣分秒节拍，你人生凭什么敢去比较？它演的就是你，摆弄你，耍你，形成高超艺术手腕，你顶多是偶然飞附在上面惹人讨厌的苍蝇。

"表叔信里说，在教'小说作法'，其实是在讲文学口味，'少焉月出于东山之上'，有'少焉'，有'月'，有'出于东山'，再加个'之上'，有月光，有时间，有空间，有速度，有一个大局面构图，还有光和颜色对比，有音乐声韵。用他的方式我自己教育自己……自己学文学，一边鉴识欣赏

搭电车去看电影

他没有说『我搭车,你一个人走罢!赶快,要不然来不及了』,而是和我一路步行赶到南京路,进了大光明戏院,看完了《幻想曲》。

一边捡拾收罗，锻炼口味和眼光。

"你在西南联大见过刘文典先生吗？传说对于表叔无礼的笑话，真假我都觉得没什么分量，意思不大。他跟陈寅恪先生看起来算是交情不错，拿他那部《庄子补正》居然要陈先生写个序，还交代'姑强为我读之'，是很老友的口气，有点可爱。博学之士，有时是不太懂得人间规矩的。"序子说。

"你犯不着把时间花在那些流言或所谓的'笑话'上。说是发生在刘叔雅先生身上，我感觉对他也是不公道。我侧耳恭听你讲你自己的事。你的长篇大论不简单，我最不擅长篇大论，你头头是道。"曾祺说。

"你讲我长篇可以，大论不敢当。我今天是第一次见你，有责任介绍我所有的细节给你听。"序子说。

"啊哈！这个自我介绍文学至极，天下文章像你这么写就好了。我想问你，你留在江西为什么这么久？"曾祺问。

"我走不开呀！"序子说。

......

"啊哈！你怎么不早说？你居然结婚了！你怎么这么早就结婚了？你看你！你太太是怎么一个人？你把她现在放在哪里？你表叔晓不晓得你结了婚了？他一定还把你当作儿童呢！你俩这么分开以后怎么过日子？哈！我还真把你当作和我一样没结婚的单身汉咧。"曾祺说。

"我说我已经结婚，惹得你那么大的惊讶干什么？天下男女谈恋爱结婚，千变万化，各有各的逻辑套路，跟你有什么关系？犯得上你忙？犯得上你操心？

"我现在神色自若。可惜你没机会看到我当年作困兽斗的身段。那潇洒劲，罗密欧比我差远了。

"我的心态既不属于司马迁也不属于莎士比亚。我只是达尔文管辖料理下的'人'的生物性质，按非常、非常'人'的使命取胜。

"要是是个文明社会里靠书本礼数开窍、鼓舞的知识分子，我老早成为黄泉路上逃之夭夭的孤魂了。

"在广州等我的妻子她也就是这个派头。

"这勇气很像陕北'走西口'男人家中的妻子。

"中国百千年多少妻子都在靠'等待'过日子啊！"

曾祺说："我也有个马上要成为妻子的女朋友。"

"你看！"序子说。

"是你去过的地方福建长乐人！"

"你看！"序子说。

"她不是艺术方面的人。"曾祺说。

"长乐县专出文化名人，冰心、郑振铎这些大家伙。你未来夫人选中你，应该说是眼光独到。"序子说。

"按你这么一说，讲公道话，那她的本事又不止这一点点啰！"曾祺说。

"原本就应该这么看，你的眼光也非凡类！"序子说，"我不清楚你这种很少讲话、只用耳朵的人，怎么谈的恋爱？"

曾祺说："你讲得不错，我找的正也是个很少讲话、只用耳朵的人。"

口干了，进到一间小咖啡店，曾祺喝咖啡，序子喝可乐，继续口花花。

"平常你找什么人玩？"曾祺问。

"我很少有空玩，谋生花时间。教书以前住巴先生朋友吴朗西先生那间空房子的时候，林景煌、韦芜（萧乾先生《大公报》的助手），王阿湛（郑振铎先生《文艺复兴》杂志的助手），柯灵先生的外甥田青、写《买卖街》那本书的年轻人，还有个脾气非常好的魁梧朝鲜大汉沈容澈，是林景煌福建泉州的老朋友，他们总是下班之后带着花生饼干去那里聊天。都是好心好意，觉得我可以做他们的朋友。海阔天空谈文学，吹牛皮，臧否国内外文学家好玩，天真烂漫，没有恶意。也给我介绍木刻发表。另外还有些小学中学时期的同学，分别在同济、复旦、暨南、大夏读书，有的还是朱雀同乡。去找他们'撮饭'，来回几十里路，饭吃了，皮鞋破了，很不划算。有时也为要紧事去，做'反饥饿、反内战、反迫害'游行传单。一个同乡同学、很好的人，自小在家乡已经和人订了婚，在大学又跟女同学订婚，很有钱，安徽人，他哥哥也是同学，有一部漂亮的福特小汽车，礼拜六带男女同学到跳舞厅去跳舞。我也去过一次,让我手脚失措,如做噩梦。花好多钱……

"带汽车读书,我一辈子头回见到。

"集美我有个大我好几班的同学沈延奎,大近视眼,那时就很信服我的画,称准我非是个'天才'不可。看我的画用鼻子闻,很让人感动。

"有回几个同学上兆丰公园玩,走着走着他说他要小便。公园有种松树很大,枝叶环垂地面像座帐篷,他便匆匆进去解急,没想到他气急败坏地逃了出来,提着裤子,眼镜也打落不知何处,嘴巴嚷着:'快帮我看看,里头是什么?'"

"大家赶忙走进树窠,看见一张长靠椅前站着一对慌张男女。女的不好意思,低头躲在男的背后。男的见人进来便大声问:'刚才进来是你们的熟人不是?他疯了!我们好好地坐在这里。他公然对我们小便。你们看,弄得我这一身,还有她……'

"我们几个人不敢笑,一直赔礼鞠躬说对不起:'他是我们大学同班同学,深度近视眼,绝对是个老实人,他已经没脸进来向两位道歉,只好我们代表他,真是一百个请原谅……'

"那男子头脑清楚,一下子掌握了全局利害。笑了。'我们能怎么样呢?那地上眼镜是他的吧,捡给他吧!'

"两个人抖抖身子,疾风似的走了。

"坐在树底下谈情说爱,让一个人走进来正面对着撒尿,从新闻角度来说,有当事人,有时间,有地点,有痕迹,绝对是质量一流的新闻笑料。

"马上摆脱干系,聪明!

"在兆丰公园树底下随地小便当然违法,也是走为上策。五个人行动也不慢。

"所以自一九四七年 × 月 × 日以来,上海任何一家报上都找不到这段新闻,当然上海市民也没有眼福。"

曾祺说:"你记性好。当然,记性也要善于梳理编排。"

"一般地讲,我是记恩不记仇的。要讲记仇,我活不过抗战八年。"序子说。

"你累不累？讲了这一大半天。"曾祺说。

"不是累，是我现在不想讲了。跟你一起，我的话倒不完。"序子说。

"那封信你还没看。"

"等我一个人的时候才看。"

"那我们现在做什么？"

"准备去吃晚饭。"

"哪里？"

序子指了指不远处穿白衣服的街边摊子。

"那是广东人的摊子，很多好吃的东西。"

"你熟？"

"和他们人不熟，东西熟。也要先看看再说。和你吃完东西我就要回去了。"序子说。

"回哪里？"

"虹口林景煌那里，明早回闵行上课。我还有一批插图要刻，刻完就去南京要账，要账回来再找你。"序子说。

"去虹口做什么？就在我房里睡一觉明天回闵行不行吗？"曾祺说，"那人的床是空的。他上夜班。"

"那好！"序子同意。

两人咖啡店出来没走两步，街灯亮了。

在广东摊子的长板凳上坐定，老板来了两句上海话，广东人讲上海话，序子完全听不懂。

序子对曾祺说："真难为了他，我还是直接点了吧！"

叉烧包一碟，豆沙包一碟，莲蓉包一碟，干炒牛河双份，云吞面双份。伙计跟着送上茶来。

东西跟着来到面前。说老实话，真是地道。广东人办事，靠的就是那种准确性的面子，赚你的钱还要你服气。

在上海大街上，好月亮之下吃这餐晚饭，心底想，真应该赋予一点什

沈迎金事件

走着走着他说他要小便。公园有种松树很大,枝叶环垂地面像座帐篷,他便匆匆进去解急,没想到他气急败坏地逃了出来,提着裤子,眼镜也打落不知何处……

么意义才好。不晓得什么原因,到了广东地盘上,常常会遇到一种启发性灵的冲击。不记得我前头写过没有,香港大街的小横街上有一种咖啡摊子,用铁丝圈架着一只像袜子的纱布长口袋在高腰壶里做咖啡,味道浓郁得引来许多外国男女行家,一个个老老实实坐在破长板凳上。听说这是香港绝无仅有让洋鬼子神魂颠倒的清晨饮料。

你不要以为我在为香港宣传这个特异神品,我只是想告诉你我曾经在那里为那杯咖啡受到的奚落教育。

只缘我太兴奋,一坐下就扁着嗓子对摊主说:"给我来杯'柯匪'!"

摊主耸起眉毛、咧开大嘴笑:"丢那妈!咖啡就咖啡嘛!重乜乜'柯匪'!"❶

一边笑,一边认真做了一杯"柯匪"递过来。说:"唔好恼呀!细佬。"❷

"你对自己好残忍!"曾祺说。

"让自己少点浅薄。"序子说。

吃完,跟曾祺回到学校房间。

他床那头有扇窗,有张小桌子、一张椅子、几本书。床下头有口不大不小、不新不旧的皮箱,用了块老木板垫着底。

床对面就是让序子睡觉那张床,铁架铁皮的,年份久,睡窝了。

墙上图画钉钉了张一尺多见方的水彩,序子问:"你的?"

"不!康定斯基的,我的仿作。"

"你几时有兴趣画康定斯基?"序子问。

"哎!联大那时候闲得无聊……"曾祺说。

"嗳!睡了这位先生这张床,他会不会不高兴?"序子问。

"他光荣!"曾祺说。

(现在写这些东西,我已经记不起从上海去南京,是不是在"下关"下车。

❶ 操!咖啡就咖啡嘛!还什么什么"柯匪"!

❷ 别生气呀!老弟。

姑且是罢！接到王琦来信，告诉我到地之后坐什么车上他家，我也照做了。现在倒想不起坐的是什么车，怎么到的他家了。）

王琦家在法国新闻处那一圈房子里面，扩大一点讲，可能就在法国大使馆的范围之内。一家一幢，设备周全，像座电影里洋人住的房子。

两个乖伢崽，大的王伟七八岁，小的王仲五六岁。大嫂韦贤，是个美丽大方爽朗的四川女子。家里好像没请保姆，全由韦贤一人总理，像她名字一样，又伟大又贤惠。

给我安排了一间小卧室，干净的卧具，序子睡得有点惭愧。第二天大清早孩子进来叫吃早饭。太阳隔纱窗照着餐台，稀粥、咸鸭蛋、咸菜、花生、豆腐乳……

王琦实际上已经告诉她我来南京做什么的了。她得意地在饭桌边嚷："天晓得，你们穷木刻圈圈儿还出一个向人讨账的债主！真真难得！"

孩子调教得好，背着书包说再见上学去了。

王琦已打电话约了苗子和郁风。两人坐了部双人三轮到了苗子家，好漂亮的花园洋房。

家人把王琦和序子迎进客厅，原来已经有一男一女坐在那里，王琦是认识的，便介绍给了序子："金山，张瑞芳。"

客客气气握了手，各自坐下，没什么话说的，金山喝一口茶，轻轻咳一声嗽，肚子咕咕响两声。

郁风下楼来了，穿一件蓝花织锦晨衣，跟金山、张瑞芳看样子老熟，随便招了招手，转身过来和王琦、序子认真讲话。

王琦说："他来要木刻钱。"

"呵！呵！多少？多少？"她问。

"多少，多少……"序子说。

郁风听完转身上楼取钱下来交给序子。

这时候外头汽车叫了两声。

"苗子回来了。"郁风说。

苗子进门了，也是轻轻跟金山、张瑞芳打了招呼，热情地和序子、王

小表妹在中山陵

小朝慧一个人慢慢走到台阶中间坐着。那么孤独的一个小影子撑着下巴坐在大石阶上。

琦握手："没想到！没想到，你张序子这么年轻！真对不起，我身边事情太忙，把早就该奉寄的稿酬耽误了，害你亲身来南京，真对不起。"苗子说。

"啊？啊？你就是张序子呀！王琦怎么没介绍清楚！嗳，嗳！张序子，欢迎你！欢迎你！"郁风忙着补充。

"唉，唉！郁风，我不介绍清楚，你怎么会上楼拿钱给序子？我不介绍你怎么会拿钱，你讲清楚嘛！"王琦嚷起来。

苗子跟着笑，金山、张瑞芳也笑，还指着郁风说："我证明，这人脑子是有问题。"

苗子夫妇没有留住要走的王琦和张序子。序子说还有事要办，告辞走了。

"他们假如是认真留我，我会留的。"序子说。

王琦说："金山是个人物，他跟苗子有正经事要谈的。你不懂。"王琦说。

进了熟食铺，序子买了只卤水鸭子，两斤卤猪头肉。

孩子放学回来，序子给他们讲了不少笑话，笑得他们要死。

痛痛快快吃了顿晚饭。没想到王琦家的孩子还帮妈妈厨房洗碗。（序子写信给妈妈时还提起这件了不得的大事。）洗完碗没有再进客厅，静悄悄在卧室做自己的功课。

世人口口声声："儿童教育，儿童教育！"要紧的恐怕是家长教孩子如何正确控制自己。

泡了茶，序子跟他们夫妇俩坐在客厅聊天。

序子向他们两位介绍家世和自己的成长、历经的苦难。王琦也讲了他的打算，学好法文去法国留学。

序子问："那大嫂和孩子们怎么办？"

韦贤说："他放心走，走好久我等好久，弄个成绩回来。只有一点，若是带了个法国婆回来，这辈子他就莫想安逸！"

"嘿！嘿！我还没有动身，你就给我报喜了？"王琦说。

序子帮王琦说好话："王琦兄是出名的正派人，绝不会做这伤天害理、没良心的事！"

"你们这批搞艺术的人,没有一个不是花心鬼。我讲也是供你参考!"韦贤说。

序子大笑:"我?你是说我呀!我老实告诉你,我是个讨老婆方面的受苦人,我好不容易在广东讨了个老婆,她正在寒窑为我受苦。以后几时有空我把这段故事讲给你听。"三个人一齐哈哈大笑。

序子还告诉王琦兄嫂,明天要去拜望孙家的得豫三表叔。他黄埔四期,是作家孙茂林的弟弟,在国防部做事,中将或是少将。

让序子意料之外的是,三表叔和表婶,堂堂国民党的中将或是少将大官,竟会住这样的房子,过这样的日子。

原是为序子爹妈分担困难,把序子的四弟子光带在身边,也穿得褴褛不堪。帮着做点零碎家务。

很挤的大杂院,一架单座简陋大木梯直上二楼他们的家。原来那么漂亮体面的三表婶娘正坐在矮板凳上,洗大木盆里头的衣服。三岁还是四岁大的小表妹睁着大眼看着上楼来的序子。序子叫了声:"三婶娘!"

"叫大表哥呀,朝慧。你看,你看序子,都没有个坐的地方。你三满出差去了冇在屋,你看,你看……"

"我是从上海来南京办点事,顺便来看看三满和三婶娘,明天就回上海去了。冇要紧,以后还有机会。我看我今天和子光带表妹出去走盘玩,下午送她回来。"

表婶娘说:"那好,那好,你们就走吧!"

老四子光对南京熟,两个人商量好去中山陵,于是坐公共汽车三个人到了中山陵。两兄弟说不尽分别十年该说的话。朝慧由子光肩上驮着,走好长一段路又换序子驮,穿过一排排整齐大梧桐树,停步看到左边远远的中山陵。

"小妹,好看吗?"序子问驮在肩上的朝慧。

"好看!"她说。

"你来过吗?"序子问。

肩上跃着小表妹

子光驮着她走下一级一级的台阶；序子再驮她走进大梧桐树林走廊……

"没来过。"她答。

坡度缓，走好几步才能上一级台阶。好不容易迈完台阶走进大堂，见到孙中山先生的大理石遗像，三个人都鞠了躬。出来远望面前伟大的六朝形胜风水景致，胸脯都张开了。

子光和序子两个人坐在陵前右手边阶沿，小朝慧一个人慢慢走到台阶中间坐着。那么孤独的一个小影子撑着下巴坐在大石阶上。

"朝慧呀！你在想哪样？"序子问她。

"我冇想哪样，我看老远老远……"她用手撩一撩头发。

"我们回家吧！"序子说。

她说"好"。站起身来，子光驮着她走下一级一级的台阶；序子再驮她走进大梧桐树林走廊，用《满江红》的调子轻轻哼着萨都剌的词："六代豪华，春去也、更无消息。空怅望；山川形胜，已非畴昔。王谢堂前双燕子，乌衣巷口曾相识……"

朝慧在肩膀上说："你唱的燕子和爸爸的不一样。旧日王谢堂前燕，飞入寻常百姓家。"

序子："哦！哦！那是什么意思呀？"

朝慧说："以前的燕子在有钱有势的王家、谢家做窝，王家、谢家没有了，它们就在老百姓家做窝去了。"

序子说："我唱的是王家、谢家住过的那些燕子，王谢家没有了，大家在老百姓住的乌衣巷做窝的时候碰见了，原来是以前见过的老熟人。你讲的和我唱的是古时候两个人作的诗。你看，哪个有意思点？"

"我喜欢你唱的。"朝慧在序子肩膀上踢着腿说。

三个人搭公共汽车回到街上，在面包店吃了糖面包，喝了牛奶，还给三表婶娘带了两个枕头面包回去。

和他们再见了。

也和王琦兄嫂跟孩子们再见了。

张序子带着复杂的情绪回到闵行。

黄永玉